高宏然　李建抓◎著

特别支部

河北出版传媒集团

花山文艺出版社

河北·石家庄

图书在版编目（CIP）数据

特别支部 / 高宏然，李建抓著. —石家庄:花山文艺
出版社，2021.7
ISBN 978-7-5511-5891-6

Ⅰ.①特… Ⅱ.①高… ②李… Ⅲ.①纪实文学—中
国—当代 Ⅳ.①I25

中国版本图书馆CIP数据核字（2021）第115754号

书　　名：**特别支部**
　　　　　Tebie Zhibu
著　　者：高宏然　李建抓
责任编辑：温学蕾
特约编辑：白雪玉
责任校对：李　鸥
封面设计：王爱芹
美术编辑：胡彤亮
出版发行：花山文艺出版社（邮政编码：050061）
　　　　　（河北省石家庄市友谊北大街330号）
销售热线：0311-88643221
传　　真：0311-88643234
印　　刷：石家庄燕赵创新印刷有限公司
经　　销：新华书店
开　　本：700mm×1000mm　1/16
印　　张：16.75
字　　数：210千字
版　　次：2021年7月第1版
　　　　　2021年7月第1次印刷
书　　号：ISBN 978-7-5511-5891-6
定　　价：45.00元

序

2021年是实施"十四五"规划、开启全面建设社会主义现代化国家新征程的第一年，是中国共产党成立100周年。中共中央决定，今年在全党开展党史学习教育。值此重要时间节点，推出这部全景式反映中共第一个农村支部创建和发展的力作《特别支部》，追忆老一辈革命家的伟大精神，讴歌伟大的中国共产党，正当其时，意义重大。

红色资源是党领导人民革命、建设和改革过程留下的历史遗存和精神印记，是弥足珍贵的精神财富。她承载着党波澜壮阔的革命史、艰苦创业的奋斗史、砥砺奋进的改革史，彰显着党的性质和宗旨，见证着共产党人的初心和使命，凝聚着党的优良传统和作风，蕴含着丰富的革命精神和厚重的文化底蕴。

本书作者通过实地采访、史料搜集、查阅档案，以及特约革命先辈后人撰写回忆文章，全景式反映第一个农村党支部建立和发展的历程。这是一部可读性很强的爱国主义教育读本，亦是对广大党员干部进行"不忘初心、牢记使命"主题教育的生动教材，对于教育和引导广大党员干部，深入了解党的历史，"知史爱党、知史爱国"，把党史学习教育扎实推进，具有很强的现实意义。

此书的一大特点是通过具体故事讲述重大事件，很多感人的英雄事迹之前都没有披露过，是作者不辞辛劳、经过多年奔波采访搜集到的。高宏然、李建抓两位同志撰写此书，以大量真实而生动的故事回顾中共第一个农村支部的诞生和发展历程，追忆战争年代老区儿女不屈不挠、前赴后继的革命精神，以及新中国成立后，安平人民敢为人先、开拓创新、跨越发展的伟大成就。被毛泽东主席誉为"五亿农民的方向"的三户贫农坚持办社、创新高科技的"丝网之乡"、传承红色文化元素的"马业名城"等享誉全国。特别是在河北省各级党组织的支持下，调研认定的安平县台城特别支部是全国第一个农村党支部意义重大，这个认证弄清了我国农村党支部建立的源头和创建过程，也为考察和研究党的历史和河北地区党的历史提供了重要线索。认定中共台城特别支部是我国第一个农村支部，是河北省的光荣、安平县的光荣，也是河北人民对中国革命做出的伟大贡献。

《特别支部》用真实的故事，生动的笔触，浓墨重彩地勾勒出早期农村党组织和革命先辈为人民争自由，求解放，不畏艰险、奋发图强的历史足迹。

1921年中国共产党成立，1923年弓仲韬经李大钊介绍入党，回故乡安平县开展党的活动，在李大钊的指导下，带头创建了中共第一个农村支部——台城特别支部。1924年中共安平县委成立，是河北省第一个县委。抗日战争全面爆发后，冀中区党委、冀中行政公署和冀中军区都相继在安平成立，勇敢、纯朴、勤劳的老区人民为新中国的成立做出了巨大贡献。为考证和研究安平的党史，本书的两位作者都找过我，查找资料、请教问题，非常认真。我在2002年到过安平县，对安平县的党史进行了解，去后见到了衡水市和安平县的有关领导，走访了台城村老党员和老干部。河北省委、衡水市委和安平县委的有关部门为台城特支是全国第一的认定进行了多年的调查走访和考证，下了很大功夫，体现了严谨认真、不怕吃苦的工作作风和实事求是的精神。我在安平，说了两个没想到：一是，没想到省、市、县的领导对党史研究工作这么重视；二是，没想到有关部门的研究和考证工作做得如此全面、扎实。

撰写有关党史故事的书稿，是一项严肃的工作，必须尊重史实，容不得半点儿马虎和敷衍，更不能凭空杜撰误导读者。《特别支部》的两位作者凭着对党的热爱，对传承红色基因的热情，一次次采访调研、核实整理，付出了很大心血，显示了作者很高的思想水平和文学造诣。为之写序，责无旁贷，一则我对他们用业余时间研究党史这种奉献精神所感动，二则表达我作为一名多年从事党史研究的老党员，对安平老区人民的感激之情和崇敬之意。

是以为序。

黄修荣

二〇二一年二月

（黄修荣，著名党史专家，曾任中共中央党史研究室室务委员、第一研究部主任。著有《共产国际与中国革命关系史》《国共关系史》《横空出世——中国共产党创建史》，合著有《中国共产党简史》《中国共产党基本知识问答》等。）

前　言

在河北省安平县，有个"特别支部"。除了这个支部当时就以"台城特别支部"（简称台城特支）为名称外，我们发现还有几个"特别"。一是，地位特别。台城特支是全国第一个农村党支部，当时受北京区委直接领导，她的诞生，点燃了农村反压迫、求解放、争自由的星星之火。二是，贡献特别。星火燎原，特别支部建立后，紧接着诞生了河北省第一个县委——安平县委。在党的领导下，安平县各级党组织在每个历史时期都发挥着坚强的战斗堡垒作用，众多仁人志士纷纷走上救国救民的革命道路，他们抛头颅洒热血，为中华民族的自由和解放做出了巨大牺牲和重要贡献。三是，认证特别。全国第一个农村党支部的诞生地究竟在哪里？这个问题曾经有过争议，认证过程可谓一波三折，极为特别。直到2008年，台城特支的历史地位才得到权威部门的认定，安平县随之兴建了"全国第一个农村党支部纪念馆"。

2017年，中宣部组织各大媒体到第一个农村党支部纪念馆展开大型采访活动，新华社、中央电视台、《人民日报》、《河北日报》等数十家媒体齐聚安平县东黄城镇台城村，随着大量的集中报道，台城特支及第一任党支部书记弓仲韬等早期党员的名字才广为人知。从富家大少爷到盲人乞丐，弓仲韬历经磨难而初心不改，把一生奉献给了伟大的共产主义事业，令人敬佩和感动。

我们一次次来到安平这块浸染了英雄鲜血的红色热土上追寻。抚去岁月的尘埃，一件件铁血往事历历在目，一个个闪亮的名字灿若星辰。

以史鉴今，以史育人。今天，烽火硝烟虽已散去，但严峻的考验并未远离。党的十九大把"不忘初心、牢记使命"作为中国共产党的时代主题；强调践行初心便能凯歌行进，偏离初心难免误入歧途。

值此中国共产党成立100周年的重要节点，我们推出此书，以大量真实而生动的故事回顾中共第一个农村支部的诞生和发展历程，缅怀老一辈革命家的丰功伟绩，歌颂伟大的中国共产党，更有着不同寻常的现实意义。

目　录
CONTENTS

第一章　穿越时空的追寻

一、那年春天，一些故事开始启程

1923年春天，在河北安平这个千年古县发生了一些故事。这些故事在当时来说，也许彼此并无关联，但是站在今天回头眺望，却发现每个故事都是充满悬念的种子，它们在乱世尘埃中萌芽成长，在时代的滚滚洪流中壮阔前行。在这片诞生了中共第一个农村支部的红色热土上，故事里的人们与时代同呼吸，共命运，用青春、热血和生命谱写了同样惊心动魄的壮丽人生。

让我们穿越时间的河流，回到那个春天，回到那个注定不平凡的1923年。

1. 二锅不见了

"爹，二锅呢？爹——爹？爹！"

早上一睁眼，乔深造发现爹和弟弟二锅都不见了，他心里一惊，突然有一种莫名的不安。虽然他才四岁，但毕竟见过了这世道的悲惨，蒙眬中好像明白了些什么。这年头日子艰难，什么都可能发生。

连喊了几声没人应答，他扑通一声翻到地上，光着脚就往外跑。外面灰蒙蒙的　春寒料峭，冷月无声。

弓深造屋前屋后找了个遍，还是没看见人影。在另一个屋子住的三个姐姐也都醒了，可是全家人都不知道爹和二锅去了哪里。

此时，他们的爹弓春台正在滹沱河黢黑的岸边徘徊，他怀里抱着刚满三岁的儿子二锅。孩子瘦弱得只剩一把骨头，大脑袋壳无力地耷拉在父亲肩头，眼睛微闭着，不知是昏迷还是沉睡。

初春的安平县，滹沱河水已经解冻，黑褐色的沙滩却还未苏醒，看不到一点儿生机。这条从太行山冲下来的大河，如慈爱宽厚的母亲滋养着两岸的子民，可是转脸却又仿佛中了蛊，变身咆哮的猛兽，横冲直撞，摧毁房屋良田。即使在地势平坦的华北大平原，也经常恶浪滔天。所以又有"虖池""恶池"之称。

此时此刻，途经台城村的这段河滩，在雾气迷蒙的天际下如同宿醉的旅人，灰头土脸、毫无章法地斜卧在广袤的冀中平原上，恰如弓春台此刻的心情。连年的洪灾、旱灾和蝗灾，加之苛捐杂税、兵匪欺凌，一眼望不到边的苦日子，比这漫长的河岸还要长，比这刺骨的滹沱河水还要冷。

家里已经三天揭不开锅了，也许，这是他唯一能为孩子们找到的活路。

不远处，一个身影朝弓春台走来。来人看了看孩子，眉头皱了起来。孩子蔫头耷脑、半死不活的样子让他有点儿犹豫。

"这么瘦……能养活吗？"那人伸手动了动二锅，二锅依然一动不动。

弓春台怕他反悔，一把将孩子塞到他手中，暗中悄悄掐了一把孩子的大腿。

可怜的孩子终于号啕大哭起来。

此时，天色已经发白，循着哭声，弓深造跑过来，河岸边却只剩父亲一个人在寒风里颤抖。

"爹！你把二锅卖了？！"弓深造跺着脚，带着哭腔喊道。

弓春台蜷缩着身子蹲了下去，没有回头，也没有说话。这个勤劳善良的农村汉子才不过三十五岁，却已被残酷的生活压塌了肩膀，形容枯槁。

那两年，安平县台城村两百二十三户人家中，被迫闯关东的有一百二十七户，卖儿卖女的三户，饿死四人。

安平县志中有这样的记载："民大饥，多流亡……卖儿卖女，路有饿殍……民相食。其惨其悲，不忍卒睹。"

2. 灰色的春天

疼。

这是李杏彩关于人生最初的、也是最深刻的记忆。

1923年春天，刚满五岁的她，心惊胆战地坐在小板凳上，当娘抖开六条长长的蓝色裹布，手法娴熟地把她的小趾骨用劲向下推，再将四个脚趾顺着向脚掌内缘使劲压挤时，她听见了咯吱吱仿佛骨节断裂的声音。那种钻心刺骨的疼痛，如同她无从选择、无处逃避的命运，除了咬紧牙关，默默忍耐，别无他法，她甚至连哭都不敢哭出声来。

她有一个春天般美好的名字，却仿佛从未拥有过春天。

比饥饿更痛苦的，是身体的疼痛；比身体更痛苦的，是精神的摧残。

3. 嫁"棺材板儿"

这年，刚满十五岁的李杏阁生了场重病，恰逢刚过了灾年，家里正是揭不开锅的当口，她猝不及防地倒下了——真应了那句老话儿，福无双至，祸不单行。

家里没钱医治，眼看着她的病越来越重，娘急得只知道哭，却一点儿办法没有。爹蹲在院子里愁眉不展，对于救活这个孩子，他已经不抱希望了，现在他满脑子都想着怎么让可怜的女儿走得体面点儿，怎么想办法为她置办一口最薄的棺材。

这时，村里的一位见多识广的本家亲戚闻讯赶过来，进屋看到躺在床上的李杏阁，给她爹娘出了个主意：

"这孩子病得不轻啊，要我说，还是赶紧嫁了吧，我听说报子营村有一个三十来岁的光棍儿，人挺老实的，就是打小身子骨弱，不如让杏阁嫁过去，兴许能冲喜保条命，就是万一活不下来，婆家起码也能帮着置办口棺材。"

听起来是这么回事，关键是除此之外，也没有别的选择。

在当地，管这叫"嫁棺材板儿"。

就这样，李杏阁静悄悄地嫁到了夫家。迎接她的，没有锣鼓喧天，没有彩车花炮，只有同样命苦的一个男人和风雨飘摇、随时可能戛然而止的悲苦人生。

其实在当时，贫苦人家的女孩儿大都有着和李杏彩、李杏阁同样的命运。她们早已习惯了与生俱来的疼痛和苦难。

她们管这叫"命"。

4. 屈辱的少年

那年，王东沧还只是个穷困而倔强的少年。他有个舅舅会武术，他从小也跟着学过几招。可是为生活所迫，年仅十二岁的他就外出打工挣钱了。

闯荡江湖并不容易，年少的他刚到天津就遭到毒打——街上的地痞流氓欺负他是外地人，以占了他们地盘为由追打他；好不容易找了个打杂当小伙计儿，从早干到晚，每天累得半死，几个月下来，不仅没拿到工资，反而被黑心老板以各种借口辱骂驱逐。

那时，他唯一的梦想就是能练成一身好武艺，能扛打，能吃饱饭，不再受人欺负。

5. 饿死不做贼

东遥城村的孙墨池是乡下少有的儒雅又有风度的人。他人如其名，爱好字画，温文勤谨，深受乡亲们敬重。他的妻子是贤惠的农村妇女，为人乐善好施，富有同情心。附近村子的两个尼姑，在夏秋两收忙完时常来化缘，孙家不仅给她们粮食，还提供食宿。

孙墨池夫妻俩非常恩爱，又都是善良之人，却生不逢时，命运多舛，他们一共生养过七个孩子，但很不幸，大都夭折了。有一年闹瘟疫，他们在一个月内竟失去了三个孩子。因为饥荒和疾病，他们最后只有一个孩子存活下来。

这唯一幸存的孩子，叫孙树勋。

孙墨池在安国一家店铺干活儿，东家主营的是榨油和轧棉花，还兼营钱业，商号名为"永吉昌"。从打算盘开始，他一步步熬到账房先生，终于当上了"掌柜的"，家境才稍有好转。

虽年景不好，但孙墨池坚持让唯一的儿子上学。孙树勋倒也好学，但他最喜欢的，还是看古典小说、听货郎小贩德胜大伯说《七侠五义》。1923年，刚满十岁的孙树勋被父亲接到安国，开始读高级小学。

临行前，母亲殷殷嘱托："儿啊，出门在外，要本分做人，记住：饿死不做贼，屈死不告官。"

6. 报喜烟花

那天晚上，吴家大院的烟花放了大半宿。"天花无数月中开，五色祥云绕绛台。堕地忽惊星彩散，飞空频作雨声来。"

吴家做炸药和烟花爆竹的手艺是祖传的，在整个安平县都很有名气。就是靠着这手艺，家里积累下一些财富，比一般的农民家境殷实不少。但吴家有一个最大的遗憾，就是一直没有子嗣，吴家夫妇想尽了各种办法——寻名医、吃补药、拜菩萨……在经历了漫长的求子之路后，总算皇天不负有心人，在1923年的春天，吴夫人产下一男婴，取名吴兆木。

为了庆祝这一天大的喜事，吴家专门请来戏班子和名角儿，在村里连唱了三天三夜梆子戏，可让村民们过足了戏瘾，自家产的上等烟花更是毫不吝惜地肆意燃放，照彻了整个夜空。

7. 书香之家

在这年添丁进口的，还有一户书香人家，却是另一番景致。

与大张旗鼓的吴家相比，同样诞下一男婴的张家显得低调很多。张星斗是一位教书先生，自小饱读诗书，尤爱古词，原本是个素心雅致、水净花明的人，怎奈生逢乱世，那松花酿春酒，汲泉煮清茶的清浅时光也只能是奢望了。所幸妻子弓桂珍贤良淑德，持家有方，日子也说得过去。他们之前已有一儿一女，这次再添男丁，生活压力陡增，所以也就没有操办，一切从简了。倒是给这个男婴取名，张星斗很费了一番心思，最终他选了个简单质朴、实实在在的名字：张根生。

8. 闯关东

这一年，王仁庆十五岁，闯关东的父亲突然回来了。

父亲一走十二年杳无音信，母亲哭瞎了双眼，王仁庆和姐姐给人当长工，艰难度日。父亲回来，全家人欣喜若狂，以为终于等到了阖家团圆的日子。可是，父亲仅待了几天，就又走了。这次他不是一个人走，而是带走了儿子。为了全家人的生计，懂事的王仁庆告别姐姐和瞎眼的母亲，来到陌生而遥远的鸭绿江边，跟父亲一起开垦荒田、耕种庄稼。

9. "张罗"父子

这年，七岁的闫满造还没有柜台高，已经开始跟着父母学"张罗"了。

所谓"张罗"，指的是用马尾织成的筛箩，在没有机械磨面的年代，面粉都是靠石磨去磨，石碓去舂，麸皮和面粉混在一起，必须用笊篱一遍遍筛出来，才能食用。面粉久放生了虫子，也需要用笊篱筛，因此，家家户户都离不开笊篱。因为马尾罗耐高温，用来做笊上的筛网，可以保护过滤物的原味儿，尤其用来筛中药效果最好。

马尾罗的工序很烦琐，要先把马尾按黑色、白色、灰色、花色四种分色择出，将其放在锅内用加碱的水煮后，再用清水洗干净。水洗后的马尾晾晒、风干后，在钉板上把马尾梳通顺了，再按长短分好。把一头捋齐，绑成捆后，倒置过来，再将长度差不多的一绺一绺地拽出，将两头都是整齐的马尾打成捆，才可以上织机。

闫妙如是张马尾罗的高手，又善于经营，人们都称他"小马"。闫妙如有四子，他对长子闫满造寄予的希望最大，不仅送他去私塾上学，而且手把手教他张马尾罗的手艺。闫满造自小聪明伶俐、才智过人，很快就掌握了整套张罗技法。

闫妙如很欣慰。看来壮大家族生意、把张马尾罗发扬光大后继有人了。俗话说，一招鲜，吃遍天，有了这门好手艺傍身，孩子以后的生活肯定差不了。

10. 弓仲韬回乡

这年春天，富绅弓堪家的大儿子弓仲韬突然从北京回到偏僻的台城村，扰乱了一池春水——或者更准确地说，是一潭死水。

"弓家大少爷回来了！"在一个落日熔金的傍晚，这个消息不胫而走，引得大家议论纷纷。

"放着大城市的体面工作不干，放着好好的少东家不当，却在这乡下办平民学校，真不知这弓大少爷是咋想的！"

"听说为了筹集办学的费用，他不顾弓老爷子的反对，卖了家里的二十亩好地呢。这不是疯了吗！"

"说的是呢！穷人去那个夜校上学，不仅不要钱，还能免费喝粥呢——这不是败家吗！"

"还有更出格的呢，这弓大少爷不仅办平民夜校，还要办女子学堂呢，专门招收女的去上课，还说什么妇女解放，从放足开始，这不是教唆女人抛头露面、不守妇道吗？"

…………

此时此刻，富家大少爷弓仲韬，这个刚刚经由李大钊介绍加入中国共产党的热血青年，心中正激荡着伟大理想的豪情。此次返乡，正是根据李大钊的指示，通过开办识字班、夜校，宣传组织民众，成立农民协会，进而发展农民党员，建立党的组织，引导农民向地主豪绅开展斗争，为大规模革命高潮的到来打下基础。

回乡的这天晚上，一群孩子围着弓仲韬，听他讲外面的故事，除了他自己的女儿弓浦和弓乃如，还包括三个堂妹弓惠诚（又名弓凤书）、弓蕴武和弓彤轩以及外甥女张子辉（张根生姐姐，其母亲弓桂珍与弓仲韬是堂兄妹）、侄女弓润等。

半年后，在台城村的平民夜校内，弓仲韬发展两名进步农民加入中国共产党，并成立了中共第一个农村支部——台城特别支部，弓仲韬任党支部书记，弓凤洲任组织委员，弓成山任宣传委员。

二、追寻，为了不能忘却的纪念

2020年冬天，我们走进位于河北省中南部的革命老区安平县，在这块诞生了中共第一个农村支部的红色热土上，寻找当年的故事，寻找先辈们走过的足迹，寻找被载入史册的、永不磨灭的伟大精神。

宽阔的公路，整洁的村庄，一个个气度不凡、装修讲究的小楼和院落，彰显着这里人们生活的富足。台城村文旅产业业态齐全，已经成为以"全国第一个农村党支部纪念馆"为核心，以"红色文化＋乡村旅游"为主题，集党性教育、红色教育、爱国主义教育、红色旅游、研学体验等多功能为一体的红色旅游胜地。

途经空旷的原野，又是另一番景象。滹沱河被冰雪覆盖，曾经茂密无边的青纱帐也早已卸了戎装。驱车行驶在广袤的冀中平原上，偶尔还会看到一两个残破的炮楼和布满弹痕的围墙。带前后门的老式房屋，以及被岁月侵蚀的墓碑，仿佛提醒人们，这里曾是血雨腥风的战场，曾有很多人奋不顾身，在这里洒尽最后一滴鲜血。

1. 兄弟英雄

带领我们参观的是六十九岁的老党员弓拴良，他的爷爷就是第一个故事的主人公——当年忍痛卖子的弓春台。弓拴良担任台城村村干部长达三十一年，其中十年担任村支部书记。当村支部书记期间，他带领村民发展经济，大胆闯市场，联合台城村的弓小黑、赵小振在广州市开设了第一个台城村在广州的丝网门店。当时赵小振是"光棍儿"，家中没钱，他给赵小振出了资。随着越来越多的村民从事丝网的生产和经营，村里的丝网业得到大发展，村民的生活水平也大大提高。

"二锅后来找到了吗？"路上，我们边走边聊。

"找到了。在抗战期间，他和我大伯弓深造都当了八路军。"弓拴良说。

据弓拴良介绍，1927年在弓仲韬的动员下，弓深造上了台城小学，1938年冬，在临村黄城参加了吕正操领导的八路军第三纵队，因机智勇敢，深得部队领导赏识，开始给吕正操司令员喂马，后来担任冀中军区司令部的排长。1942年日寇五一大"扫荡"期间，他在掩护冀中军区机关撤退时，壮烈牺牲。弓二锅很早就加入了中国共产党，1939年他自己跑到大子文乡，报名加入了贺龙领导的一二〇师三五八旅，之后跟着部队东拼西杀，很快当上了副连长。新中国成立前夕，在青海剿匪的一次战斗中，弓二锅腿负重伤，转业时是二等伤残。回到家乡后，身残志坚的弓二锅没有以"功臣"自居，而是积极参加生产劳动，赢得大家交口称赞。新中国成立后，他在部队时的一些下属已经当上高级干部，他们经常来台城村看弓二锅，依然称呼他"老连长"。他每次见到战友都特别激动，虽然一直到病逝他都待在农村，也没什么官职，但他从未有过任何抱怨。他说，与牺牲的大哥弓深造和众多战友相比，他是幸运的，所以很知足。

"风沙睢水终亡楚，草木公山竟蹙秦。始信滹沱冰合事，世间兴废不由人。（文天祥《滹沱河》）"不知历经千年、见证了无数兴衰的滹沱河，是否还记得当年那个痛苦的父亲和他两个伟大的儿子？

风吹过，没有回声，但我们都懂。

2. 世纪的风霜

在北里村，我们见到了第二个故事的主人公——九十六岁的李杏彩老人。她那苍老干枯、沟壑纵横的脸上，仿佛浓缩了近一个世纪的风霜。

令我们意外和感动的是，她不仅清晰地记得幼时裹脚的痛苦，而且清晰地记得弓仲韬教她认字、送她家粮食的情景，以及十四岁时加入中国共产党时的誓言，还跟我们讲述起十七岁那年被鬼子抓住惨遭毒打的经历。当时，鬼子把乡亲们都赶到麦场上，让她指认人群中的地下党，虽然被鬼子打得死去活来，但她经受住了考验，咬紧牙关，硬是啥也没说。

当年被毒打后留下严重的后遗症，令她腰部弯曲、背部隆起，行动不便。虽然在年轻时赶上了放足，但已经被摧残严重的小脚却难以完全恢复，这伤痛到晚年越发折磨人，她两个脚趾已经烂掉了。

"当时几个党员干部就在人群里，我看见了，但我不能说，我不能当叛徒。入党时我就发了誓，要保守党的秘密，永不叛党。"

李杏彩老人说到这儿，竟颤巍巍地举起握成拳头的右手，宛若当年入党时宣誓的模样。

面对这位历经沧桑、信仰坚定、勇敢坚强的老党员，在场的人无不动容。

李杏彩老人讲述抗战期间她当妇救会主任时的故事

3. 冀中子弟兵的母亲

在冀中平原上，至今还流传着这样一首歌谣：

冀中抗日战鼓响，

报子营出了个李大娘。

李大娘，热心肠，

爱护八路声名扬。

她对伤员胜亲人，

伤员把她当亲娘。

养好伤，返战场，

冲锋杀敌添力量。

歌中唱的这个李大娘，就是第三个故事的主人公李杏阁。在报子营村，我们找到了李杏阁的后人刘新民。他给我们拿出一张黑白照片，那是他的奶奶李杏阁给八路军伤员喂饭的老照片。他说，奶奶曾救过七十三个八路军伤员，还把自己的两个儿子送到部队。1944年11月，冀中区党委和冀中军区在报子营村为李杏阁召开了表彰大会，授予她"冀中子弟兵的母亲"光荣称号。冀中区党委书记兼冀中军区政委林铁和冀中军区副政委李志民亲手为她戴上光荣花，扶她骑上枣红马。1945年1月，李杏阁在阜平参加了晋察冀边区群英会，认识了晋察冀边区"子弟兵的母亲"戎冠秀。五年后，她们又在北京相逢，一起参加了全国群英会，一起游览了北京城。李杏阁还是全国劳动模范，曾两次受到毛泽东主席和周恩来总理的接见。

李杏阁的故事令人敬佩和感动，而随行的一位老乡却不无遗憾地说，以拥军模范为题材的影视和文学作品不少，却没有一个提到李杏阁的名字。

"你们写写她吧，在我们这儿，像李杏阁这样的堡垒户还多着呢……"

被誉为"冀中子弟兵的母亲"的李杏阁正在照料八路军伤员

4. 威震四方的游击队队长

在大子文镇，我们寻找第四位主人公。据说当年不仅是在安平县，在整个华北平原，都流传着一位威震四方、令鬼子闻风丧胆的游击队队长的传奇故事。他机智勇敢，屡破强敌，在1944年小张庄战役中，面对15倍之多的敌人，他冲锋在前，奋勇杀敌，无所畏惧。本来他已冲出重围，但发现还有战友没有脱险时，又冒着硝烟战火奋不顾身地重新杀了回去。当他带领战士们再次突围时，被鬼子的炮弹击中，壮烈牺牲，年仅三十三岁。他就是当年那个背井离乡、饱经磨难的少年王东沧。

在大子文镇养老院院长王小宝的带领下，我们来到烈士墓地。在王东沧的墓碑上，刻着县游击大队政委张根生撰写的碑文："王东沧同志……幼时家贫，居外祖父家读书三年，中辍，去都市谋生，在天津学徒三年，饱受虐待，后流浪上海、河南、山西等地，历尽了旧社会的贫困艰苦。又见日寇以华制华，企图灭亡整个中国，

全国第一个农村党支部纪念馆内的王东沧画像

乃愤而投军，立志杀敌报国……抗战后，他亲自指挥大小战斗二百余次……在他的影响带动下，安平县出了大批抗日杀敌的英勇志士，在他为国牺牲精神的昭示下，安平人民永远歌颂着他和中国共产党的英雄故事。东沧同志，你没有死，你永远不死！"

站在寂寞清冷、肃穆空旷的陵园里，我们仿佛看到一个生龙活虎、健硕俊朗的青年走过来。他不认得我们，但他的名字，我们想告诉全世界。

5. "荷花淀派"创始人

第五个故事的主人公，是最好寻找的。除了在孙辽城村（旧称孙遥城村）那修缮一新、由莫言题名的故居外，还有中学课本、文学奖项，以及纪念馆、图书馆……处处都有他的名字。他是著名的荷花淀派的创始人，一生笔耕不辍，是解放区文学的代表性作家之一。他以其众多经典的作品，描绘了抗日战争、解放战争中一幅幅壮丽、清新的文学图画，是新中国文学史上极负盛名的小说、散文大家。

在他众多的优秀文学作品中，有一篇名为《碑》的小说，与他大多数作品的明丽风格不同，是低沉而悲怆的。在文中他以安平县杨各庄战斗为原型，讲述了一队八路军战士在滹沱河畔被鬼子包围，浴血奋战的惨烈故事，当地一名船工为了寻找牺牲的八路军遗骸，每天坚持在河上打捞，他在打捞一种力量，打捞英雄们的灵魂……

英勇不屈的八路军战士是百姓心中的丰碑，而作家用自己的笔将这座丰碑铭刻在每个中国人的心中，激起了无数人保家卫国、奋勇杀敌的斗志，也引领着一代又一代的年轻人走上为人民而创作的文学之路，其中就包括《小兵张嘎》的作者徐光耀。

这位伟大的作家便是孙犁，原名孙树勋。

孙犁故居

6. "土坯"烈士

行走在老区安平，处处都能听到军民一心、英勇杀敌的悲壮故事，每个村都涌现过妻子送郎参军、母亲送儿上战场的感人画面。但是在付各庄村，一位叫吴拴桩的老人却回忆说，他爹1939年参军时，遭到了爷爷奶奶的强烈反对。

他爹就是第六个故事的主人公吴兆林。

"我没有姑姑叔叔，我爹是独子，我听说当年我奶奶好不容易才生下我爹这一个独苗，所以有点儿舍不得吧。"吴拴桩说。

当年，吴兆林坚持要参军打鬼子，好不容易才做通了父母的工作，奔赴抗日前线。因为有家传做炸药的手艺，他担任了冀中爆炸组组长，为部队生产武器，并亲自检验手榴弹、地雷、炸药包的威力。

"我爹是1945年春天牺牲的。当时鬼子得到风声，准备袭击八路军的炸药厂，他坚持让战友们先撤离，自己殿后，当几十个鬼子闯进院子时，他拉响了捆在身上的十几颗手榴弹，与敌人同归于尽了。"

战友们没法儿为吴兆林收殓，因为他已随那声巨响化为尘埃。他们在吴兆林牺牲的地方找到了一块浸染了烈士鲜血的土坯，用吴兆林的衣服裹了，安置进了棺木……

在付各庄村的烈士亭内，我们找到了吴兆林的名字。

我们不敢想象，当年，他的父母得知唯一的儿子牺牲后，该是怎样伤心欲绝！他的出生，是一家人的欢喜；他的死去，却是千万人的悲伤！

此时正是黄昏时分，我们在夕阳残照中静立良久，仿佛又听到1923年吴家唱大戏的喧闹锣鼓，又看到那晚照亮了整个夜空的绚丽烟花。

人已去，心未远。那美丽的烟花穿越近百年的沧桑岁月，以更加绚丽的姿态绽放在祖国的夜空——迎香港回归、北京奥运会开幕式、国庆70周年庆典等重大场合燃放的烟花，有多一半都是安平县

作者高宏然（左二）在付各庄村与崔庆云之子崔小歪（左一）、吴兆林之子吴拴桩（左三）、程子英侄子程孟虎（左四）合影

烟花总公司生产的"圣姓"牌烟花。

7. 功名等身不忘本

因为年代久远，很多见证人已经作古，为了寻找到更多、更真实的人物和故事，我们做了大量准备工作，查阅了各个时期的党史资料、近百份档案以及记叙抗日战争和解放战争的众多报刊书籍文章，其中就包括第七个故事的主人公张根生撰写的战时日记。

从小受父母和兄长革命思想的影响，张根生1938年参加革命并入党，在抗战期间，他坚持在敌后发动群众，以武装斗争为主开展平原抗日战争，先后参加作战近百次，英勇顽强，对于巩固和发展壮大抗日根据地做出了重要贡献。曾任县游击大队政委、县委书记，新中国成立后曾任广东省委第一书记、国家计委副主任、农业部副部长、吉林省委第一书记、省长、国务院农村发展研究中心副主任等职。张根生的儿子，从安平县副县长职位退休的张志奇回忆说，父亲一生廉洁奉公，生活简朴，有一年他去吉林省看望父亲，发现身为省委副书记的父亲居然只住一间三十二平方米的旧房子里，屋里同时住的还有一个曾给县游击大队做饭的六十多岁的老人（平时帮张根生做饭）。他想陪父亲住一晚上，竟然没有自己的床位。面对儿子不解的目光，张根生却笑着说："这条件挺好了，比过去睡高粱地强多了！"

1963年安平县发大水，百姓受灾惨重，没有粮食吃。远在广东工作的张根生得知后，心急如焚，想方设法筹集了一小火车皮的碎大米头和木薯，救了家乡人民的命。

张志奇说："父亲在世时经常说的一句话是，无论啥时候，心里都要装着百姓。"

红色基因在张家代代相传，张志奇的儿子张勋现今是安平县的副县长，祖孙三代都为安平的发展建设做出了重要贡献。

作者高宏然采访张根生之子张志奇（右）

8. 最后的叮咛

第八个故事的主人公，没有留下一张照片，只留下了两件衣服。

一件是做工考究，丝绸面料上绣着荷花和飞鸟，镶着粉色花边的裙子；一件是被刺刀刺得千疮百孔、触目惊心的血衣。

王仁庆的女儿，八十八岁的王秀沾老人从箱子里拿出那件绣花裙，眼眶一下子就湿了。

"当年我父亲王仁庆在东北种了五年地后，又回到老家新民村务农，并结婚生子。1937年七七事变后，他响应共产党号召，积极参加抗日工作，并于当年9月经台城村的弓凤洲介绍入了党。1940年被群众选举为区代表主席，1942年升任五区区长。那时正值鬼子'扫荡'最疯狂的时候，他可能意识到自己随时可能牺牲，有一天就跟我娘说：'你记住，无论什么情况下，都不能卖这条裙子，这是我送你的，以后能当个念想。'1942年10月31日，我父亲和区委干部正在开会时，被汉奸告密，鬼子和伪军突然包围过来，两名同志突围出去，四名同志当场牺牲，我父亲不幸被捕——当时敌人可能已经知道他是区长，就是想抓活的，打枪的过程中一直在喊着

'活捉王仁庆'。后来听一个给监狱送饭的人说，父亲在狱中表现得非常英勇，受尽了酷刑，却始终不肯投降，不肯说出地下党组织的名单……他是腊月二十八牺牲的，临刑前一天，他将自己的血衣装在送饭的罐子里，托一个好心的狱卒带了出来。那年我九岁，当娘看到血衣，当场就晕了过去。

"我父亲当区代表主席时，为了号召群众参军抗日，他率先将自己年仅十四岁的儿子，就是我哥，送到部队青年营。当兵还不到一年，一次在过铁道执行任务时，遭到鬼子袭击，那批青年营的十几个小战士没一个活着回来的。我父亲牺牲了，我哥也牺牲了，我唯一的弟弟在几年后也因病去世了。为了给弟弟治病，母亲几乎变卖了全部家当，唯独剩下了这条裙子。她跟我说，这个无论如何也不能卖，你爹说过，这是他送给我的，让我留着做个念想……"

临走前，王秀沾老人对我们动情地说："谢谢你们，大冷天的不嫌麻烦，跑过来听我说这些老故事……"

在转身下楼的瞬间，我们早已抑制不住的泪水夺眶而出。

烈士王仁庆女儿王秀沾拿着父亲留给母亲的裙子

9. 重振祖业

在安平县南侯疃村，我们寻找第九个故事的主人公。其孙闫向阳告诉我们，他祖父闫满造没有完成闫妙如"振兴马尾罗"的心愿，因为二十八岁时闫满造就牺牲了。

据闫向阳介绍，闫满造牺牲前任安平县七区区委组织委员、代理书记。当时上任区委书记在一次战斗中牺牲了，所以上级命闫满造任代理书记。1943年农历十月初六夜里，闫满造在南庙头村发展完党员，又到敌人岗楼附近的大同新村发展党员，被汉奸发现并告密。当时，日本宪兵、汉奸六十多人包围了闫满造隐藏的村子，危急时刻，为了保护战友和乡亲们，他把有发展党员名字的小纸条吞到肚子里，一个人拿着盒子枪冲了出去。敌人的子弹打伤了他的右手食指，无法使枪，他就拿起铁锹，与敌人肉搏，终因寡不敌众，被敌人的刺刀刺穿胸膛，壮烈牺牲。闫满造烈士的英雄事迹在南侯疃村和安平县烈士纪念碑上均有记载。

闫向阳1965年出生在安平县南侯疃村，父亲是教师，从小就教育他要诚实守信、做正派人，没能力就做好自己的事情，有能力就帮助更多的人。当时人们的收入普遍偏低，为了缓解家庭的生活压力，十九岁时，闫向阳打算利用安平是丝网之乡的优势，做丝网业务，于是，他怀揣七十元钱去了北京。为了省钱，他住地下室，吃最便宜的饭菜；通过旅馆登记处的电话本，他不厌其烦地一一打电话联系业务，终于拿到了七十卷窗纱的订货合同。凭着真心待人、诚信经营，加之不怕吃苦，善于钻研，他与大庆、胜利、克拉玛依等国内各大油田建立了稳定的合作关系。

闫向阳于1998年成立的河北英凯模金属网有限公司是省级产业集群龙头企业、国家科技型中小企业，服务涉及全球七十多个国家和地区，其中欧美等中高端市场占65%以上。他是安平县第一个为自己公司建网站、利用互联网做丝网生意的人，也是当地外贸出口国家较多的知名企业之一。

事业有成的闫向阳热心公益，无论是抗击洪灾、地震、疫情，还是捐资助教、帮扶贫困，都有他捐钱捐物的身影。

他时刻牢记自己是烈士的后人。

闫满造在天有灵，知道由传统马尾罗发展起来的金属丝网在安平蓬勃发展，总产销量占到全国的80%，而创造这辉煌、给家乡父老带来福祉的众多精英人才中，就有他亲孙子的身影，当含笑九泉吧。

天下网都　红色安平（摄影刘保强）

10. 热血丰碑

第十个故事的主人公，已经化作丰碑，矗立在故乡台城村弓家大院的旧址上。

在安平县城西南3.5公里处，就是河北省爱国主义教育基地——全国第一个农村党支部纪念馆。

据台城村现任村支部书记杨新杰介绍，如今台城村有六百三十户，两千三百多人，2020年全村人均纯收两万一千元，在全县名列前茅。他们把全国第一个农村党支部诞生地作为最宝贵的红色资源和精神财富，在县委、县政府的领导下，建设了台城红色旅游片区，创新采取"党建＋红色文旅"模式，注册了文化旅游股份有限公司，让村民通过土地流转、民房入股等多种形式，合作开发经营。景区以全国第一个农村党支部纪念馆、台城村委为中心，重点打造平民夜校、老毛巾厂、支部书记大讲堂等二十一个项目。通过近两年的建设打造，星火台城景区已发展成为集党性教育、红色旅游、研学体验、课程培训于一体的红色文旅综合体，景区日最大承载量一万余人，是目前衡水市规模最大、功能最全的红色文化教育基地。2020年12月获评为国家3A级旅游景区，进一步盘活红色旅游产业，带动村民群众增收致富。

走进纪念馆，正中间矗立着弓仲韬与李大钊握手的雕像，二人庄严伟岸，目光凝重。

弓仲韬年轻时没留下照片，纪念馆和档案上能查询到的，只有他老年后双目失明的几张黑白照片。

照片上的弓仲韬，都穿着同样的一件对襟黑棉袄，花白的头发从头顶往后背着，下巴上的胡子约有半尺长。

虽然双目紧闭，但依然能从那宽阔的额头、深深的眼窝、挺拔的鼻梁和微微上翘的嘴角，看出一些年轻时的端倪——不敢说有多么英俊潇洒，起码也是轮廓分明、仪表堂堂，加之出身大户之家，又上过洋学堂，有文化有见识，在当时的年轻人中也应是人中翘楚，否则，在京津做大买卖的饶阳县赵家，也不会把千金赵俊阁嫁给他。

从富家大少爷到盲人乞丐，弓仲韬历经磨难而初心不改，是什么力量支撑着他一路走来，不畏艰

晚年弓仲韬

全国第一个农村党支部纪念馆外景

险，无怨无悔？

橱窗内，那一页页翔实的调研考证资料，一张张泛黄的岁月老照片，一件件斑驳老旧的革命文物，见证了中共第一个农村支部的创建，河北省第一个中共县委的成立历程，以及在党的坚强领导下，一批又一批的老区儿女奔赴战场，为中华民族的自由和解放做出巨大贡献和牺牲的艰辛往事，谱写了一曲感天动地、荡气回肠的铁血壮歌。

弓仲韬出生于1886年，1916年上北京法政专门学校时，已经三十岁了，上有老，下有小。虽然他有两个弟弟，但一个远在法兰西，一个远在上海，家里的事一时指望不上。作为大少爷，弓仲韬无疑是家里的顶梁柱，在北方农村，这个年龄才开始外出求学确实比较少见。

为什么他年届三十才外出求学？过去史料上没有记载，只说是他不满于黑暗的社会现状，即使年届三十依然赴京上学，立志寻求救国救民之路。

2017年，根据衡水市文联原副主席胡业昌提供的线索，时任全国第一个农村党支部纪念馆馆长王彦芹等人去原天津北洋法政专科学校调研，在学生的花名册上，看到了弓仲韬的名字，籍贯正是安平县台城村。

这个意外的发现，将弓仲韬离开家乡外出上学的时间提前了七八年，即他去天津上学时，年仅二十二三岁，这样算下来，就比较合理了。众所周知，李大钊曾就读于天津北洋法政专科学校，弓仲韬很可能当时就受到过进步思想的影响，但目前没有证据表明两人在那个阶段有过交集。直到1922年夏天，在北京沙滩小学当教员的弓仲韬因为常去北大图书馆看书，才结识李大钊。

1923年，在李大钊领导下，由弓仲韬创建的中共安平县台城特别支部，大有星火燎原之势。1938年，冀中大地已有二十四个县市建立了党组织，安平县大部分村庄有了党组织，党员发展到一千九百二十三人，由于党的基础好，冀中区党委、冀中行政公署、冀中军区相继在安平成立。

台城特支为革命培养和输出了大批人才。第一个农村党支部书记弓仲韬不仅自己把一生献给了党和人民的事业，他的妹妹弓慧瞻、女儿弓浦、弓乃如以及三个堂妹弓惠诚、弓蕴武、弓彤轩，外甥女张子辉、侄女弓润等均在弓仲韬影响下投身革命，她们在长期的残酷斗争中历经艰险，九死一生而意志坚定，为革命做出巨大牺牲和贡献。

妹妹弓慧瞻当年协助哥哥弓仲韬办平民夜校和台城女子小学，并在女子小学担任教师，教育和培养了很多农村女孩，其中就包括抗战时期的女县长严镜波。这些受过教育的女子很多都成长为我党的优秀干部。

1926年，大女儿弓浦在三·一八惨案中被反动军警打伤，不治而亡。

大堂妹弓惠诚和丈夫王子益都是早期共产党员，在农村积极开展党的活动，壮大党组织，发展了很多党员。在革命最低潮时，他们夫妻俩颠沛流离，几经波折终于找到党组织，后王子益到八路军一二九师工作。

二堂妹弓蕴武在家乡参加革命并入党，后参加了冀中的抗日斗争。她丈夫是位参加过长征的老红军。在一次战斗后，由于音信不通，双方都被告知对方已经牺牲，二人万分悲痛。后来他们各自组建了新的家庭。若干年后，才知道对方还活在世上，却已物是人非，空余嗟叹。在血雨腥风的战争年代，这种"一别音容两渺茫""山长水阔知何处"的夫妻并不罕见，为了民族的自由和解放，太多人牺牲了个人的小家和幸福，甚至留下终身难以弥补的遗憾。

三堂妹弓彤轩不仅上过台城小学，而且上过党领导的安平县女子师范学校，从小就追随弓仲韬闹革命，是台城村第一个报名参军抗日的女子。抗战时期，弓彤轩在冀中区党委工作时与冀中八分区司令员常德善相识并结为革命伴侣。1942年，在日寇进行五一大"扫荡"时，常德善率部转移到肃宁县雪村一带，遭敌人层层包围。他负伤后，用机枪掩护同志们突围，最终身中二十七弹，壮烈牺牲。凶残的敌人将常德善的头颅砍下，挂在河间县城的城楼上。此时弓彤轩刚刚诞下儿子不久，闻听丈夫牺牲的噩耗悲痛欲绝。

贺龙对常德善的牺牲十分痛惜，曾题词："常德善同志是中

一名小学生在华北军区烈士陵园内常德善烈士的墓前敬礼

国共产党的优秀党员,人民军队的坚强干部""功勋卓著,业绩永存"。

弓仲韬的外甥女、张根生的姐姐张子辉也是从小上的台城女子小学,有文化、有胆识,很早就参加了革命队伍。抗战时期,因工作关系结识了冀中七分区司令员于权伸,两人互生爱慕,结为革命伉俪。在战火硝烟中张子辉跟随丈夫出生入死,留下一段佳话。

弓仲韬侄女弓润在革命工作中,结识了早期党员李子逊(李锡九侄子),二人志同道合,结为夫妇,共同为早期农村党组织的发展壮大而奔波,做出重要贡献。李子逊在抗战时期壮烈牺牲,年仅三十七岁⋯⋯

台城村的老党员刘铁侃领我们来到弓氏家族后人弓文建家,找到一本家谱。

翻开泛黄的页张,弓仲韬以及弓氏其他优秀儿女的名字赫然在列。

倏忽之间,所有的岁月都未走远,所有的故事都有迹可循。

中共安平县台城特别支部的建立,标志着安平人民反封建斗争进入了一个新阶段,也是中国共产党领导农民、农村革命斗争的一个标志性事件。

在党的领导下,众多仁人志士纷纷走上救国救民的革命道路。在抗日战争和解放战争期间,全县共一万三千多名优秀儿女走上了革命道路,两千七百名优秀儿女为此献身,先后涌现出了抗日英雄王东沧、"冀中子弟兵的母亲"李杏阁等一批革命志士和拥军模范。

在五一大"扫荡"的极端残酷环境下,广大老区人民同党一起坚持反"扫荡",甚至用生命保护抗日干部和战士,党群、军民亲如一家,男女老少都以抗日为荣。日军到村中清剿时,经常把群众召集在一起让群众认领自己的亲人,他们认为没人认领的就是抗日干部或八路军,殊不知被群众最先领走的才是干部和战士。在安平党史上记录了这样一个真实的故事:一天,抗日干部驻在安平县羽林村，因汉奸告密鬼子突然包围了该村，将全村百姓集中到一片空地上，逼问谁是抗日干部。残暴的敌人拉出一个十二岁的少年毒打威逼，后又将其母拖出。这位母亲当场含泪教育孩子："不能说！不许说！咱就是死了也不能留下骂名！"

抗战期间，在县游击大队最艰难的时刻，开明人士、做酱菜生意的崔墨林找到政委张根生，捐了四百块大洋支持抗战。崔家还将祠堂让给八路军办弹药厂。崔墨林的姐姐崔妮把四个女儿，全部送去参军抗日。

1946年，冀中区党委为粉碎国民党反动派的进攻，要求安平县在年底前扩军五百人。县里刚一动员，就有两千多人踊跃参军，组建了"安平县农民保家独立团"。

1947年，因为刚扩建成立的炮兵旅需要文化教员，安平县七十多名小学教师投笔从戎，占全县教师总数的四分之一（当时安平县没有初中，全县小学教师共约三百人）。

崔墨林之孙崔万里展示当年张根生为表谢意赠予崔墨林的皮箱

是什么样的信念，支撑着这样一群普通百姓甘愿做出这样的选择？

是中国共产党一经成立就确立的"为中国人民谋幸福、为中华民族谋复兴"的初心和使命；是第一个农村党支部的星星之火，最早点燃了安平人民反压迫的革命热情；是多年来党的宣传教育使老区人民群众有了更高的思想觉悟。

正是在一次次血与火的考验中建立起来的牢不可破的鱼水深情，使广大人民群众确立了对共产党的真心拥护和革命必胜的坚定信念。

从中共台城特别支部的星星之火，到河北省第一个中共县委的成立，再到安（平）饶（阳）联合县委、安（平）饶（阳）深（泽）中心县委的建立，直至抗战期间和解放战争时期，一代又一代安平的共产党员和广大人民群众披肝沥胆，不怕牺牲，涌现出无数可歌可泣的英雄事迹。弓仲韬等老一辈革命家敢为人先，勇于奉献的精神，早已成为安平党员群众不屈不挠、团结一心、奋勇向前的不竭动力。

在中国共产党的坚强领导下，台城星火，始终照亮着前行的路。

第二章　寻找中共第一个农村支部

2002年9月，中共中央组织部原部长、时任全国党建研究会会长张全景到南方调研时，某省的一位副书记呈报上一本《党建知识之最》的书稿，请中组部领导审阅，并请张全景作序。张全景翻看后，对书中关于第一个农村党支部在南方某县的说法提出质疑，说："从时间上来看，从各地的情况来看，河北省安平县的台城特别支部成立是最早的。"他一边说，一边在宾馆的便笺上写下这段文字。那位副书记觉得这很重要，就收藏起来，后经多方辗转，这张字条传到了安平县委组织部，如今放置在全国第一个农村党支部纪念馆的展柜里。

那么当年，张全景为什么明确说台城特支是中共第一个农村支部呢？这与河北省委、衡水市委以及安平县委多年的重视有直接关系。多年前有关部门就专门成立了调研组，进行了奔波考证和长期研究。

1991年3月，安平县委组织部组织村支部书记到韶山参观学习。

张全景当年写的纸条

在韶山纪念馆，讲解员指着一块写有1925年建设党支部的展牌说："这是中国农村最早的党支部……"

听完这句讲解，县委组织部的一位干部问："那农村支部还有比韶山更早的吗？"讲解员疑惑地看着他，微笑着说："这个还没听说过。"

原来，在十年前这位组工干部就开始参与搜集、整理《中共河北省安平县组织史资料》，对成立于1923年8月的台城特别支部印象特别深刻。参观回来后，他们马上又核查了《安平县文史资料》《安平县志》《安平县党史》等资料，还找了当年的县委办主任商海和安平县入党较早的离休干部，原县人大主任李连达等人。当时大家就想到了安平县比韶山农村党支部成立得早，台城特别支部很可能是全国第一个农村党支部。

1996年，一篇署名为"安组"的文章《河北省发现最早的中共农村支部》发表在《组工信息》杂志上。为进一步核实组建时间，时任组织部研究室主任李建抓专门去了趟哈尔滨，让弓仲韬的外孙田小平领他去了档案馆。回来后县委组织部李建抓等人又来到河北省档案馆，想查看弓仲韬最早发展的党员弓凤洲的生平资料，但馆员却说没这个人。李建抓不甘心，他又给时任河北省委组织部办公室主任（后任副部长）的谢振学打电话咨询，得到的回答是："弓凤洲这个级别，档案应该在省档案馆，你让他们再找找。"

难道是档案馆搞错了？还是我们自己的工作有失误？再或者弓凤洲的档案根本没在档案馆，而是已经遗失或放置别处？当然还有一种可能，就是弓凤洲名字用的是化名，或存档时写错了名字。

于是，他们又请求馆员，帮忙找找姓弓的还有谁。经过一番认真查询，终于找到了弓凤洲的档案，原来是把"凤"字写成了"凤"字。档案有一百多页，有"本人简介""自传"等材料。接着他们马不停蹄又去天津找早期党员张志宏了解情况，可是不巧张志宏出门了，只见到了他的女儿。女儿给张志宏单位打了电话，李建抓急忙跑到张志宏的单位——北宁公园。公园领导介绍了张志宏的情况，并说他档案不在天津，而是在北京，因为天津北宁公园是北京铁路局的下属单位，张志宏档案可能在铁道部。就这样，几经奔波，终于在北京找到了张志宏的档案。

从北京回来后，他门丰富了文章《河北省安平县发现最早的中共农村支部》的内容，并在手写稿后边附上了弓乃如、弓凤州和张志宏的档案复印件。为了尽快交稿，又借了县油漆厂的桑塔纳轿车，二十岁的马小伟（现王庄镇副镇长）开车送他们到北京中组部。中组部的刊物《组工信息》很快刊发，分管组工信息的中组部领导签发《河北省安平县发现中共最早的农村支部》信息。但当时只提"最早"，没说"第一"。

为确定中共台城特支的组建时间和历史地位，在河北省委、衡水市委和安平县委的领导及指示下，县委组织部干部及党史办研究人员从1988年开始，通过电话、信函和走访等方式，组织了三次大范围的调研小组，奔赴全国农村支部建立较早的安徽、湖南等七个省市，还先后到与安平县有关联的北京、哈尔滨、银川、长春、大连、石家庄、天津、衡水等四十九个地市调研，查阅了李大钊、李锡九、弓仲韬、弓凤洲、弓乃如、李子寿、陆治国等早期党员以及和台城特支有关联人员的书籍、历史文献资料、干部档案和个人自传共三百七十九卷。

安平县委通过排列比较，认为1923年8月建立的台城特别支部是全国第一。2007年，安平县委组织部为了宣传台城特支的历史地位和特大贡献，组织拍摄党员电教片《台城星火》。可是在参加全国电教片评比，征求省、市委组织部意见时，有关领导认为：《台城星火》参加全国的评比，还需要进一步认证是否在全国是第一。为此调研小组成员再一次查证台城特支成立的时间，先后到中共中央组织部、中共党史研究室、中央档案馆、北京大学、五四运动纪念馆以及黑龙江省委组织部、黑龙江省档案馆、吉林省委党史研究室、东北抗日纪念馆、河北省委组织部、河北省档案馆、衡水市委组织部、衡水市委党史研究室等部门，查阅有关中国共产党组织史资料。

他们到中共中央党史研究室时，得到了时任中共中央党史研究室第一部主任黄修荣的大力支持，他从自己的办公室中找到了一本书，说：虽然中国共产党的历史书中也有台城特支1923年8月组建的时间，不过《中国共产党组织史》这本书是最权威的、最有说服力的，这本书的记载就能确定最早的时间和位置。

这本书是由中共中央组织部、中共中央党史研究室、中央档案馆三家联合编纂出版的。调研组成员闻之大喜，他们用一晚上的时间就把七百多页的《中国共产党组织史》阅览了一遍，排列出了全国中共农村支部建立最早的前十名：

1923年8月直隶省安平县台城村特别党支部。
1923年冬安徽省寿县小甸集特别党支部。
1924年3月直隶省安平县敬思村党支部。
1924年山东省齐河县后里仁庄党支部。
1925年4月广东省惠阳县秋溪党支部。
1925年6月湖南省湘潭县韶山党支部。
1925年夏湖北省黄陂县三合店党支部。
1925年秋河南省石固县南寨党支部。
1926年3月四川省巴县铜罐驿党支部。
1926年11月江苏省如皋县下漫灶党支部。
1926年12月江苏省新建县杨子洲党支部。
1927年3月辽宁省旅顺胡家村党支部。
1927年5月陕西省龙驹寨特别党支部。

同时，调研组还进一步咨询了台城特支创始人弓仲韬的女儿、外孙、外甥、堂妹等，以及台城村第一个农民党员弓凤洲的子女、孙女等亲属多达五十九人次。又几次召开安平县老干部、老党员座谈会，对他们进行深入采访，进一步核实和确认了台城特支的组建时间和历史地位。

在此基础上，调研组成员拿着《中国共产党组织史资料》和全国农村支部的前十名排列名单，找到中组部原部长、全国党建研究会会长张全景，张全景看到后非常激动和高兴。他为河北省委组织部、衡水市委组织部、安平县委组织部拍摄的党员电教片《台城星火》题写了片名，并在片中出镜时肯定地说："目前的史料来看，中国共产党在农村建立的最早的一个党组织是在台城村建立的，为了弄清这个问题，安平县委做了大量的调查研究，经过和一些建党较早省市联系，比较来看，这是最早的一个党支部，是确定无疑的。台城村党支部的建立是带领群众积极地开展民主革命斗争，不仅在安平县产生了重大影响，而且对整个河北乃至全国也有重大影响。"

2008年，《台城星火》电教片参加全国第十届党员电教片观摩评比，荣获特别奖。主任评委、中央文献研究室副主任陈晋对这部片子给予了高度评价，他说："这部片子拍得好。看了这部片子对我们从事文献研究的同志是一个触动，真没想到，组织部门的电教人能对党史进行这么深入的挖掘了解，占有资料这么翔实，这种研究探索的精神值得我们做文献研究、党史研究的同志好好学习。更为可贵的是，你们研究的成果非常珍贵，它纠正了我们长期以来的一个错误，使我们党第一个农村党支部的创建时间提前了两年。"评委、中组部委员、组织局局长傅思和当场明确表态：《台城星火》应该给特别奖。

今天，台城特支是全国第一个农村党支部已经没有争议，而把这番曲折的调研认证过程公布出来，并非是为了争功，而是为了实事求是，为了对党负责、对人民负责、对革命先辈负责。正是因为有了这个"第一"的认证，才有了纪念馆，弓仲韬、弓凤洲等众多早期党员的事迹才浮出水面，广为人知。

在认证过程中，有太多人为此四处奔波，倾注心血。衡水市委原副书记郭华，曾为此考察过湖南、广东等省市并在安平县召开座谈会，部署具体工作。河北省委党史研究室对全国第一个农村党支部的认定研究也一直跟踪进行。时任编研一处处长的宋学民提出，台城特支能否称之为全国第一个农村党支部，关键取决于以下因素：一是，支部是否建立在农村；二是，是否在农村建立最早；三是，支部建立后的主要工作是否带领农民从事反封建斗争。他在查阅相关档案后认为，台城特支这些条件都具备，并将这些情况向中共中央党史研究室做了说明。安平县委党史办公室曾致函广东和湖南等省市调查了解情况。衡水市电视台原台长张建军、衡水市文联原副主席胡业昌、衡水日报主任记者柏川、安平县委党史办原主任商海、郭宝生、全国第一个农村党支部纪念馆原馆长王彦芹等很多人都为中共第一个农村支部的认证而奔波多年，或跟踪报道，撰写文章，或搜集文物，筹备展馆，做出了重要贡献。

作者李建抓（右一）和安平县红色文化研究会副会长、企业拥军民兵连连长任英奎（左一）去北京拜访著名党史专家黄修荣（中）

第三章　点燃农村火种

一、千年古县在风雨中飘摇

安平县地处京津冀腹地，今雄安新区正南五十公里，自汉高祖时置县，迄今有两千二百多年，历史悠久，人文厚重，涌现出李百药、崔护等众多文化名人。

安平古迹众多，相传圣姑庙是汉光武帝修建，乃方圆百里最大的庙宇建筑。元代大德十年（1306年）在原庙东侧筑高台重建，明、清两代多次扩建而成。据康熙二十六年安平县志记载，"每逢清明佳节，桑妇耕夫，虽千百之遥，致香火者如织"。相传圣姑字女君，为周代末的安平县会沃村人氏，以其智救汉光武帝刘秀，侍奉父母终身不嫁被传颂为忠孝双全的女圣人，所以安平又有孝德之乡的美誉。

古之安平，南有漳、滏、滹沱之险，北有沙、唐、滋河之卫，势为历代用兵者攻防所关。

自1840年鸦片战争以后，由于帝国主义列强的入侵，中国逐渐沦为半殖民地半封建社会。进入20世纪时，统治中国的清王朝已十分腐朽，中华民族陷入空前的危机之中。

安平县历任知事依仗各系军阀的势力，凭借手中的权力，与地主豪绅等反动势力沆瀣一气，鱼肉百姓。

县公署是地主阶级统治人民的全县最高机关，下设警察局、警察所，村设村正、村副，地主豪绅设民团。这些机关既是反动政府的政权支柱，也是地主豪绅欺压劳动人民的工具。

县志记载，地主阶级对农民的压榨和剥削手段花样繁多，极为残酷，如出租土地八顶十（八亩顶十亩）、四六分（地六劳四）、上交租（先交一部分租）等。佃户辛劳一年，所得无几，每年还要给地主充当各种无偿劳役。向地主借贷要春借秋还，借一还三。"驴打滚""现扣利""出门利"等更可怕，农民借下这种债，就等于欠下了还不清的阎王债，常常被逼得以田地、房产抵债，甚至卖儿卖女，家破人亡。"法如虎，税如刀，高利贷压折穷人的腰"，"出有门，进有门，择借无门"。

在广大农村，阶级分化日趋严重，贫雇农更加贫困，土地等生产资料越来越集中在少数地主豪绅手里。安平全县地主富农占农村人口不到一成，却占有近八成的土地。而占农村人九成以上的劳动人民，仅占有全部土地的两成。

地方政府横征暴敛，苛捐杂税层出不穷，更加重了劳动人民的负担。反动当局为了弥补财政开支不足，想方设法充塞自己的腰包，向人民敲诈勒索兵款、战费，巧立各种名目，把"地契税""屠宰税""督察捐""民团捐"等三十多种捐税，以摊派等形式，强加在百姓头上。逢遇战时，便以武力抢粮抓丁，甚至预征若干年以后的钱粮，逼得农民典田当物，苦不堪言。买办资产阶级充当帝国主义的奴才和帮凶，大肆推销洋货，低价收购农产品。滹沱河十年九患，一到雨季，河水长驱直下，全县一片汪洋。

捐税、战祸和天灾让安平人民饱受其苦，民不聊生。

1922年，安平县大旱，农作物仅收二三成，民多以树皮、草根、野菜充饥。据说那年"吃得野菜绝了种、剥得榆树没法活"。

一首流传很广的《逃荒歌》，真实反映了当时农村的惨状。歌中唱道：

> 滹沱河，水滔滔，逃荒的人们好心焦；
>
> 老的老，少的少，无亲无友无着落！

除了天灾人祸，男尊女卑等封建意识也成为束缚劳动人民的枷锁。

从1840年鸦片战争开始，中国逐渐成为半殖民地半封建社会。为了改变中华民族悲惨屈辱的命运，中国人民和无数仁人志士进行了千辛万苦的探索和不屈不挠的斗争。封建统治阶级发起洋务运动，农民阶级发动太平天国起义和义和团运动，资产阶级改良派、革命派先后发动戊戌变法、辛亥革命，但都最终归于失败。中国共产党就是在这样的历史背景下登上中国政治舞台的。中国共产党是在近代中国社会矛盾的剧烈冲突中、在中国人民反抗封建统治和外来侵略的激烈斗争中、在马克思列宁主义同中国工人运动的结合过程中应运而生的。

中共早期组织最先是由陈独秀、李大钊分别在上海和北京先后建立的，史称"南陈北李，相约建党"。1921年党的一大正式宣告中国共产党成立，陈独秀担负起了中共中央局书记领导全国党的工作的重任，李大钊则负责指导北方地区党的工作。

二、弓仲韬赴京求学

时间的年轮转到1916年。

在安平县台城村的土路上，三个年轻人策马扬鞭飞奔过来。

跑在最前面的富家大少爷弓仲韬穿着一身标准考究的马裤马靴，面容清隽，目光炯炯有神。后面的弓凤洲高大壮实，弓成山瘦弱矮小，两人都穿着粗布裤褂，长工装扮。

弓仲韬翻身下马，弓凤洲随后赶到，弓成山落在后面。

弓仲韬声音爽朗："哈哈，成山又输了！"

弓成山喘着粗气："输了输了，大少爷能文能武，我们这辈子追不上，下辈子也追不上啊！"

弓凤洲却有点儿担心地说："大少爷，咱们赶快回吧，老爷太太要是知道你出来骑马，又该生气了。"

"凤洲，你啥时候变得婆婆妈妈的？他们不让我骑马，是因为怕我出事，凭我现在这技术，能出啥事？再说你们不说，他们怎么会知道？成山，尤其是你，把嘴给我闭严实喽！"弓仲韬半开玩笑地说。

弓成山连连点头说："放心吧大少爷，打死我也不说！"

弓仲韬将手中的鞭子在空中潇洒地挥了一圈，有点儿动情地说："过两天我就去北京法政学校上学了，真舍不得你们，不知道在北京能不能遇到像你们这么好的兄弟。"

弓凤洲说："大少爷，我真想不明白，你说你都三十了，上有老下有小的，还跑那么远上学，图啥呀？"

弓成山附和道："就是啊，弓家这么大家业，你不帮着老爷打理，到北京上什么学呀？"

弓仲韬看着远方，语气坚定、充满豪情地说："为了理想！"

弓凤洲挠着脑袋问："理想？理想是啥东西？能当吃啊还是能当喝？"

弓仲韬转过头来，看着眼前的两个好友，认真地说："理想吗，就是你心里最向往的、最渴望的那个目标，也是人生最大的意义，为了它，你甘愿付出一切！"

弓成山"哦"了一声，随口说："最向往的……那就是能娶上媳妇喽！"

弓凤洲则叹口气："我最渴望的是老娘的病能好起来，今年滹沱河别再发大水，我们全家老小都能吃饱饭。"

两人同时问："大少爷你呢？"

弓仲韬遥望远方，轻叹了口气："其实我也说不好。所以我要走出去继续学习，我有太多的迷茫和困惑。'溯洄从之，道阻且长。溯游从之，宛在水中央。'《诗经》中的这句话写的是佳人，也是理想吧！"

此时此刻，这三个年轻人谁也不会想到，他们未来命运的走向，竟会如此出乎意料，令人喟叹感慨：一个由富家大少爷沦为瞎眼乞丐，为革命倾尽财产，家破人亡，历经磨难却始终信仰坚定，初心不改；一个在党的教育下，由穷苦长工成长为党的优秀干部，在革命的滚滚洪流中千锤百炼，不怕牺牲，亦做出卓越贡献，新中国成立后官至副厅；而另一个，在二十一岁时闯关东去了东北，后不知所终。坊间有各种说法，有英勇牺牲说，有脱党变节说，都没有确切的证据，至今依然是个悬案。

历史的滚滚车轮碾过，难免会有剐蹭和误伤，我们不能还原绝对的真相，但是可以通过更多的采访和调研，进行符合逻辑的推理判断，以期尽可能地接近真实。

三、弓仲韬加入中国共产党

1922年7月，中国共产党第二次全国代表大会指出，中国的广大农民有极大的革命积极性，是"革命运动中的最大要素"。

出身农家的李大钊对农村、农民的状况有着深切的了解，先后发表了《青年与农村》《土地与农民》等文章，论述了把农民发动起来、组织起来参加革命的重要意义。

1922年夏，在北京大学图书馆内，人们经常看到一位文质彬彬、穿着长衫、大约三十多岁的男子，他对新文化运动的领导人陈独秀、李大钊、鲁迅等人的文章情有独钟，一旦借到，便手不释卷，甚至废寝忘食。时任图书馆主任的李大钊经常看到阅览室东北角处有此人，后来一了解，得知此人名叫弓仲韬，直隶（河北）省安平人。

弓仲韬出身于富庶之家。从明朝初年到清朝末年，说起安平县台城村的大户人家，首屈一指的就是弓家。到清朝后期，弓家家族最鼎盛时曾拥有土地四千多亩，常年雇佣的管家、长工、仆役数十人。清朝光绪十二年，即公元1886年，弓仲韬就出生在这样一个大户人家。

在弓仲韬的次女弓乃如的档案中，有如下记载："弓仲韬的祖父有八套四合大院，内外装修讲究，吃穿排场，想吃狗不理包子，立马到天津去买……"

弓仲韬的父亲弓堪曾是清朝拔贡，知书达理，注重教育。弓仲韬有两个弟弟，都在外求学，一个在上海，一个在法兰西。家中全靠"少东家"弓仲韬协助父亲操心打理。可是弓仲韬厌倦了封建大家庭的等级森严，更无意沉溺于家庭的烦琐事务。虽然过着锦衣玉食的生活，但面对社会的黑暗，农民的疾苦，他心中始终充满无法排遣的苦闷。

他不满足于现状，决定放弃当"少东家"，去北京深造、学习，探索振兴国家之良策，追求更有意义的人生价值。

这年，弓仲韬已三十岁了。他有一个要好的堂兄，名叫弓镇，又名弓静庭，在北京法政专门学校毕业后，在京找到一个小办事员的工作。1916年的春节，弓静庭回老家过年，在二人彻夜长谈中，弓仲韬将自己的苦恼和忧虑一股脑儿倾诉出来。弓静庭闻听哈哈大笑道："没想到你这个养尊处优的大少爷这么不知足，也对！大丈夫当修身治国平天下，你也去报考北京法政学校吧，那里能长见识，开眼界，接触到更多新思想！"

堂兄的这句话，令弓仲韬心头一振，当即答应下来。

1916年仲秋的一天，弓仲韬走进了北京法政专门学校的大门，开始转变自己的人生旅程。

在北京法政专门学校就学期间，弓仲韬接触到更多新思想，并开始研究马列主义，积极探索救国救民之路。1919年，弓仲韬参加了轰轰烈烈的五四运动。同年他从北京法政专门学校毕业，开始在离北京大学不远的沙滩小学任教。

弓仲韬在任教之余，经常到北大图书馆看书，他听过李大钊先生的演讲，对李大钊先生丰富的学识以及关于中国革命的卓越见解十分钦佩。

一天晚上，在图书馆读书的弓仲韬看得入神，不知不觉过了闭馆时间，其他同学都已离去，只有他一人还在废寝忘食地读着。

早就关注弓仲韬的李大钊微笑着走过来。

弓仲韬抬头看见先生，急忙站起身来。

李大钊微笑着问："是弓仲韬先生吧？"

弓仲韬有点儿意外又有点儿激动地回答："是的，先生，仲韬早就仰慕先生大名，也一直渴望能当面请教，没想到今日得见，真乃三生有幸！"

李大钊说："弓先生不必客气，算起来，咱俩还是老乡呢，都是直隶省的，我们又是同行，都是教员，你说这是不是缘分？我愿意交你这个朋友，不知弓先生意下如何？"

弓仲韬急忙拱手施礼："先生言重了，仲韬何德何能，能受先生如此厚爱，如蒙不弃，仲韬愿拜您为师，追随先生之理想道路，为中华之崛起而奋斗！"

李大钊说："快请坐！对于今日中国之困境，未来之走向，仲韬有什么高见？"

弓仲韬说："不瞒先生说，我曾一度迷茫过。'五四'以后，各种新名词涌入中国，什么无政府主义、达尔文主义、工团主义等，令人眼花缭乱，起初我也对这些新名词挺着迷的，以为它们总有一种可以解决中国的问题，直到看到先生写的《法俄革命之比较观》《庶民的胜利》等文章，尤其您在《新青年》上发表《我的马克思主义观》一文，让我了解了马克思主义的唯物史观、政治经济学和科学社会主义的基本原理，您那句'试看将来的环球，必是赤旗的世界'，更是令我茅塞顿开，仲韬以为，走马列主义之路，才是适合中国国情，拯救民族危亡，振兴我泱泱中华的唯一正途！"

李大钊激动地说："说得好！你还有什么想法，咱们可以随时交流……"

从此，弓仲韬经常去北大向李大钊请教。在李大钊的启发下，弓仲韬认真学习研究马列主义，经常抽时间到天桥附近了解民情，向工人群众宣传马列主义和革命思想。

通过与弓仲韬近一年的交往和考验，李大钊认为他不仅博学多才，有思想、有抱负，而且有能力，有担当，充满革命的热情。

一天，两人正聊着工人运动，李大钊突然话锋一转，直接问道："仲韬，你愿不愿意加入中国共产党？"

弓仲韬闻之意外又惊喜，激动地说："先生，我愿意！"

"弓仲韬同志，欢迎你成为革命队伍的一员！"李大钊上前一把握住弓仲韬的双手，两个人的目光交汇在一起，那是革命者之间心照不宣的信任和坦诚。

党史资料记载，从1921年中国共产党成立到1927年大革命失败，中共没有规定入党誓词，也没有把入党誓词作为发展的必经程序，加入中共组织，没有固定和统一的誓词，只要承认党的纲领，并有一人介绍，经过审查即可入党，主要是通过表决心等方式，表达自己对加入共产党的志愿。

回去的路上，夜色深沉，漆黑一片，而弓仲韬的心中却充满光明。透过茫茫夜幕，他仿佛看到了改天换地的希望之光。

也就是从这一天开始，弓仲韬开始走上职业革命家的道路。

此时，共产党领导的学生运动和工人运动此起彼伏，京汉铁路大罢工以及各地反抗压迫的斗争风起云涌。

京汉铁路工人大罢工沉重打击了北洋军阀政府和帝国主义势

力，共产党和工人队伍也付出了惨痛的代价。中国共产党在残酷的斗争中深刻地认识到：中国革命的敌人异常强大，单靠无产阶级赤手空拳，匹马单枪，是不能战胜强敌的，必须建立广泛的统一战线。

二七惨案发生后，各地的工会组织除广东、湖南外都遭封闭，全国工人运动暂时转入了低潮。

正是在这种大背景下，李大钊决定委派一个信仰坚定、不怕吃苦、有能力又有魄力的党员，去农村建立党组织，点燃农村革命的星星之火，团结和发动更广泛的农民参与到革命队伍。

一天，弓仲韬急匆匆来到北京大学，向李大钊汇报工作：

"先生，我们在城里的很多聚会地点都被查封了，街道上到处都是便衣特务。怎么办？"

李大钊面色凝重地说："是啊，形势确实严峻！仲韬，我要给你一项重要任务。"

"请先生指示！"弓仲韬说。

"我想让你辞去教职，回老家安平去。"李大钊说。

一听这话，弓仲韬有些疑惑了，他问道："我们在这里的工作刚开展起来，为什么要我回老家安平？那可是偏僻的农村。"

李大钊语重心长地说："对，正是在农村，在广大农民身上蕴藏着巨大的革命力量。我自幼生长在乡下，耳闻目睹农民遭受官府、地主压迫剥削的悲惨。在中国，农民群众占了绝大多数，贫雇民以及小资产阶级知识分子都是党要发展和依靠的对象，如果能够组织起来，都参加国民革命，那中国革命的成功就不远了。目前咱们党刚刚成立，势力还很单薄，派你回老家安平，是要你利用家乡的人脉，发展党员，壮大我们在农村的党组织……"

弓仲韬认真倾听着、思索着。

李大钊继续语重心长地说："我党在农村发展组织，这项任务十分艰巨，你要做好应对各种艰难险阻的思想准备。农村不比城市，农民也不比工人、大学生和知识分子，他们绝大多数不识字，思想也比较保守，开展工作一定会遇到很多意想不到的困难，你有信心吗？"

弓仲韬语气坚定地回答："有！谢谢先生的信任！虽然我老家的农民贫穷落后，思想保守，也没有什么文化，但他们大多勤劳善良，渴望改变命运，我想首先办识字班、办夜校，教他们认字，您认为是否可行？"

李大钊点点头，建议道："好，你可以把夜校作为活动场所，逐步组织民众，宣传革命道理，到一定阶段可以成立农民协会，在农民协会的基础上再建立党组织，发动农民跟地主豪绅和反动军阀做斗争！"

李大钊先生的话令弓仲韬很受鼓舞，信心倍增。他郑重地向先生保证："无论有多少困难和阻力，坚决完成任务！"

李大钊拍了拍弓仲韬的肩膀，欣慰地说："好！你早点回去吧，路上小心。"

弓仲韬开门欲走，李大钊突然又叫住他，神情复杂凝重："仲韬，你父母身体还好？"

弓仲韬停住脚步，转头微笑："谢谢先生关心，挺好的。"

李大钊："孩子多大了？"

弓仲韬："两个女儿分别十五岁和八岁，还有个儿子四岁。"

李大钊上前几步，再次握住弓仲韬的双手。

"我听说你家在当地是名门望族，家大业大，现在你宣传共产主义思想，为穷人说话，发动贫雇农上学，与地主、恶霸和反动资本家作对，肯定会承受巨大压力，而且可能触及你自己家族的利益，这些，你考虑过吗？"

李大钊的这一番关怀的话语令弓仲韬十分感动，看着先生那一身穿了很多年的老旧长衫，看着桌上放着的唯一的饭菜：烙饼卷大葱，弓仲韬百感交集。

他指着桌子上的饼说："先生，您还是堂堂的北大教授呢，收入丰厚，原本可以过舒适体面的生活，可您却把大多数工资拿出来资助革命和贫困学生，自己家徒四壁，平时舍不得坐黄包车，每天中午只吃一份饼卷大葱——和您比起来，我承受这点儿压力又算得了什么？"

李大钊欣慰地点点头："此次回乡，任务艰巨，千斤重担都压在你一人身上，万万多加小心，有什么情况随时到北京找我。"

弓仲韬点点头，用力握了握李大钊先生的双手，目光坚定。

正是受李大钊坚定的革命信仰和无私奉献、两袖清风的高尚人格影响，弓仲韬义无反顾地投入到革命的滚滚洪流中。在以后漫长的风雨岁月中，无论顺境逆境，富裕贫穷，甚至在失去挚爱和亲人的情况下，弓仲韬始终初心不改，信仰坚定。

四、安平籍最早的中共党员李锡九

弓仲韬不是第一个加入中国共产党的安平人，在1922年，李大钊已经发展了一名安平籍人士加入了中国共产党，他就是大名鼎鼎的李锡九。

李锡九是安平县任庄村人，出生于1872年。他自幼酷爱读书，青少年时代，他就对当时腐败的清政府极为不满，有志于改造社会，振兴国家。他不满足于中国旧式传统教育，渴望学习新知识，毅然赴日本留学。留学期间结识孙中山，加入了孙中山创建的同盟会。回国后的1912年，李锡九任中华民国临时政府众议院议员。辛亥革命后，李锡九积极投身护法运动，1917年担任非常国会护法委员，致力于民族民主革命。俄国十月革命后，马克思主义传入中国，李锡九开始与李大钊交往，研究马克思主义。1922年初，在北京的李锡九经李大钊介绍加入了中国共产党，成为中国共产党早期党员之一。此后，李锡九一直是以中共秘密党员的身份为党工作。

第四章　中共第一个农村支部

一、弓仲韬返乡

1923年春天的一个早上，在安平县台城村弓家大院内，弓仲韬的妻子李俊阁正给公婆请安。

李俊阁出生在饶阳县大官厅村，她娘家是方圆几百里有名的地主兼商人家庭，在大官厅村拥有一片豪宅。李俊阁的爷爷和父亲在辽宁赤峰开商号，经营饶阳的土布、口袋、褡裢等棉线类制品，生意兴隆。1915年李家又到北京西花市大街开办了协生成布匹店，因为善于经营，恪守诚信，布店很快发展成为西花市大街数一数二的大店。

李俊阁读过几年私塾，知书达理。自嫁入弓家，上孝敬公婆，下照顾儿女，对丈夫更是关怀体贴，百依百顺，深得弓家上下的敬重和喜爱。

不过丈夫弓仲韬这次一走半年，连个信儿都没有，她不免有些担心，正想和公婆说去看看，公爹弓堪先开口了：

"老大媳妇，韬儿有半年多没回来了吧，不然你去北京看看他吧。"

李俊阁闻之暗喜："好的，爹。正好我娘家在北京西花市大街的布匹店要扩店，我爷爷想让仲韬帮着打点，我过去和他商议下。"

弓堪点点头，说：'韬儿以后总要挑起弓家的担子，让他先练练手也好。"

婆婆弓闫氏附和道："是啊，他当那个小学教员，能有什么前途，又累又不挣钱，不如到生意场上锤炼锤炼，老大媳妇，你也别着急回来，多陪陪他，孩子有我们照看着。"

李俊阁说："谢谢爹，谢谢娘。还有件事跟二老商量，昨天我父母捎话来，说他们在北京又置办了两处大宅子，想让咱们全家都搬过去住，说那边生意好做，孩子们也能上新式学堂。"

弓堪看看夫人弓闫氏，说："我们老俩就算了，安平虽小，也是故土难离，再说家里还这一大摊子事呢。你就安心去吧，替我谢谢你父母，事事都替弓家着想。"

李俊阁低眉顺眼，声音轻柔地说："好的，那我今天收拾收拾，明天就去北京。"

话音刚落，穿着一身灰色长衫，提着两个大行李箱的弓仲韬风尘仆仆地走进来，屋内的三人大吃一惊。

弓闫氏一脸惊喜地从椅子上站起来："韬儿回来了，怎么也没提前捎个信儿？"

李俊阁含情脉脉地看着丈夫，心里暗想：一定是爷爷跟他说了，他专门回家接我的。

而弓堪却有所警觉地问："这也没到暑假呢，你是有什么事吧？"

弓仲韬说："爹、娘，我已经辞了沙滩小学的工作，这次回来就不走了！"

两位老人面面相觑，李俊阁更是一脸不解。

李俊阁提醒道："我爷爷还等着你去北京打理布匹店的生意呢，咱孩子上的新式学堂都给联系好了。"

弓仲韬摇摇头："我不是做生意的材料，别再耽误了爷爷的买卖。孩子也不必非去北京上学，我这次回村，就是要开夜校，办新式学堂！"

弓堪眉头皱起来："办学堂？亏你想得出，这几年洪灾、旱灾连着蝗灾，乡下人的日子不好过，有的饭都吃不饱，谁还舍得花钱上学？"

弓仲韬说："爹，您放心吧，我心里有数。"

知子莫如父。弓仲韬越说得轻描淡写，弓堪越忧虑重重。

弓堪表情严肃地说："我可提醒你啊，现在是多事之秋，你可别给我惹出什么麻烦来。"

弓闫氏看见大儿子只顾着高兴了："回来就好，一家人在一起比啥都强。赶快去洗把脸，换身衣服！"

女儿弓浦、弓乃如、儿子小宝跑进屋，突然看到父亲，三个孩子又惊又喜，一下子都扑过来，争相喊着："爹！爹！可想死我们了！"

弓仲韬一把搂过三个孩子，欣慰地说："爹也想你们呀，几个月不见，又长高了！"

说完他从提包里拿出几本画书和糖果，孩子们一见，兴奋地欢呼起来。

此时弓家的厨房内，两个大厨和十来个帮佣正手脚不停地忙碌着。有杀鸡宰鹅的，有收拾鱼虾的，有泡发海参、山货的，还有炖大肉、炸四喜丸子的……

弓闫氏来到厨房，一边仔细检查一边询问："准备得怎么样了？"

胖厨师说："没问题，都是按照太太的吩咐准备的，十荤八素，外加每人一份佛跳墙。"

弓闫氏："嗯，都用点心。去天津的回来了吗？"

胖厨师："回来了，大少爷爱吃的狗不理包子、风干鸭，还有塔嘛鱼都买回来了，您放一百个心，一样儿都不差！"

弓闫氏四下里巡视一圈，满意地点点头，面露喜色。

那是一顿特别丰盛的晚餐，弓家上下人人脸上都洋溢着幸福的微笑。

那天全家人在一起其乐融融、和谐美好的画面，一直铭刻在弓仲韬的脑海里。

在以后漫长而残酷的岁月里，尤其是先后经历了大女儿牺牲、儿子被毒杀、妻子客死他乡，自己也双目失明后，弓仲韬无数次地回忆起那顿丰盛的晚餐和孩子们的笑脸，那温馨美好的画面慰藉着他千疮百孔的心灵，也让他对家人充满了深深的愧疚。但他对党和人民的赤胆忠心，对共产主义信仰的执着追求，一直到生命的终点，都没有丝毫改变。

二、平民夜校

弓仲韬受李大钊的派遣回台城村后，看到穷苦乡亲们饥寒交迫、甚至卖儿卖女的惨状，深感痛心。他说服父亲弓堪给穷户放粮，在村口搭粥棚舍粥。

据台城村九十多岁的老党员白秀君回忆，她小时候家里穷，弓仲韬回来后经常照顾她家，让她爹到弓家地里搬"高粱头（收割下来的成捆高粱穗）"。

为了创办平民夜校，弓仲韬腾出自己家放农具的三间东屋，购买了桌椅板凳。为了吸引家境困难的农民过来上课，弓仲韬不收取学费，为了不耽误农活儿，还选在晚上上课。夜校规定农忙时三六九上课，冬春农闲时每晚开课，但即使这样，报名者依然寥寥。

一天深夜，弓仲韬看到弓凤洲还在喂马，就走了过去。

弓凤洲一达干活儿一边问："大少爷，这么晚了您怎么还不睡？"

弓仲韬叹气道："唉，可能晚饭吃多了，睡不着，出来走走。凤洲，你怎么这么晚还干活儿？"

弓凤洲回答道："喂完马就睡，大少爷没听过那句话吗，马无夜草不肥！"

弓仲韬又叹了口气，说："唉，马肥了，你却瘦了！"

弓凤洲说："给东家干活儿，就得尽心尽力，再说大少爷又对我这么好。"

弓仲韬说："明天夜校开学，你也去吧。"

弓凤洲听了一惊："夜校？就是学堂呗？不去，不去，不去，我不爱学，也没钱上。"

弓仲韬问："要是不要钱呢？"

弓凤洲说："那也不去，种地、喂马、做木工活儿，甚至打把式卖艺，我都行，学认字，还是算了吧。"

弓仲韬劝说道："你认了字，才能看书，才能知道更多的道理，长更多的见识，你才能活成你想要的样子。还有，我再说一遍，以后不许叫我大少爷，人生而平等，没有谁天生就是主子，谁天生就是奴才。"

弓凤洲疑惑地问："大少爷，你这次回来怎么不一样了？说的尽是新词儿，人生而平等，这怎么可能？大少爷生在富贵人家，天生金贵，您把我和成山当兄弟，那是您心眼儿好，我们可不敢造次。"

弓仲韬无奈地说："你呀，我走了这几年，你不仅没进步，反而是罐儿养王八，越养越抽抽了。堂堂男子汉，活着不能只是为了一口吃食，要眼界宽广，胸怀天下，要有忧国忧民之心。"

弓凤洲挠着头，一脸不解地问："大少爷又不愁吃穿，为啥要为天下人操心？天下我没见过，只说咱台城村，去年外出逃荒的就有二十来户，卖儿卖女的有四户，你就是好心想帮他们，也帮不过来呀！"

弓仲韬说："所以凤洲，你得帮我，我们一起做这件大事，同时发动更多的人来做，那么一个人人平等的、没有剥削和压迫的社会，就一定会到来！"

弓仲韬说得抑扬顿挫，弓凤洲听得似懂非懂，但他相信弓仲韬的为人，让他做的事，肯定不是坏事，就回答说："我听大少爷的，大少爷人好心善，又有学问，你说的话，准没错！可是我能做啥呢？"

弓仲韬笑着说："明天带头去夜校上课！"

弓凤洲说："行，可不能太晚，不能耽误我喂马！"

见弓凤洲答应了，弓仲韬满意地返回自己的房间。

妻子李俊阁还没有睡，弓仲韬就凑过去说："明天平民夜校第一天开课，你能过去帮帮忙吗？"

李俊阁说："我能帮你干什么？再说明天宝儿就从姥姥家回来了，我得在家等他。"

弓仲韬笑道："家里有爹娘呢，还能没人管你宝贝儿子？你过来帮我煮粥吧。"

李俊阁转过身来，佯装生气道："什么？你不会是让我在学堂门口卖粥吧？"

弓仲韬嘿嘿笑了两声："那不能，你是大家主儿的千金小姐，又是我弓家的少奶奶，怎么能去卖粥呢？不卖！刚才不是说了吗，是煮粥，你只管煮就行。"

李俊阁看出了丈夫的心思，长叹一声："你教村里的穷人认字读书就算了，还要管饭吗？"

弓仲韬赔笑道："这不是赶上刚过了灾年嘛！总不能叫父老乡亲们饿着肚子上课吧？"

李俊阁皱了下眉，有点儿担忧地问："你这么做，爹知道不？"

弓仲韬说：'明天先把夜校开起来，回头我找机会再跟爹娘解释。"

李俊阁长叹一声："你呀！"

次日晚上7点，在弓家闲院内的一间屋子内，几盏油灯，几排简易的桌椅板凳上，坐着二十多个衣衫褴褛的农民，他们都在呼噜呼噜地喝粥。

一个农民将碗送到弓凤洲面前："凤洲兄弟，能不能再给盛一碗？"

弓凤洲笑笑，又盛了一碗。

李俊阁抓住饭勺，守着粥锅："大家吃完，都把饭碗放到盆里，轻拿轻放，不要摔碎了。"

农民们喝完粥，挨个地将饭碗送过来，屋子里响起一阵叮当声。

大家终于坐到了桌子前，朝讲台上看去。

弓仲韬穿着一件灰色长袍，微笑着站在讲台上，环视了下教室后说："父老乡亲们，今儿咱们这个平民夜校就开课了。大家可以叫我先生，也可以叫我仲韬。"

门被撞开，弓成山匆匆赶来："大少爷，我来晚了。"

弓仲韬指着一处空座位："你快坐下吧，我刚说了，以后大家叫我先生或仲韬，谁也不许叫大少爷，再叫，就没粥喝！"

底下哄堂大笑起来，弓成山急忙改口："那个弓先生，我还没吃饭呢，还有粥不？"

教室内再次传来一阵哄笑。

李俊阁扑哧一声也笑了。她用勺子刮了刮锅底，凑了小半碗米粥递过去："成山兄弟，给你！"

弓成山接过饭碗，说了句"谢谢嫂子"就开始狼吞虎咽，几口喝光了粥。

弓仲韬微笑着说："慢点儿，没人跟你抢。"

弓凤洲拽了弓成山一把："赶快坐下，马上开课了！"

弓成山急忙坐到弓凤洲身边。

弓仲韬取出粉笔在黑板上写了一个大大的人字：

"好，现在咱们开始上课。谁能告诉我，这是个什么字啊？"

一个农民大声地嚷："人！"

弓仲韬点头："对，这就是人字。在我们中国，人分为两类，大家说是哪两类啊？"

弓成山起哄道："男人和女人。"

教室内又是一阵哄笑。

弓仲韬笑着说："这么说也没错，不过我今天想说的是这两类，人上人和人下人。人上人有钱有势，坐享其成，享尽荣华富贵，人下人累死累活，却衣不蔽体，食不果腹，还要受人上人的欺压，你们说，这是为什么？"

有人回答："命呗，人的命，天注定！"

弓仲韬说："不！人生来是平等的，人人都有一双眼睛，一张嘴巴，都有手有脚，没有人天生就是老爷，也没有人天生就是奴才！你们想不想过上没有剥削，没有压迫，人人平等，国富民强的好日子？肯定想！可是如今，军阀混战不休，国家危亡在即，靠谁来拯救中华民族？只有靠我们自己！只要我们每一个人都不再当奴才和主子，这个国家才会真正有希望！两千年了，我们农民跪天、跪地、跪神、跪佛，跪得腰都直不起来了，可我们还是免不了要国破家亡！乡亲们，以后我们谁也不跪了，要想过上好日子，只能靠自己，靠我们在座的每一个人！"

看着讲台上侃侃而谈的弓仲韬，听着这些新鲜的词语，在场的贫雇农眼神中流露着兴奋和渴盼，祖祖辈辈做人下人，他们尝尽了冷酷辛酸，改变自己的命运，做国家的主人，这一天他们连想都不敢想啊。

据台城村的弓大栓生前回忆，他八岁那年，一个身穿长袍的先生来到他家说："娃儿，我们村办了个夜校，你去夜校读书识字吧。"他高兴地答应了，可他娘拽着他的衣角说："不去！咱家没钱上！"那先生说："夜校教孩子和大人识字，都不要钱。"后来他才知道，这位说话和气的先生就是刚从北京回村不久的弓仲韬。

在弓仲韬的动员下，弓大栓和村里八个小伙伴，每天夜里到弓家听课、写字。弓大栓说："我们都爱去上学，不仅能读书认字，听故事，放学前还能喝上一碗粥。"

学员大多是青年，还有十来岁的少年。通过弓仲韬挨家挨户做工作，夜校的学员越来越多，一度达到五六十人。平民夜校如一盏明灯，照亮了穷苦乡亲闭塞的心田。

弓仲韬办的平民夜校用的是他自编教材《平民千字文》，从简单的"人、口、手、大、小、多、少"讲起，再讲台城村、直隶省、整个中国的现状，以及穷人为什么穷等革命道理，还有辛亥革命、北洋军阀以及在南方爆发的工人运动和农民运动等，由浅入深、循序善诱，吸引了越来越多的青年到校学习。

据台城村的弓大栓生前回忆，抗日战争爆发后，他们八个上过平民夜校的穷学生先后都参了军，有三个在战场上牺牲了。他们分别是：

弓乃纯，一二〇师战士，1938年参军不久牺牲在河间；弓秋恒，抗二团侦察排长，1945年牺牲在郑州市；刘秋本，三纵八旅排长，1948年牺牲在密云县古北口镇。

三、中共台城特别支部的诞生

弓仲韬在平民夜校的基础上，又筹建起了农会，培养了积极分子，其中思想进步最快的是两个长工，也是他的好友，弓凤洲和弓成山。

1923年8月的一个夜晚，明月高悬。

夜校下课后，人们三三两两地往回走。

弓仲韬、弓凤洲和弓成山走在最后。

弓凤洲低声问："大少爷，不是，那个弓先生——嗨！真别扭，还是叫仲韬哥吧！仲韬哥，你刚才说穷人想要翻身，就得团结起来，就得革命，到底啥叫革命？"

弓成山抢过话头说："革命？我知道，孙中山总统推翻清朝就叫革命。"

弓仲韬点点头说："对，孙总统虽然将清朝推翻了，可是政权落到了北洋军阀手里，你方唱罢我登场，几拨军阀混战不休，轮流上台，老百姓受苦受难的状况还是没有改变。"

弓凤洲点头说："是啊，清朝换成了民国，仅仅就是把脑袋上的辫子剪掉了，穷苦人还是穷得揭不开锅，像我家，人口多，老人还有病，若不是大少爷接济，早就过不下去了。"

弓仲韬接过话头说："你们有没有想过，为什么穷人一年到头地在地里干活儿劳作，累死累活却吃不饱饭，打的粮食都交了租子还不够，这不是命，这是剥削！所以就需要天下的受苦人团结起来，打倒剥削人民的反动军阀、地主、资本家！"

弓凤洲问："可是天下这么大，怎么团结起来？"

弓仲韬说："群羊走路看头羊，干革命也一样，我们需要一个带头的组织，一个专门帮助穷人、为工农大众服务的组织，这个组织就叫——共产党。共产党是穷人的党，是大多数人的党，她帮助受苦受难的人翻身做主人，消灭剥削和压迫，让平民百姓都过上幸福的生活，有一首歌，歌词很好，我唱给你们听：'起来，饥寒交迫的奴隶！起来，全世界受苦的人！满腔的热血已经沸腾，要为真理而斗争！旧世界打个落花流水，奴隶们起来，起来！不要说我们一无所有，我们要做天下的主人！'"

低沉有力的歌声感染了弓凤洲和弓成山，他俩也跟着弓仲韬握紧拳头，哼唱起来。

歌罢，弓凤洲庄重地说："我要加入共产党！"

弓成山也说："我也要加入共产党！"

月光下，弓仲韬和弓凤洲、弓成山三人的双手紧紧握在一起。

夜深了，在弓家的厢房内，弓仲韬带领弓凤洲、弓成山举行了简单而庄严的入党仪式。

1923年8月，经中共北京区委批准，在李大钊先生的亲自指导下，中国共产党第一个农村支部在直隶（河北）省安平县台城村诞生了，弓仲韬任支部书记，弓凤洲任组织委员，弓成山任宣传委员，办公地点设在弓仲韬家里。因当时尚未建立省委、县委，所以命名为特别支部，直属中共北京区执行委员会（简称中共北京区委）领导。

冀中平原上刚刚成立的中共台城特别支部虽然只有三名党员，却有着非同寻常的意义。根据中共中央北京区委的指示，刚刚成立的台城特支明确了两大主要任务：一是，带领农民开展各种对敌斗争；二是，继续壮大党的队伍。

第五章　河北省第一个中共县委

一、中共安平县委成立

台城特别支部的创立，点燃了冀中农村革命的星星之火。

在李大钊同志的关怀指导下，刚成立不久的台城特支及时研究分析了地方社会状况，决定在工农群众和知识分子中同时开展党的工作，并做了具体分工。弓仲韬负责在知识分子中活动，弓凤洲负责在农民中活动。

到1923年底，台城村的弓振明、弓结流、弓偶气等人也加入了中国共产党。

花开两朵，各表一枝。再说任庄村的李锡九。1923年他在任庄村带领农民拆毁旧庙，自筹资金建校舍，购置了黑板、桌椅板凳、灯油炭火等用具，创办了农民夜校和女校，并以此作为宣传马列主义、组织革命斗争的阵地。

受封建礼教禁锢的农村妇女，不愿抛头露面去上学。李锡九便让女儿李之光带头入校学习，并走家串户动员女子去上学。女校学生很快发展到近四十人。不少女学生，边学习边组织动员妇女剪辫子、放足、参加革命活动，在群众中产生很大影响。

李子逊、李纪元担任教员，教学内容除教授文化知识外，主要是宣传革命道理，进行通俗马列主义教育。宣讲内容多取自于《社会科学概论》《莫斯科印象记》《苏俄考察记》《北京晨报》等宣传新文化、传播马列主义的书籍和报刊，通过革命启蒙教育，培养入党积极分子。

1924年初，李锡九介绍李少楼、李振庭和李汉辉加入了中国共产党。

李少楼在安平颇有名望，是北关高级小学的校长。在李锡九的帮助下，李少楼组织成立了北关高小党支部。

弓仲韬在上级党组织的帮助下，于1924年二三月间与李少楼秘密取得了联系。

自此，李大钊在安平播下的两颗火种，任庄的李锡九和台城的弓仲韬开始有了交集，并合为一股，共同发展党的组织。

1924年3月的一天，弓仲韬又来到北关高小李少楼的住处，他俩同时介绍教育界知名人士敬思村的张麟阁加入了中国共产党。

敬思村与台城村毗邻，相隔三里之遥。张麟阁出身地主家庭，在本村小学任教，当时思想进步，向往革命。

之后，张麟阁又先后发展了本村农民阮大楞、李更加入了中国共产党。

1924年6月，张麟阁创建了敬思村党支部，并担任党支部书记。从时间上推算，这是中共第三个农村支部。

此时，安平县经弓仲韬、李锡九发展的两股革命力量汇集到了一起，已有台城村、北关高小、敬思村三个党支部，十四名党员。

安平县党组织迅速发展的消息传到了中共北京区委，李大钊非常高兴，当即做出指示："一旦时机成熟，可成立中共安平县委，以利于领导全县民众开展斗争。"

接到李大钊的指示，弓仲韬更加坚定了革命的信心。

1924年8月15日晚，在敬思村张麟阁家里，召开了安平县第一次共产党员代表会议，前来参加会议的有弓仲韬、李少楼、张麟阁、弓凤洲、李春耀等代表七人。

会议由弓仲韬主持。他首先回顾了一年多来党组织建立的情况，然后宣布了中共北京区委和李大钊同志关于建立中共安平县委的指示。会上，九名共产党员代表经过充分的讨论酝酿，对弓仲韬、李少楼、张麟阁三名候选人进行了举手表决，由弓仲韬任县委书记，张麟阁为组织委员，李少楼为宣传委员。会上明确了今后的工作任务：发展党的组织，壮大革命力量，启发群众觉悟，开展反帝反封建斗争。

河北省农村第一个中共县委就此诞生。县委机关暂驻台城村弓仲韬家。

县委成立后，台城特支改名为台城党支部，党支部书记由弓凤洲担任。到1925年12月，先后发展北黄城村的王荣耀、唐贝村的张志宏等入党；台城村的弓濯之、建赵庄的赵魁昌等加入社会主义青年团。

在县委的领导下，薛各庄村李霞远在本村办起了农民夜校，组织了"老人互助会""禁赌会"等群众组织。不久，任庄、彪塚、齐侯疃、唐贝、北黄城、石干、赵庄等村也先后建起了"农民协会"，马店、齐侯疃等村建起了农民夜校，野营、北王宋等许多村庄成立了"老人互助会""戒烟戒酒会""戒赌会"，还有"哥八会""抗债团"等群众组织。

这一时期创办的平民夜校，是安平党组织领导各村农民，以"平教会"的名义作为公开合法的形式，建立起来的业余教育组织。夜校的学生大多是贫雇农，教员多是共产党员或进步知识分子。党利用这一组织形式向广大贫雇农宣传革命道理，教授文化知识，提高贫雇农的阶级觉悟，增强反帝反封建的意识。

台城、任庄等村的平民夜校办得尤为出色，学员多达四五十人。

后来，弓仲韬卖掉了自家的二十亩地，办起了台城村女子小学，引导妇女学习文化知识和革命道理。弓仲韬在这些学员中物色、培养积极分子，发展党员，其中很多人成长为革命骨干。

中共保定地方委员会成立后，为适应革命斗争形势的需要，中共安平县委由原属北京区委领导改为属保定地方委员会领导。

二、长工的增资和短工的罢市斗争

地主阶级长期剥削农民，长工们一年辛苦劳作，累死累活年薪只有三十元，大多数农民靠这微薄的收入难以养家糊口，生活苦不堪言。1924年临近秋收时节，安平县党组织决定趁秋季地主大批用人之际，发动长工进行增资斗争。

增资斗争是有组织、有计划进行的。斗争起点选在台城村。台城村党支部首先启发贫雇农民的阶级觉悟，激发他们的斗争精神，然后组织长工向比较开明的地主提出增资要求。为打开斗争局面，促进斗争迅速发展，县委书记弓仲韬首先给自己家的长工、共产党员何老正增资，然后让何老正在长工中宣传鼓动增资。斗争很快开展起来，长工们以怠工、辞职、说理等多种形式同地主进行斗争。地主因秋收在即、农活儿很忙，地里的庄稼耽误不得，被迫答应了长工们的要求，斗争取得了胜利。到年底，台城村的长工工资普遍有所提高，年薪由三十元增加到了三十五元以上，多的达到五十元。

台城长工增资斗争胜利后，斗争的浪潮很快波及黄城、敬思、任庄等有党员的村庄。到1925年底，长工的增资斗争形成了全县的群众运动，并且都获得了胜利。

县委为进一步改善雇农长工的生活待遇，提高雇农地位，又发动雇农向地主提出每年过节（春节、端午节、中秋节）要放假并给点儿过节费，因忙不放假的除给过节费外发双工资。此外，长工除年薪外，每年给两匹土布、两双布鞋，以补生活之不足。由于这些要求符合广大雇农利益，又合情合理，受到广大农民的热烈拥护，大家纷纷加入斗争行列，斗争迅速蔓延到全县。经过两三个月的斗争，雇农最终取得了胜利。

1925年麦收时，县委又领导了短工的罢市增资斗争。地主剥削农民，除雇用长工外，每逢夏秋农活儿繁忙季节，还要临时雇用短工，一些没地或少地的农民这时便去打短工。于是，一些地主多的大村镇便日渐有了短工市，每到农忙季节，便有贫苦农民前去"上市"。短工的工资也很低，每集（五天）才七角钱。

为确保斗争取得成效，党组织进行了周密的安排，决定首先在台城村、敬思村等有党组织的地方开展，然后以此为中心，向附近村庄乃至全县发展。台城村由支部书记弓凤洲负责领导，敬思村由张麟阁负责组织。各支部把党员分为三个部分：一部分党员带领积极分子，分别到台城、黄城、满正、大良、河漕等村的短工市场进行鼓动宣传，提出"不增资、不下地"的口号；一部分由有斗争经验的党员组成，深入到各短工市场，在地主被迫答应增资的情况下，相机出面调停，保证斗争有理、有利、有节地开展；还有部分由家有土地、有雇工的党员组成，在短工提出要求时，雇工的党员首先答应增资，以便突破缺口迅速打开局面。经过斗争，地主、富农怕耽误农时，只好答应短工们的要求。这场斗争很快在全县蓬勃开展起来，并取得了胜利。短工工资由原来的每集（五天）七角增到一元以上，有的增到两元左右。

第六章　燎原冀中

　　滹沱河水蜿蜒穿行深泽县、安平县、饶阳县，三县接壤毗邻，人民一衣带水，交往甚多。来自安平的革命风暴很快燎原至深泽、饶阳等周边县，乃至整个冀中地区。

一、李锡九指导创办饶阳县党组织

　　1924年春，李锡九受李大钊指派来到饶阳县城，介绍好友韩子慕参加了中国共产党。在李锡九的指导帮助下，韩子慕又在知识分子中发展了一批共产党员，成了饶阳共产党组织的中坚力量。第一个发展的翟少痴是小学教员，十九岁。后又发展了王春辉、李永昌、刘金玉、张来欣、罗云甫、罗介甫等。李锡九和韩子慕与中共北方局有直接关系，他们把《新青年》《向导》等刊物介绍给党员和青年们阅读，对大家影响很大，随后成立了饶阳县第一个党支部——城内支部。刘金玉任书记，韩子慕任组织委员，张来欣任宣传委员，直属中央北方区委领导。党的机关设在韩子慕家，活动经费由韩家负担。

　　深泽县河疃村的王子益和南营村的许卜五先后考入保定育德中学。在进步思想的熏陶下，他们开始学习和研究马克思主义。1923

年3月，王子益经育德中学的张廷瑞和宁桂馨二人介绍，加入了中国社会主义青年团，并于1925年春转为中共党员。1924年，许卜五经育德中学的武述文和韩衣录介绍，加入中国社会主义青年团，并于1925年上半年转为中共党员。他们利用学校放假的机会，秘密携带《新青年》《向导》进步书刊回到家乡，向同学和亲友宣传俄国十月革命和马克思主义，宣传穷苦人要翻身就必须团结起来闹革命的道理。弓仲韬堂妹弓惠诚也在保定育德中学上学，后嫁给王子益。1925年下半年，王子益从保定育德中学毕业后回原籍深泽县发展党组织，是深泽县党组织创始人之一。弓惠诚在保定育德中学毕业后随夫王子益在深泽县开展党的活动。弓仲韬、王子益两人既是同志又是亲戚，经常就两县党的活动交流沟通。

王子益回到老家后，在河疃高小任教，以教员身份为掩护秘密开展党的工作。这时许卜五也回到老家南营村，并在本村完小民德小学担任科任教员。与此同时，侯文质从保定第二师范毕业后也来到深泽县，在深泽师范讲习所担任教员。之后，他们三人经常碰头进行联系，并经过一段时间的准备以后，决定先成立一个建党三人核心小组，小组设在南营民德小学，由许卜五任召集人，不定期开会研究工作。

1925年10月，王子益、许卜五、侯文质经过秘密商议，在南营民德小学成立了中共深泽县小组，由王子益任组长，许卜五负责组织工作，侯文质负责宣传工作，隶属于中共保定支部。1926年初，中共深泽县小组改属于刚刚成立的中共保定地委。

当时，北冶庄头村的宋志毅（原名宋又彬）在县立单级师范学校毕业后在马铺村小学任教，由于受王、许二人革命思想的熏陶和影响，思想进步很快。他与许卜五是高小读书时的同班同学，交情很好。王子益、许卜五经过考察和培养，1925年冬发展宋志毅加入中国共产党，这是深泽县党组织发展的第一个党员。随后王子益、许卜五又分别在本村及周围村庄陆续发展了一批共产党员。同期被发展入党的还有王子益的哥哥王鹤田。

1927年7月中共深泽县委员会成立后，宋志毅担任县委委员。1929年底任中共深泽县委书记。先后组织发动群众开展拾秋、增资和庙会大宣传等斗争，并通过举办"农民运动讲习所"和农民夜校，培养了大批革命干部，分布在全县秘密开展党的工作。

王子益、许卜五、宋志毅先后发展北冶庄头村宋志毅的四哥宋老伴（宋半绩）、何福林、孙超，马铺村的段振奎、杜锡章、陆更山，河疃村的王友治等人入党。

二、安饶联合县委和安饶深中心县委的建立

1925年冬，负责指导安平、饶阳一带党的工作的张鹤亭，根据保定地方委员会的指示，把中共安平县委与饶阳县党组织合组为中共安饶联合县委，负责安平、饶阳两县党的工作。弓仲韬任书记，王春辉、韩子慕、刘金玉、张鹤亭、张来欣、李少楼任委员，联合县委机关设在弓仲韬家中，联合县委隶属中共保定支部，中共保定地委成立后，改属保定地委。

联合县委建立后，党的领导进一步加强，党团组织迅速扩大，工作更加活跃，来往于弓仲韬家的党团员越来越多。联合县委在弓仲韬家前院，成立了"台城女子小学"。其学生大多是党员亲属，有安平县的弓乃如、刘金兰、弓淑惠、弓蕊、安菊，饶阳县的韩惠波、韩秀巧、严镜波、阳芳、严玉环、罗梅君等近二十人。教员由张鹤亭、弓浦、弓惠詹担任。办学不仅为了教授文化知识和革命道理，传播马列主义，培养后备力量，也是为了掩护党的县委机关。办学的一切费用由弓仲韬负责。

1926年4月，深泽县建立党支部后，为了进一步推动工农革命运动高潮的到来，保定地委决定，成立安（平）饶（阳）深（泽）三县中心县委，中心县委书记仍由弓仲韬担任。

1926年8月的一天下午，来自饶阳、深泽两县的党组织负责人，冒着酷暑风尘仆仆赶到弓仲韬家中，参加由保定地委特派员张鹤亭主持的三县中心县委成立会议。原定出席会议的每县两个人，加上张鹤亭共七个人，安平县有弓仲韬、弓浦，饶阳县有王春辉、张来欣，深泽县原确定王子益、许卜五两人，因许卜五临时去广州参加农民运动讲习所的培训，所以只来了王子益一个人。

这是一次重要的会议，会议由张鹤亭主持召开。会上，传达了保定地委领导的指示：成立中心县委，将安平县的好经验好做法迅速推广到其他两县、让革命的火种在三县一并燃烧，越烧越旺。

弓仲韬表示，自返乡以来，他感受最深的是开展革命斗争必须精诚团结，一方面是共产党员的团结，另一方面是民众的团结，只有全力促成这两方面的团结，我们的局面才会改观。

会上三县代表选举弓仲韬为中心县委书记，王春辉为组织委员，王子益为宣传委员，张来欣为农运委员，张鹤亭为青年委员，弓仲韬大女儿弓浦为妇女委员。中心县委机关设在弓仲韬家中。

从台城特支到安平县委，再到安饶深中心县委，弓仲韬肩上的担子不断加重，他始终信念坚定，不惧艰险，勇往直前。

安饶深中心县委的成立，使得革命力量更加强大，设在弓仲韬家中的中心县委机关，比以往更加忙碌。弓仲韬和保定地委特派员兼青年委员张鹤亭，负责处理各项大事，根据上级指示制定发展党员、组织民众开展斗争的方案，各个委员们各负其责，农民运动、妇女运动、青年工作都有了专人具体抓。而王春辉在饶阳县，王子益在深泽县，则要相对独立地组织开展工作，他们经常来安平县台城村请示汇报。中心县委将三个县的工农革命斗争紧紧连接在了一起，在弓仲韬的精心运筹和委员们的积极努力下，三县的革命斗争逐渐拓宽深入，党组织的发展更加迅猛。

从台城村第一个党支部建立起，不到四年的时间，革命的星火就在冀中大地迅速散播开来。

三、弓仲韬大女儿弓浦牺牲

作为中共台城特别支部和安平县委的主要创建人，弓仲韬一生对党忠心耿耿。从1923年奉李大钊之命返回台城村办夜校、发展农会、建立党支部、成立安平县委，领导农民与恶霸地主反动势力做斗争，他为革命变卖家财土地，殚精竭虑，初心不悔。弓仲韬屡次遭到反动当局的通缉，虽在群众的掩护和帮助下安全脱险，但却长期不能在家居住。他历经艰险而意志坚定，唯有两次，差点儿被残酷的命运压垮，那就是懂事的大女儿和可爱的儿子的遇难。

1926年春节过后，弓浦到北京师范大学上学。

1926年3月12日，冯玉祥的国民军与奉系军阀作战期间，日本军舰掩护奉军军舰驶进天津大沽口，炮击国民军，守军死伤十余名。国民军坚决还击，将日舰驱逐出大沽口。日本竟联合英美等八国于16日向段祺瑞政府发出最后通牒，提出撤除大沽口国防设施的无理要求。

3月18日，北京群众五千余人，在天安门集会抗议，反对八国通牒，保卫国家主权，其中就包括弓浦等学生们。游行遭到段祺瑞政府的镇压。据统计，"三一八"惨案当场打死四十七人，伤两百余人。

受伤的弓浦被送回老家后，因伤势过重，不到半年就离世了。

大女儿的牺牲令弓仲韬备受打击，痛心不已。

四、白色恐怖下的农村党组织

1927年4月和7月，蒋介石、汪精卫先后在上海和武汉发动了震惊中外的四一二反革命政变和七一五反革命政变，大革命失败。在北方，奉系军阀张作霖也大肆捕杀共产党人，国共合作全面破裂，大批优秀儿女倒在了反革命的血雨腥风之中。据不完全统计，从1927年3月到1928年上半年，全国被杀害的共产党员和革命群众达三十一万多人。

在四一二反革命政变前，国共尚处于合作时期，安平、饶阳、深泽三县有些共产党员还能以国民党党员的身份出现，政变发生后，国民党反动派背叛孙中山，破坏国共合作，屠杀共产党人，白色恐怖笼罩全国。

1927年4月28日。李大钊被张作霖杀害。此后的一天，弓仲韬正在家中召集党员开会，弓凤洲急匆匆地进来，将手上的一张报纸递给弓仲韬说："你看！"

弓仲韬接过报纸，念道："军法会审昨日开庭，判决党人二十名死刑，一律在看守所绞决，李大钊首登绞刑台。"

念至此，弓仲韬手颤抖着，报纸掉在地上。他眼含热泪对在场的党员说：

"李大钊先生不幸罹难，天地同悲，日月变色，吾辈将秉承先生遗志，坚持斗争，不怕牺牲，为实现共产主义而奋斗。为表哀悼，大家向东北方向三鞠躬：一鞠躬，再鞠躬，三鞠躬！"

党员们跟随弓仲韬一起三鞠躬。

弓仲韬擦去泪水，仰天长叹："先生落难，我力不能搭救，死不能诀别，岂不痛杀我也！先生生前节俭，大部分工资都用于革命事业和资助贫苦学生，凤洲，成山，明天你们跟我去趟北京，看望师母，并送点儿生活用品和银圆，聊表心意。"

弓凤洲、弓成山同时回答："好！"

毕业于台城女子小学、抗战期间曾担任武强县县委书记的严镜波回忆，之前听到大哥严瑞生和台城女子小学老师张鹤亭一次次讲到牺牲，还未经历过生死考验，年仅十三岁的她并不觉得害怕，只觉得为革命牺牲光荣。李大钊同志的牺牲，让她真正感到了斗争的残酷。当时教室里沉闷了很久，师生们都流下了眼泪。义愤中的张鹤亭突然提高嗓音，坚定地说："同志们，不要难过，为革命牺牲光荣！我们每个人都可能被捕、牺牲，被捕后就是被杀头也不能泄露党的机密，泄密就是叛党，怕死就不要入党！"看着张鹤亭严厉的目光，严镜波懂得了牺牲的真正含义，也更加真切地认识到革命斗争的严峻。

这一年，安平县党组织在县委书记弓仲韬的领导下，克服重重困难，坚持发展工作，到1927年底，全县已有台城、任庄、彪冢、敬思村、北关高小和台城女支等七个党支部。又有台城、任庄、北关高小等五个团支部，全县的党员、团员总数已达百余人。

在台城村，弓仲韬和弓凤洲等曾几次遭反动政府抓捕。随着白色恐怖形势的严峻，弓仲韬和时任台城村党支部书记的弓凤洲等已经暴露身份的党员不得不到外地隐蔽，弓凤洲被迫和几个同村人去了东北。

1927年3月至5月，杨丰年担任台城村党支部书记，不久他的身份也暴露了。1927年6月以后由李国安接任书记，继续领导台城人民进行斗争。

1927年夏，闫怀骋改组联合县委，建立中心县委。县委书记为张鹤亭，军事委员为弓仲韬，组织委员为王子益，宣传委员为弓濯之。此时革命形势处于低潮，党组织活动更加隐蔽，工作以发展党、团组织、保存力量为主。

1928年，深泽、安平、饶阳各县相继建立的国民党县党部对中共地方组织大肆破坏。弓仲韬为了掩护同志，筹资五百元购置数台织机，建起毛巾厂，来此联系工作的同志装扮成做买卖的商人。不久，弓仲韬遭到军阀政权与国民党当局的多次搜捕，中心县委机关转移到王子益家。

1929年上级调张鹤亭离开中心县委工作。同年，国民党破坏群众组织，解散夜校，搜查农会和捕捉共产党人等活动日益频繁。国共两党斗争更趋尖锐。在这种情况下，上级决定撤销中心县委，分设安平、饶阳、深泽县委。

五、弓仲韬之子中毒身亡

那天，弓仲韬在外奔波数日后回家，刚走到弓家大院门口，就听到屋内传来妻子李俊阁凄惨的哭声："宝儿，都怨娘，娘没看好你，是娘对不起你，我的宝儿啊……"

原来，头天一早，宝儿正在院里玩，门口有个卖煎饼的招呼他出去，还给了他一块煎饼，宝儿没吃两口，就口吐白沫不省人事了，郎中说是中毒，全家人急忙出去找那卖煎饼的，可是早没了人影……

宝儿出事后，弓堪和弓闫氏悲愤交加，双双病倒，李俊阁不吃不喝，哭了一天一夜。

面对眼前突如其来的惨状，弓仲韬如五雷轰顶，悲痛欲绝。他踉踉跄跄，神情恍惚，嘴里不停念叨着："宝儿，爹对不起你们，小浦，爹对不起你们呀……"

弓仲韬的女儿弓浦参与北京"三一八"学生运动，受重伤后不治身亡，这在弓乃如的档案资料及相关史料中，均有明确记载。关于其小儿子之死，具体细节不详。因为吃毒煎饼而身亡，是其中的一个说法，更多的资料中，只有"被敌人毒死"这样一句话。

自参加革命以来，弓仲韬一直无所畏惧，哪怕他为办学校变卖家中的良田，被弓家长辈训斥为"败家子儿"；哪怕他多次为穷人放粮、开粥棚周济灾民，鼓动贫雇农减租增薪，得罪了地主阶层，弓氏族亲联合宣布不认他为弓家子孙，死后不许进祠堂；哪怕多年被反动军警通缉，长年颠沛流离，甚至夜宿坟地……这所有的艰难险阻，都没有让他有丝毫退却，唯有这次，他听到了自己心碎的声音。

他太爱孩子了！

据弓仲韬内侄女李纪珍介绍："弓仲韬对孩子特别好、特别有耐心，他在我们家躲避时，住在西厢房，我和娘住在北正房，那时我小，晚上有时爱哭，他每次都要起来看看，问孩子为什么哭，是不是有什么不舒服等，白天他还领着我们上街上买糖人儿和切糕等好吃的，孩子们都喜欢和他在一起。"

对别人的孩子尚且如此，何况是自己的孩子？多么懂事又可爱的小儿子，就这么凄惨地死了，怎能不令他肝肠寸断！

虽然信仰没变，但是极度的痛苦令弓仲韬无法静心工作，他把自己关在屋里，不说话也不见人，甚至从不抽烟的他，也开始拿起了烟斗，想在吞云吐雾中得到片刻解脱。

直到第六天。

那天快中午时，妻子李俊阁过来敲门：

"当家的，你把门开开吧，咱家大门口跪着一个抱着孩子的女人，非要见你，说不见你就不起来，你出去看看吧。"

弓仲韬推开窗子，看到门口果然有个衣衫褴褛的妇女。

"大少爷，你发发慈悲，救救我们一家吧！"

这是他前两年救济过的一个雇农，因为三岁的女儿生病，昏迷不醒，而家徒四壁的她又拿不出钱来请郎中，情急之下，想到好心的弓仲韬，便来求他帮忙救救孩子。

弓仲韬得知事情原委，心里陡然意识到自己肩上的重任。他披了件衣服，抄起一袋小米奔出门外。

因为救助及时，孩子转危为安，这袋小米，也救了她们一家人的命。

弓仲韬把悲痛压在心里，又重新打起精神，继续马不停蹄地为党工作。

六、在残酷环境下坚持斗争

1930年春，国民党政府在全县张贴通缉令，捉拿弓仲韬。通缉令上写着：

> 缉拿共产党首领弓仲韬。查弓仲韬为共产党派遣来
> 安平之首领，妖言惑众，宣传赤化，于城乡间聚众犯科滋
> 事，乡民池鱼受害，不胜其扰，今特奉上峰指示缉拿，望
> 各方志士协助浦获叛亡。有窝藏者，知情不报者，一律
> 同罪。

为使党的工作不受损失，弓仲韬便委托弓濯之负责召开安平县党员代表大会。参加会议的有弓彤轩、弓凤书等人。会议主要研究改选县委和布置县委工作。弓濯之转达了弓仲韬的意见，不再担任县委书记。经过反复讨论，大家同意了弓仲韬的意见，由李洪振、韩振坤等同志负责党的工作，但一致要求遇有重大问题，由李洪振商请弓仲韬同意。县委还决定：当前党的工作仍是巩固发展党团组织，对党员、团员进行教育。

1931年九一八事变，日寇发动侵华战争，全国人民掀起抗日救亡热潮，而国民党反动派却顽固坚持"攘外必先安内"的政策，在南方加紧"围剿"红色根据地，在北方进一步加大对共产党人的镇压，加上受到"左"倾路线的影响，党的活动遇到极大困难，发展党团工作一度处于停滞状态。1931年一年中，中共河北省委就遭到三次大破坏。1933年，遭到连续破坏。1933年秋至1934年春，保属特委因叛徒出卖连续遭到五次破坏。保属特委李洪振等七人被捕。

最为严重的是，保属特委巡视员范克明的叛变。1934年，范克明不顾革命正值低潮，国民党反动政府大肆抓捕共产党的严峻形势，违犯组织纪律，擅自回家结婚而被捕叛变，致使保属机关和保南各县党组织遭到严重破坏。因为范克明经常在安平、饶阳、深县等地活动，熟悉各村党员及活动情况，他叛变后向反动当局供出了党员名单和地下活动情况，并带领敌人到处抓捕共产党员。

当时深县有八个党支部，五十名党员，身为直接上级的范克明对深县的家底了如指掌。他带领国民党保卫团疯狂抓人，深县几个党支部均遭破坏，有十几名党员被捕。县委工作中断，县委书记张敬在束鹿县旧城村建立地下交通站，还先后在支李庄、丁家庵小学隐蔽作战，其间秘密发展吴健民（吴振铎）、孟继光（孟繁国）等人为党员。因是主要缉捕对象，张敬又被迫转移到平山县从事地下工作。韩复光、侯玉田等先期党员也背井离乡，秘密转战他地。深县周边县的党组织和保属特委也同样遭到毁灭性破坏。

弓仲韬和弓乃如由于提前得到县委的通知加上群众的掩护，得以脱险。

1934年1月19日，敌侦缉队按照范克明提供的线索，到南两和村抓捕保属特委委员陆治国。侦缉队副队长马成瑞是中共地下党员，在途中他做通了侦缉队长张寿山的工作，进村后他们先烤火取暖，借故拖延时间，并放出风来，让人们知道是来抓共产党员陆治国的，陆治国因此得以脱险。

1月下旬，敌侦缉队又到野营村抓捕马金生，到台城村抓捕弓仲韬，到南张沃抓捕刘国生，到薛各庄抓捕李霞远，因党组织已有所准备，均使敌扑空。

马金生生前回忆，20世纪30年代初期，国民党反动派大肆屠杀共产党。当时的安平县委机关遭到严重破坏，很多县级领导被抓，有的暂时躲避。时任安平县区委书记、四县中心团县委书记、宣传委员的马金生，因为与最早的农村党支部创始人弓仲韬来往密切，且弓仲韬小女儿、县女子师范党支部书记弓乃如在马金生家乡的野营村教书，秘密配合马金生开展党的活动、组织革命斗争，早就被国民党盯上了，多次遭受追捕。

张振芳、安贵普被抓捕到天津第三监狱后，威武不屈，坚决斗争。安贵普在狱中领导狱友开展绝食斗争长达五天之久。监狱看守虐待狱友、侮辱女犯，他挺身而出狠揍看守，因此被锁进木笼。

1935年，油子村共产党员王根生在马金生的安排下，在安平城内西街开展恒久书局，以此做掩护刻印发宣传品，开展党的工作，后改到北街办利友书报社，仍利用到各村卖书之机为党工作。保属特委委员李洪振被捕后，在汉口军人监狱中受尽酷刑，仍不屈不挠地坚持斗争。

保属特委书记贝中选、特委委员陆治国在保属特委遭破坏后，来到安平开设活动。经过一段时间，贝中选回了深县，陆治国则吸收深县的侯玉田参加了特委。在保属特委的领导下，台城、任庄、向屯、陈屯、南两和、北赵疃等党支部仍坚持活动。

面对国民党反动派疯狂抓捕共产党员的严峻形势，保属特委决定建立自己的武装，进行反抓捕。特委书记贝中选和安平县委书记刘国生一起到深县周龙华村，通过芦森林借了十个套筒、三千发子弹、一支盒子枪、一支二把撸子，组成了有十二支枪的"特务队"。队长由侯玉田担任，人员多是安平县赵疃村、饶阳县北史村、深县周龙华村的党员，主要任务是打击叛徒和镇压反动分子。同年冬，保属特委委员陆治国、侯玉田，安平县委书记刘国生等决定组建党的武装，在原有十二支枪的基础上，陆治国将其家中准备盖房用的钱买了两支撸子，由赵明章设法买了十支独一撅，建立了有二十四支枪的革命武装队伍——"打狗队"。赵小麦任队长，徐国兴任副队长，成员有周兴、赵砘子等，他们经常以陆治国家的短工为名在他家里吃住。"打狗队"建立之后，安平县的革命斗争开始走上武装斗争的道路。主要任务是打击叛徒、土豪劣绅，保护盐民和贫苦农民利益。

1935年秋，由于保属特委委员陆治国经常到韩村铺张福林家活动，被村里反动分子告密。反动当局派警察去抓人。侯玉田听说后，带领"打狗队"将被包围的同志解救出来。在战斗中一个警察被打死，"打狗队"伤一人。

采访中，陆治国的孙子陆旭辉给我们提供了一份他爷爷生前亲笔写的一段经历，真实再现了白色恐怖时期，我地下党在极其残酷的环境下坚持斗争的故事。

陆治国出生于1910年8月19日，是河北省安平县人。因为家乡党组织建得早，他1925年就加入了中国共产党。白色恐怖时期，因为国民党对共产党采取"宁错杀一千，不漏掉一个"的白色恐怖政策，迫使我党转入地下。地下党员一旦暴露，情况就会非常严峻，或是党组织遭到破坏，或是党员同志们被追捕，坐监牢，受酷刑，乃至惨遭杀害；其间也有极少数不坚定分子，禁不住考验，变节叛党。因此，为了党的生存、发展和胜利，党员，特别是担负领导职务者，往往以公开的职业身份做掩护。可是那时候寻找合适的公开职业，又谈何容易？第一，要考虑到有利于党组织和自身的安全；第二，在行动上要有自由，以便进行党的工作；第三，还得能挣钱，除了养活自己，还要为党筹集活动经费……

为了掩护党的地下工作，陆治国干过很多职业，有成功的经验，也有失败的教训。在农村的党员，特别是像陆治国这样担负领导职务的，需要整天东奔西跑，极易暴露。为此，除了有条件能隐蔽下来的人之外，不少人为了党的需要，不得不背井离乡，更名改姓，到外地寻找职业，以方便从事党的地下工作。

自加入共产党后，陆治国很少在本乡本土活动，也记不清改过多少名字了。直到新中国成立后，仍有不少老同志叫他"小徐""李老四"等化名。

1933年至1935年，陆治国担任保属特委委员时，党内出现了叛徒，就是那个"小范"范克明。他叛变后，陆治国遭到敌人追捕，不能待在家里，只好跟侯玉田换家住。侯玉田是深县周龙华村人，本姓田，改名侯玉田，因他眼睛大，故绰号"大眼侯"。他们"换家"，是互以长工身份做掩护，暗中进行党的领导工作。20世纪60年代，"造反派"调查陆治国的家庭成分时，有的群众反映：他家雇过长工、月工、短工，是富农成分。其实所谓的"长工""月工""短工"等，正是当时任保属特委委员，负责党的武装工作的侯玉田及其领导下的武二队员。

20世纪30年代初，在白洋淀一带工作时，陆治国曾买下一只渔船，以捕虾为掩护。夜间怕被敌人发现，常把船开到淀中心，在船上研究布置工作，甚至在船上过夜。

在白色恐怖中，陆治国摸索试探过很多种公开职业，力求能更好地掩护党的秘密工作。为此，他学过很多种技能，经历过很多坎坷。

他学过箍桶，还当过货郎卖针线、绑腿带子。行动倒是自由，可是接触的多是妇女，她们买几根针，几团线或一副腿带子，总是挑来选去，讨价还价。既耽误时间，又赚不了几个钱，他就不干了。剩下的货底子——几包针、几副腿带子至今仍被完县寨子村老党员张来顺的儿子张尤保存着。

陆治国还当过"算命先生"，这种行业可以走街串巷地活动。为干这一行，他学过八面玲珑、左右逢源的各种双关话语，也研究过察言观色的相术和心理学。

他还开过肉铺、饭馆，倒是有生意可做，也易于为党筹集活动经费，但是拴得慌，不便为党的事四处活动。

经过种种的实践和比较，思来想去，陆治国选择当搭脉先生（中医坐堂先生）作为公开职业，既满足群众的需要，又方便掩护党的工作。而且在这方面，他有得天独厚的优势：他父亲就是位老中医，经常给乡亲们看病，他从小耳濡目染，懂得一些医药常识和诊脉"望、闻、问、切"的道理，平时就留心搜集些"偏方""验方"，以及所谓的"祖传秘方"。当初只是为了自家人方便，没料到后来竟真当了坐堂先生。

1936年，陆治国在白洋淀一带活动时，突然接到特委调令，调他去保西（完、易、唐、满城等县一带）接替刘秀峰、侯玉田两同志的工作。因为他们行将暴露，急需转移，党组织要求陆治国以公开合法身份做掩护，务必站稳脚跟，以便长期开展党的工作。保西一带山多平地少，一向缺医少药，无论穷家富户，得了病，求医买药都很困难。正巧，完县（今顺平县）寨子村有个老党员张海清，他家老人是位兽医，曾开有中草药铺。老人去世后，张海清要处理剩下的中草药，陆治国得知后就找到他，提出药店以自己的化名李老四继续开。张海清当即答应。于是陆治国开始在店内当坐堂先生。一般病人来药店就医、买药，他都能及时接待、处理，如有重病人要求出诊，他也出诊。有了落脚之地，陆治国以出诊名义慢慢开展工作。开始他只治些头疼脑热的小毛病，较易见效，对疑难大病，他先试着来，用些保平安的小药方探路，待逐渐摸清病情，再对症下药，经他手治好过血痨、不孕症及其他一些疑难杂症。慢慢地，他在附近一带的名声算叫响了，加上党员同志们有意宣传，说李先生的医术真厉害，治一个好一个，他也就更吃得开了，行动也更自由了，不仅党的工作得以顺利开展，党的经费也有了着落。

作者李建抓采访陆治国曾孙陆旭辉（右）

叛徒势必会遭到严惩。1937年冬，我党根据情报得知范克明藏在肃宁老家，河北游击军第一路军派刘俊生率部包围范克明藏身之地，最终将其抓获。饶阳党组织负责人焦守健、路铁岭把范克明从肃宁带到饶阳。广大党员群众群情激愤，强烈要求严惩叛徒。经审讯后，范克明在饶阳西关被处决，布告张贴出来后，人民群众拍手称快。

七、恢复农村党组织

白色恐怖下，众多党员和革命群众被杀害，弓仲韬因身份暴露也不得不躲避起来。后来的县委书记刘国生暴露后，也转移到了石家庄。当时的安平县党组织基本处于停滞状态，不再公开活动。

1936年1月，弓仲韬接受吴立人的委派，让女儿弓乃如坚持革命活动，恢复和壮大安平、饶阳、深县等县的党组织。

吴立人1915年生，河北行唐县人，1930年在保定育德中学读书时参加革命。1931年入党。1932年参加高蠡暴动，任保属特委反帝同盟委员。1933年，任保属特委西南地区巡视员。1934年秋，考入蔡元培创办的华北大学，继续做党的地下组织工作。至1935年秋，参加一二·九学生爱国运动，担任北平西安门地区学运负责人。

1936年1月，也就是一二·九运动后不久，吴立人持李子逊的介绍信来到安平县，冒着随时被逮捕的危险，开展党的组织建设。

吴立人到安平后，选定弓乃如家为秘密联络点。当时一项非常重要的工作，就是找到与组织失联的党员，并对其身份进行认定，根据上级党组织的指示，吴立人很快与一部分党员取得了联系并发展了新的农村党组织。吴立人当时采取的主要方法是：一是，依靠老党员提供线索，按区村范围进行分工，把失去联系的党员寻找出来；二是，由当事人将自己失去联系后的表现向党组织陈述，并经其他党员或可靠人员做证，再经组织研究决定是否恢复党员身份。这种方法，既积极又慎重。

这期间，安平台城村党支部得以恢复工作，李国安任书记。支部恢复后采取秘密单线联系方式，弓乃如的活动始终处于极其秘密的状态下，对上只与吴立人单线联系。

两个月后，吴立人奉调去了北平开展地下工作。不久，弓乃如收到了吴立人的来信，随即她告别父母，匆匆赶往北平，住在前门外的万福客店里，与吴立人接上头。按照吴立人的安排，弓乃如的主要工作是为他收转上级党组织和各地的来信，公开身份是北方小学的国文老师。不久，弓乃如搬到了北方小学居住。每次与吴立人接头，都按照严格的规定提前约好，地点选择在公园、商店或舞厅，交付信件后就匆匆离去。

一天，弓乃如按照约定与吴立人接头时，却等了好久也不见人影。她悄悄赶往吴立人的住处，也没有找到人，暗中打听，才得知吴立人已经被捕。

在这种情况下，根据组织规定，弓乃如马上辞去了北方小学的工作。在客栈里等了几天，没有吴立人的消息，也找不到上级党组织，弓乃如无奈先回了安平县，想跟父亲商议下一步的工作。

吴立人被捕后，由于国民党反动当局没有抓住什么实际的把柄，经过打入敌人内部的我地下党员营救，吴立人得以脱身。

回乡后的弓乃如好不容易才找到父亲弓仲韬。为了躲避国民党反动当局的抓捕，弓仲韬平时很少回家，祖父弓堪和祖母弓闫氏也早已去世，此时弓家大院一片寂静，再也没了往日的欢声笑语。

第七章　冀中抗日根据地

1937年7月7日，日本侵略军悍然发动卢沟桥事变，当地中国驻军奋起抵抗，全民族抗战由此爆发。卢沟桥事变发生的第二天，中共中央向全国发出通电："平津危急！华北危急！中华民族危急！只有全民族实行抗战，才是我们的出路！"

9月23日，《中共中央为公布国共合作宣言》和蒋介石"承认共产党合法地位"的谈话发表，标志着国共两党重新合作和抗日民族统一战线形成。

红军改编为国民革命军后，迅速开赴抗日前线。

一、抗日烽火

1937年，蠡县籍红军团长孟庆山被派往冀中，着手创建冀中抗日根据地，10月他来到安平。由于安平党的工作和群众基础好，几天的时间就组建了抗日武装两个连共两百多人。

遗憾的是，弓仲韬父女没能看到这个情景。这年8月，在找不到县委领导，与上级党组织也完全失去联系后，弓仲韬和女儿商议后，决定奔赴延安找党组织，从此离开了他用心血创建的台城村和安平县，踏上了一条前途未卜的新征程。

10月5日，国民党的安平县长携家属、亲信南逃，其政权土崩瓦解，抗日人民自卫军一团团长赵承金率领部队进驻安平。共产党员起主要作用的各界抗日救国组织纷纷成立。

孟庆山按照党中央指示，来到河北组织抗日武装，他和侯玉田、安平县委书记安贵普于1937年秋季来到了安平县后赵疃村。由于这里党的力量雄厚，群众基础好，组织武装工作开展得很顺利，开始就有二十多人，后编为一个连，号称"赵疃连"，后被编为河北游击军特务连。1940年，在白沙庄保卫九分区司令部的战斗中，仅北赵疃就牺牲二十多名指战员，他们的名字至今镌刻在后赵疃村二郎庙烈士碑上。

1937年10月14日，东北军第五十三军第六九一团团长吕正操召集全团官兵在晋县誓师抗日，断绝了同五十三军的一切联系，站到共产党的旗帜下，改称"人民抗日自卫军"，与河北游击军等抗日武装积极开展游击战争，至1938年4月，河北省相继建立了三十八个县的抗日政权。

1938年1月，保属省委根据上级指示，改为冀中省委。冀中省委为了加强河北游击军的工作，先后调安平县委书记安贵普、组织部部长可与之、宣传部部长弓濯之充实河北游击军。之后，重新组建了安平县委，阎子元任书记，翟纪鑫任组织部部长，崔子儒任宣传部部长。3月，冀中省委在安平县城举办了党员训练班，对外称农会训练班，为冀中各县培训了大批干部。

1938年4月1日，冀中行政公署成立，吕正操任主任。21日，冀中共产党在安平县召开了第一次代表大会，大会确定冀中省委改为冀中区党委，由黄敬任书记；5月4日，成立冀中军区。人民自卫军与河北游击军合编为八路军第三纵队，由吕正操任纵队和军区司令员。

1938年5月，全县建立了四个区，在县委的统一领导下，各区区委贯彻党中央关于大量发展党员的决定，以区为单位举办了党员训练班。9月，阎子元调离，由组织部长李慕泉代理安平县委书记。至1938年底，全县党支部有两百零五个，党员总数由抗战前的两百多名增加到一千九百七十二名，大部分村建立了党支部。抗日烈火在安平大地熊熊燃烧。

全国抗战进入相持阶段后，日寇移其主力对付我敌后抗日根据地，安平县城于1939年2月9日陷于敌手。敌人经常出城至各村烧杀抢掠，制造骇人听闻的血案。全县军民同仇敌忾，奋起抗击，配合八路军一二〇师第三纵队等广泛开展游击战，并坚壁清野，开展"打狗""砸冰河"运动，摧毁敌建满正桥，围城挖沟封锁城内之敌，使鬼子伪军一度龟缩城内不敢轻举妄动。在对敌斗争中，人民群众和地方武装，锄奸防特，自制武器，以地雷战、麻雀战、村落战等游击战术神出鬼没地打击敌人，出现了"铁打的河漕村""焦土抗战的南胡林"等英雄抗日村庄。

1941年3月，日寇对我抗日根据地施行囚笼政策，在县与县之间，据点与据点之间架电线、修公路、挖封锁沟，企图封锁和分割我抗日根据地。全县军民在县委领导下，进行了针锋相对的斗争，割电线、锯电杆、挖公路、埋地雷，开展破路挖沟运动，打破了敌人的囚笼政策。

太平洋战争爆发后，日军于1942年5月1日对冀中抗日根据地发动了空前残酷的大"扫荡"。在华北敌首冈村宁次指挥下，日伪军五万余人在飞机配合下，发动坦克、汽车几万辆，对冀中一带进行灭绝人性的疯狂"扫荡"，敌人以优势兵力采用拉网、合围等方式清剿，妄图摧毁我民主政权，消灭我党组织，彻底摧毁抗日根据地。

五一大"扫荡"后的抗日战争环境异常残酷，日军强令各村成立政权，推行保甲制度，登记户口，领良民证，扬言："不领良民证就是八路军、共产党，逮住就杀头。"

鬼子伪军多次到台城村抓捕抗日干部，烧杀抢掠。在敌人指名逮捕村干部时，广大群众冒着生命危险进行掩护。一次日本鬼子来村里抓支部书记弓玉奇，没抓到，就抓住了公安员弓秋来。弓秋来宁死不屈，坚决不肯说出弓玉奇的下落，被鬼子用刺刀挑死。

村妇联主任弓大闺被捕后，敌人用刺刀对着她的胸口逼问村干部的下落，她坚贞不屈，守口如瓶，一家三口惨遭杀害。

为了减少不必要的牺牲，保存力量，党支部动员部分党员干部隐蔽转移，留下坚持村工作的群众挖地道、保护青纱帐。入秋后，地里的高秆庄稼没砍秆，村外青纱帐片片相连，村内则挖地道，道道相通。

在长期的浴血抗战中，安平县涌现出许多可歌可泣的英雄人物，深北特委书记安贵普是安平县宅后寺村人，曾为开辟清苑、蠡县、博野抗日根据地，协助八路军收编地方民团武装做了大量工作。1940年在与日寇激战中，英勇牺牲，年仅二十六岁。还有"冀中人民子弟兵的母亲"李杏阁，威震四方的县游击大队长王东沧，铁骨铮铮的村区干部张东东、宋永安、王仁庆，抗日政府县长赵斗生，巾帼英雄邢小梅等。特别值得一提的是，记录冀中区八百万军民浴血抗战场景的《冀中一日》，这部影响全国的抗战纪实著作，就是1941年春天在安平县彭家营村议定的，倡导者是当年的冀中区党委书记黄敬和军区政委程子华、司令员吕正操。原籍安平、后来成为著名作家的孙犁，当时正在晋察冀边区文联和《晋察冀日报》副刊做编辑，也参与了《冀中一日》的编辑和创作（新中国成立后，孙犁出版的著名长篇小说《风云初记》，也是以当年这一带的抗战实况为背景和原型创作的）。参与和领导这项工作的还有当年冀中文艺界的领军人物王林和李英儒（小说《野火春风斗古城》的作者）。当时区党委把编辑此书作为推动抗战的一项重要工作来抓。一手拿枪、一手拿笔；一手抓战斗，一手抓思想政治建设，这是中国共产党历尽艰辛而能取得胜利的一条重要经验。

1944年初，抗日战争进入局部反攻阶段。安平县两百多个村都健全了党支部，党员数量剧增。抗日斗争全面展开，斗争形势显著好转，拥军、拥政、优属活动掀起高潮，大生产运动，反黑地斗争和减租减息运动热火朝天。抗日武装斗争步步走向胜利，主动向敌进攻越来越多，规模越来越大，连克付各庄、黄城等岗楼，迫其他岗楼之敌于1944年9月之前全部撤回县城，农村抗日根据地连成了一片。

全县军民经过浴血奋战，终于在1945年5月24日，把日本侵略军赶出安平县城，解放了全县。

二、同仇敌忾

1. 血战杨各庄

1944年春，随着国际反法西斯战争的节节胜利和抗日军民的英勇奋战，战斗在滹沱河畔的冀中七分区部队不断发展，已拥有三个地区队；根据地开始恢复，并且开展了向敌占区的全面进攻，相继攻克、逼退点碉九十余座，形势大为好转。不甘失败的日寇千方百计寻机报复，杨各庄血战就是在这个时候发生的。

1944年农历正月二十一，冀中军区第七军分区司令员于权伸率领分区机关一部和区连队共计四百来人，转移到滹沱河以北的安平县杨各庄村宿营。拂晓时分，忽闻村子东北角传出枪声，原来是日寇集合了安平、深泽、安国三地兵力从东、西、北三个方向对我宿营部队实施围剿，南面则是水流湍急的滹沱河，在这危急关头，分区首长立即做出指示，全体官兵在村西预定地点集合，然后沿街从村北头东口向东南方向撤退。

撤退命令下达后，部队统一向东南方向撤退，欲经位于郎仁村一座木桥过滹沱河。当我部队撤到报子营村村南时，据报前方木桥已在几天前被鬼子破坏，无法通过。部队首长马上紧急部署，将部队分两部分，掩护部队与敌军交战，突围部队强行渡河。这时我部队已经进入敌军枪炮射程范围之内，掩护部队同敌军进行激烈枪战，由于敌众我寡，力量悬殊，日寇将我部队团团围住，掩护分队成员视死如归，与敌寇开展近距离刺刀肉搏战，英勇顽强地抗击着敌军。

与此同时，突围部队已赶到滹沱河岸边，眼看追击日寇渐渐逼近，在当时敌众我寡、力量悬殊、情况十分危急的情况下，部队选择立即渡河。

但河水的深度超出了他们的预想。原来侦察员说"深不没膝"的河水，此时已涨到了一人多深。

当时正值冬末初春气候乍暖还寒，大家跳进冰冷刺骨的河水强行渡河，敌人的炮弹不断地在河水中爆炸，溅起簇簇浪花，有的战士被子弹击中当场牺牲；有的战士脱下棉袄跳进水里，勉强游到对岸；有的战士直接跳到水里，水浸湿了棉袄，增加了身体重量，终因体力不支，被湍流的河水冲走；还有的战士被流动的冰凌撞击后身亡……

"枪弹用完了，就跟敌人拼刺刀，刀没了就改成肉搏战。"一位叫何东升的老人回忆说，在整个战斗中，有的战士战死，有的宁死不屈跳河身亡，还有的在渡河过程中牺牲，战斗异常惨烈。

安平县东北黄城村王二超介绍说，他的爷爷王玉清曾亲历过这场血战。王玉清生前曾对子女说，他在抗日战争中多次遇险，印象最深的是跟随于权伸司令员在安平县杨各庄战斗中突围。1944年正月二十一，他们军分区四百多人的部队被周围县市安国、安平、深泽的几千日伪军包围在滹沱河北边的杨各庄村，与日军展开殊死战斗，枪声密集，炮火猛烈，好多战士都跳河突围，记得那天很冷，河水冰凉刺骨。王玉清把盒子枪别在腰间也准备跳河，这时候于权伸司令员叫住了他，危急时刻，于权伸端着机枪冒着枪林弹雨率领着王玉清等战士突出重围，最后冲出来的就剩大约一个排，大多数战友都牺牲了。

据统计，这次战斗牺牲和失踪人数共计一百二十九人。为纪念此次战斗中牺牲的英烈，冀中七分区于1945年在杨各庄修建了烈士纪念碑，镌刻英雄事迹，弘扬革命精神。此后，安平县委、县政府对烈士陵园进行了修缮和扩建。现陵园占地十亩，总投入两百万元，园内由烈士墓、烈士纪念碑等几部分组成。烈士墓位于陵园北侧，安葬着烈士遗骨。烈士墓南侧石碑镌刻着战役过程和烈士名录等，陵园中央立烈士碑，纪念在杨各庄战役中为国捐躯的革命烈士。

2. 枣红马 骑兵团

今日的安平县有"中国马城"的美誉，不仅因为这里的人们爱马，更因为马文化中蕴含着丰富感人的红色元素。

张根生的枣红马

安平县副县长张勋给我们讲述了他的爷爷张根生与枣红马的一段奇缘。

1940年，张根生调到县游击大队任政委后，大队分配给他一匹三岁口、枣红色的小战马。当时，张根生年仅十七岁，从学校离开后，参加革命已经三年了，还从未骑过马。但年轻气盛的他根本没把骑马当回事，以为这匹马个头不高，抬腿跨上去就能骑着跑了。可是跨上去还未坐稳，枣红马就尥蹶子，一阵撒欢儿乱蹦，把他摔了下来。于是，他就向大队饲养员宋景廉请教。饲养员告诉他，要驯服一匹马，首先要让它认识你，再逐渐和它建立感情，然后再慢慢学习骑术。

于是，张根生一有空就来到枣红马身边，给它添草加料，刷毛搔痒。渐渐地，枣红马认识了这个新主人，一见到他就摇头摆尾。张根生终于学会了骑马，他在马上行军作战，和枣红马一起出生入死，感情越来越深。

很快，小枣红马长成了一匹漂亮威武的高头大马，比队上其他的马跑得都快。夜间行军时，张根生有时会在马背上打瞌睡。马通人性，每每他打瞌睡时，枣红马好像知道一样，总是把步子放缓、放稳。大家都很喜欢这匹懂事的枣红马，炊事班的老任头经常过来逗它、遛它，甚至从自己伙食里挤出小米饭喂食它。

1942年5月，日军发动的五一大"扫荡"非常残酷，我部队都改穿便衣，以班为单位分散活动，自然也不能再骑马了，张根生就把枣红马寄养放在王庄村的一户农民家。

5月11日和12日，日军纠集各路人马一万人，在深北、武强、饶阳、安平、深泽、束鹿等县接合部，对我八路军实行"铁壁合围"，冀中军区主力部队、军区骑兵团没有来得及跳出合围圈，受到很大损失。为了缩小目标，轻装突围，他们把军马分散到深（北）安（平）公路两侧各村群众家里，请老乡代养。村民们深知军马的重要性，精心饲养，爱护备至。有人为确保军马安全，防止被敌人发现后抢走，就把军马拉到村外庄稼地里，在青纱帐里搭上隐蔽的马棚，派专人在那里饲养。还有人专门为军马挖了地窖，一有情况就把军马牵入地窖隐藏。

不久，村民代养军马的事被敌人知道了，他们沿着公路到各村各户搜查找马，不问青红皂白，见马就抢。远离深安公路的王庄村也未能幸免于难，枣红马被敌人搜出抢走了。后来听说被抢到伪警备队了。

这年冬天，县游击大队炊事班的老任头在买菜时被伪军抓去，关押在伪警备队院内。枣红马看见老任头，长鸣不止。老任头一看，原来是自己部队上的枣红马认出了他，在向他致意呢。老任头仿佛见到了战友，他跑过去用手抚摩着枣红马的头，流下热泪。

1943年10月13日，在东毛庄战斗中，县游击大队一举歼灭了二十多名敌人，缴获了二十多辆自行车，还有七匹战马。傍晚，张根生和战士们押着俘虏和缴获的枪支弹药胜利转移。忽然，新缴获的战马中有一匹枣红马高声嘶鸣起来，大家循声仔细一看，才发现原来是我们的枣红马又回来了。它撒着欢儿奔到张根生面前，把头紧紧靠在主人的胸前。张根生百感交集，又惊又喜，战士们争着摸它的脑门儿，欢迎它归队。

大家都对它充满了感情，但它又不能随队作战。围绕着怎样处理枣红马的问题，同志们发生了争论。最后还是供给员张文祥提议，连夜把枣红马送到远离战场的马江村去，托一家农民喂养，可确保枣红马的安全。大家一致赞成。于是，当天夜里，就派人把枣红马送走了。枣红马最终幸存下来。

1944年下半年形势好转，敌人的据点、岗楼大部分被拔掉，或者被迫撤走，县游击大队又派人把枣红马接了回来。枣红马归队后，继续为抗战立下新功。它不仅供张根生一人骑用，在行军时，凡有病号、伤员和沉重的物资，都是枣红马驮着走，它是全队的交通工具，成为大队的一份战斗力量。

当年游击大队的一名小战士苑玉坤曾给张根生来信，信中特别提到，当年他作战负伤后，在养伤时期每次行军都骑着枣红马的情景，他说一直到老，对枣红马都记忆犹新。

张根生曾饱含深情地写道："冀中人民冒着危险，保护和养大了枣红马，枣红马曾驮着我们去冲锋陷阵，我不能忘记枣红马，我更不能忘记冀中人民。"

子文村整编骑兵团

吕正操在《论平原游击战争》中说："晋察冀八路军在太行打国民党九十七军时，二十八团骑兵团团长马仁兴（共产党员），率领全团起义。"后来聂荣臻同志说，山里养不起这么多马，还是给你冀中吧。

1940年5月，马仁兴率二十八团到达晋察冀根据地后，先是在平山洪子店休整，后转到易县良岗村。

1940年秋，冀中骑兵团来到冀中，为更好适应环境和战争的需要，骑兵团报请冀中军区批准，在安平县子文村进行了组建后的第一次整编。整编的重点是通过调整取消营级建制，压缩机关勤杂人员和非战斗人员，充实基层作战单位。这次整编，是骑兵团对平原游击战争有了深刻认识后，在行为上的自觉转变。整编后，全团缩编为六个连，成小团编制。原来的营职干部分别担任连长、指导员。还设立了团属后方医院、铁工厂。整编后全团有一千二百余人，战马一千三百匹，捷克式步枪、马枪七百余支，轻机枪二十挺，迫击炮两门。连以上干部配有驳壳枪，排长配有捷克式步枪，战士以连为单位编配统一口径的捷克式步枪、七九步枪、老套筒步枪和马枪，便于战时弹药补给。各连的火力得到了加强，除一连配有八二迫击炮排外，各连配机枪四挺、马刀二十把，步枪都配有刺刀。全团按马匹的颜色区分为白马连、红马连、黑马连，编成内还有缴获日军的二十多匹洋马。改编后的冀中骑兵团机动力、战斗力得到进一步加强，是一支令日军闻风丧胆的战斗力量。

广袤的冀中平原，特别是滹沱河横穿的安平县，粮草丰盛，党的组织坚强，群众觉悟高，正是施展骑兵威力的好地方。

骑兵团在冀中的战斗中曾大展风采。

1941年5月1日至4日，冀中军区在安平县义里村召开了庆祝八路军第三纵队成立三周年纪念大会，骑兵团三十名英模人物参加了大会。在会后的阅兵式上，整编后的骑兵团的白马连、红马连、黑马连，接受了吕正操司令员、程子华政委的检阅。部队进行了马上射击、劈刺等战术演练，参谋长卜云龙演示了马上救护、乘马卧倒、马背站立等精彩的战术科目。吕正操司令员也亲自表演了跨越高土墙、高篱笆、宽壕沟等障碍物。骑兵团在阅兵式上的表现，给冀中人民留下了深刻印象。

据安平县义里村离休老干部王万福回忆，八路军在5月1日以前陆续到他们村，当时村里有两百多户，村支部让每户一家人挤在一间房里，其余的房都腾出来让八路军住。王万福家当时五口人，连厢房共五间，他们腾出来了四间给八路军住。当时一个炕上横着躺了十个八路军。王万福说，八路军对他们特别好，帮着扫院子，挑水，还帮助他父亲锄地。据听说开会前整个冀中的军队都来了，因为人太多，吃饭喝水都成了问题，主要是水，当时的水井浅，记得一天中午，村里所有的井水都被淘干了，群众就自发地到外村去给八路军挑水。

会议是5月3日上午召开的。在大会广场，小学生们坐在前面，后面是步兵方队，左右两边是骑兵方队，高大的战马有白、黑、枣红三种颜色，非常威式。广场的东侧，有一个三十米宽、四十米长的军事器械展示棚，有缴获日军的机枪、大炮、汽车等武器。下午全体参会人员排队参观。

在仪式上，冀中军区三个主要领导做了重要讲话，还有连长、排长代表表态发言。当天晚上冀中火线剧社演了一场戏，名字是《工人之家》。看完节目后，八路军就全部撤走了。村里的青壮年也分别到邻村隐蔽起来。

5月4日清晨，听到风声的日伪军包围了义里村，结果扑了个空。

安平境内斩顽敌

在冀中，骑兵团是军区直属部队，也是首长的王牌，哪里情况紧急，他们就被派往哪里。多少次危急时刻，都是由骑兵团用马刀砍开一条血路，掩护机关和群众转移。在根据地人民的心中，冀中骑兵团就是一面胜利的旗帜。

冀中骑兵团夜袭安平县城堪称骑兵战斗中的范例。1942年1月8日傍晚7时许，骑兵团突然出现在距安平县城东十五里的长屯村。部队将马匹安置后，趁着夜色徒步向安平急进。半夜零时，部队抵达县城东门，各连按部署各就各位。四连在城南阻击深县兵曹据点可能增援之敌。一连、三连佯攻，首先打响战斗。担任主攻的二连突击分队随即越沟登城，迅速歼灭东门城楼上的日伪军。打开城门后主力杀入城内，向伪县政府攻击前进。日伪军猝不及防，慌忙抵抗，损失惨重。驻守在城内西南角高墙大院的五十多名日军，只是盲目打枪打炮，不敢出来。攻入城内的二连敌工小组在指导员李显宗带领下，一面追歼残敌，一面四处张贴标语，散发传单，开展政治攻势，激战三小时歼敌大部。在敌人被打得晕头转向之际，骑兵团于黎明前撤出战斗。四连在连长韩进忠、指导员李长胜的带领下，在安平城南约二十里处阻击深县兵曹据点北援之敌，接连打退敌人三次冲击，保证了夜袭安平县城战斗的顺利进行。此战毙伤伪军一个半中队，俘伪军、伪职员八十余人；解救被捕抗日人员、民夫五百余人；缴获长短枪五十余支、轻机枪两挺，小炮两门，各种子弹一万余发，电话机五部、军刀十余把及重要文件，药品及其他军用品甚多。

从攻克安平县城时娴熟的战术动作来看，冀中骑兵团属于一支典型的枪骑兵，这也与八路军战史记载相符。枪骑兵有别于用马刀冲锋的方式杀伤敌人的轻骑兵，主要战术动作是乘马长途奔袭，下马隐蔽马匹并分兵看守，快速步行接敌解决战斗，战斗结束后迅速撤离，相当于现代的快速机动部队。这次作战，虽然仅是攻克，并未占领，意义仍很重大。不仅打破了日军修通深（县）安（平）公路的企图，而且创造了骑兵单独攻坚克城的范例，对冀中军民是个极大的鼓舞。战后军区通令嘉奖。

之后，冀中骑兵团还打了一系列的漂亮仗。如骑兵团三打槐林庄的战斗故事，至今依然在安平县城南大同新村（原槐林庄）一带老百姓口中流传。骑兵团破袭安平县城后，敌恼羞成怒，增兵安平县城的同时，派出日军一个小队、伪军一个中队进驻了距安平城南十余里的槐林庄。据点筑有大碉堡，日伪军防守严密，同时修通了安平至该据点的公路。为拔掉这颗"钉子"，骑兵团两次强攻该据点未果。4月25日第三次进攻槐林庄时，骑兵团在火力掩护下，集中十辆用八仙桌蒙上湿棉被做成的"土坦克"，一举攻克了鬼子的碉堡。一个小队的日军被打死大半，俘获伪军三十余名。此后，骑兵团在安平、深县频繁出击，连战连胜，迫敌直到五一大"扫荡"前也没能修通安（平）深（县）公路，实现了冀中军区的战略意图。

安平人与战马的情怀

据当年冀中核心区的安平、深县、武强、饶阳四县党史资料记载，1942年五一反'扫荡'开始时，冀中骑兵团左冲右突，从任丘、河间、大城地区插到津浦路，已经成功跳出了敌人包围圈。但为了牵制敌人，解救被围的机关干部和群众，他们稍作喘息后，又奉命返回深县、武强、饶阳、安平根据地腹地坚持斗争。这期间的六十多天，冀中骑兵团在数万敌人的"铁壁合围"中拼死冲杀，受到重创，一千二百人的骑兵团，后来只剩下不足四百人。在1942年5月20日团长马仁兴的儿子马乘风遭遇敌人壮烈牺牲。6月4日骑兵团政委王乃荣在安平县北郝村的一次遭遇战中，负重伤，为不拖累战友，不成为战俘，他饮弹自尽。

骑兵团的老兵萁锐回忆：1942年5月12日，冀中骑兵团在武强县沙洼突围后，失散人员在强敌环伺的狭小空间里腾挪周旋，白天晚上倒过来用，浴血奋战近百天，退而不败，败而不溃，溃而不散，散而不乱，散了再聚。"啥时候能骑着马回咱骑兵团！"成了他们的唯一期盼。

无论是团长马仁兴亲自带领的那三个连，还是其他被冲散的指战员都经受住了考验。冀中军民相互扶持，度过了五一大"扫荡"之后那段最艰难黑暗的时期。

骑兵团之所以在恶劣的形势下能做到心不散、人不乱，是因为战士们有"魂"，用信仰浇铸的魂。这魂是党给的，也是冀中的老百姓给的。

冀中骑兵团参谋黄锐曾说过这样一件事。

　　沙洼突围后，他们失去了所有的战马，转移到了深泽县东北角的大兴村，村干部为他们找来便衣。白天他们在野地道沟里和敌人周旋，晚上就在村外的柴草堆里过夜。一天上午约10点多钟，从安平县大子文方向来了二十多个鬼子和几个汉奸，朝西北开去，这股敌人当时离他们不到三里地。正当他们全神贯注地监视敌人的时候，突然从道沟里闪出个农民打扮的人来，战士们不由得吃了一惊。

　　到跟前后，来人问："你们是哪个村的？"

　　"郭马庄的。"黄锐随口答道。

　　仿佛已经看出了破绽，来人用肯定地语气说："你们不是本地人！"

　　那时骑兵团失散人员全换了便衣，黄锐当时穿的是女孩子的黑色素花破棉袍，胳膊露出了半截，下面没盖住膝盖，这样的打扮哪里像老百姓？

　　"你们是队伍上的人！"他肯定地说。

　　来人自我介绍说，他是安平县唐贝村党支部书记，全家都让鬼子抓去了，只有他跑了出来。"我们的处境都一样啊。"他苦笑一声。

　　黄锐仔细打量了一下他，约三十多岁，中等个，疲倦的脸上满是灰尘。那个人掏出旱烟递了过来，他的烟杆和老百姓的还是不一样，要短一些。黄锐知道，这种旱烟只有八路军才用，因为便于携带。"你当过兵？"黄锐疑惑地问道。他没有回话，只是笑了笑。见黄锐不抽，来人用火镰熟练地点上火，边抽边慢条斯理地说："看来敌人这次来势很猛，一时半会儿过不去，咱们都要做好准备呀。"说着指了自己的脑袋。

　　"我是做好死的准备了，我全家让鬼子抓去了，我也有可能让抓了去，抓去了就没个好。就是把我全家杀了，我也要和他们斗下去。我就不信鬼子打不走！"他的这番话令黄锐肃然起敬。

"留得青山在，不怕没柴烧。咱们的命金贵，鬼子拿不走！"一袋烟抽完了，他们又聊了会儿。那位书记很怪，说话从不看人，总是低着头，好像是自言自语。太阳正当头了，只见他站起来，拍了拍土，从衣服里掏出几张边区票递了过来。"钱不多，拿着吧。不是外人。"说完挥挥手走了。黄锐清清楚楚地记得，边区票上还留存着他的体温。

唐贝村支部书记走远了，他的那一席话不就是一堂生动实在的党课吗？那是用生命讲述的党课。后来担任东川市委书记的黄锐说，他永生不会忘记麦地里的这堂党课。这人叫许小木，1938年参加八路军，负伤后回村。1940年12月至1942年8月期间担任安平县唐贝村党支部书记。

后来，黄锐把这件事告诉了骑兵团团长马仁兴。马仁兴说："有机会一定见见这个书记！"他知道，冀中有多少个村，就有多少个这样的党支部书记。

3. 冀中有个"马江班"

抗日战争时期，安平县马江村是有名的革命村，冀中军区党委和县游击大队都曾在这里留下过战斗的足迹。

1937年，马江村的穆占岐经南王庄村共产党员王占元介绍加入了中国共产党，成为马江村第一名党员，后张青田、穆建斌、张子荣、张文宗等也先后入党。同年由穆占岐组织成立了中共马江村党支部，设在村中心吉铜锁家后院的地道内。在党支部的领导下，广大群众特别是热血青年积极组织起来，挖地道、锄汉奸、打日寇、救伤员，展开了不同形式的抗日活动。

马江村在抗战时期参加正规军和游击队等抗日武装组织的四十多人，仅县游击大队就有三十七人，大队专门成立了一个马江班。在村里，青年人成立了抗日先锋队，李西朋担任队长。妇女们成立了妇女救国会，孩子们成立了儿童团，通过多种形式掀起全民抗日的高潮。

由于马江村群众思想觉悟高，基层组织坚强有力，抗日活动开展得风风火火，成为八路军和游击队的坚强后盾，也是当时有名的堡垒村。县游击大队经常在这一带活动或休整，并在马江村设有一个医疗所，从战场上退下来的伤病员先后有一百多人经医疗所救治后住进堡垒户家中，得到了无微不至的关怀和照顾，大多数伤病员痊愈后又重返战场。

何香梅是马江村救治伤病员较多的堡垒户，为了便于隐蔽，她的家里修有夹层墙和地道。为了给伤病员补充营养，她把不多的细粮全都留给战士们吃。

1940年，冀中区党委书记黄敬曾在马江村留驻半年多时间，在这里指挥冀中的对敌斗争。当时黄敬就住在张子谦家的里屋，两个警卫员分别住在东西厢房。

解放战争期间，马江村又有三十多名青年参军，还有四十多人的支前担架队，跟随解放军转战华北一带，在解放保定及平津战役中做出了很大贡献。1948年11月，冀中区行署从饶阳搬入保定，马江村组织了由二十多人十几辆大车组成的运输队，帮助运送物资，多人立功受奖。1949年，马江村被冀中行署评为支前模范村。

在抗日战争和解放战争期间，马江村先后有21人壮烈牺牲，19人负伤致残。

4. 火烧辛营桥

1942年6月，为了掐断敌人的运输线，削弱和打击日寇对滹沱河北村庄的掠夺，安平县在滹沱河上的唯一桥梁——辛营大桥被我部队烧毁。敌人修复通行后，增派重兵把守。

1944年春节期间，安平县大队和五区游击队在连克几个敌人岗楼的鼓舞下，组织联合行动，再次派人烧桥。烧桥突击组虽曾冲破层层险阻，妾近桥底，点燃火种，但因桥柱已被冰封雪锁，不易燃烧，火势很慢，燃着不久即被敌人发觉并扑灭，只烧断了两根桥柱，对桥梁无大伤害。是以，第二次烧辛营桥没有成功。

1944年6月，滹沱河北广大麦区的小麦即将成熟，丰收在望。敌人对滹沱河北广大麦区虎视眈眈，辛营桥仍是他们过河抢麦的咽喉要路。由于此桥已遭到过两次焚烧，敌人变得更加狡猾，更加小心，增加了对桥梁的全面防务，除增派重兵加强防守力量外，还增设了不少防护措施，在桥的西侧埋下了一排粗大的迎水桩。在桥两侧的河面上，分别拦起了三道铁丝网，并把靠桥较近的房屋全部拆毁，烧光了桥边的芦苇和庄稼，使桥的两端全都暴露在开阔地里，没有任何可以隐蔽和藏身的地方，并在桥的四周布下雷区。两个桥头堡里增加了兵力和火力配备，除机枪步枪外，又增加了小炮，因此，烧桥的难度非常大。

为了确保第三次烧桥的胜利，八路军游击队在苏村进行了充分的准备，在分析总结前两次烧桥经验的基础上，制定出新的烧桥战斗方案。前两次没有把桥最后烧毁，主要是带去的燃料不足，这次就设法多运燃料。

为完成这一艰巨任务，大队决定动员几位思想觉悟高、作战勇敢、又会游水的战士组成行动小组，去执行这一光荣任务。经过县大队政委张根生、副政委崔志满等领导认真研究，在大队和二区游击队员中，选出二区游击队班长共产党员吴敬亭、二区游击队战士曹振国、大队侦察员张全来、刘永增、刘增荣这五位同志组成烧桥突击组。人选确定之后，县大队政委张根生找五位同志谈话，进行战斗动员。突击组接受任务之后，就积极准备起来。为运去更多的燃料，他们从刘兴庄找到一条木船，用马车把船运到辛营桥上游一里多远的一个村子，又找来了几桶煤油和不少硫黄、火硝等引火物，以及很多干草干柴。

6月19日深夜，天上乌云密布，烧桥勇士在辛营桥上游的村子赤着身子，驾着浸透煤油、拌着硫黄火硝的柴草船，向辛营桥悄悄驶来。潜在水中的吴敬亭顺利剪开两道拦河铁丝网，柴草船安然驶到第三道铁丝网前。在吴敬亭剪断第三道铁丝网时，被敌人哨兵发觉，两个桥头堡的敌人立即向柴草船和突击组这边猛烈射击。突击组的勇士不顾枪林弹雨，奋勇战斗，终于冲破第三道铁丝网，把船开到桥下，按计划用铁链把船牢牢拴在桥桩之上，点燃柴草，然后离开桥底向河边撤退。可是，刚刚燃起的火苗，被敌人一阵密集的火力打灭了。已经要撤出战场的勇士见火被熄灭，毫不犹豫又翻身下水，冒着弹雨，泅到桥底，把火重新点燃。瞬间火光冲天，大桥陷于火海，但火光也把河底照得通明，敌人发现桥下的游击队员，立即射去密集的弹雨，勇士们只好艰难地匍匐撤退，不幸吴敬亭、张全来两位同志中弹牺牲，刘增荣负伤。

辛营桥上大火熊熊燃烧。碉堡内敌人被强力炮火压住，不能出来救火。眼看烈焰腾空，桥身塌断，辛营桥在烈火中被烧断了。恰好，火势刚停，一阵沉雷过去，就下起了滂沱大雨，一夜之间，滹沱河水暴涨，咆哮的急流把辛营桥残存的桥桩桥板全部卷走，辛营桥荡然无存了。敌人的南北交通完全中断，去滹沱河北抢麦夺粮的交通要路被切断，大灭了敌人的气焰。

抗战胜利之后，安平县委为吴敬亭、张全来两烈士建了题有"功在国家"四个大字的纪念碑。

5. 智取安平县城

1944年10月26日。早饭后，八路军的内线、安平县伪警备团北门中队一小队队长王谦增带领伪军接替了三小队，开始在北门值班、站岗。他特意把自己结拜兄弟可务本安排在晚上12点到后半夜2点在城门楼站岗。

当晚10点，按照与王谦增的事先约定，我八路军冀中军区七分区敌工干事张志远带领冀中军区三十六区队的两个连，安平县游击大队政委张根生、大队长赵占魁带领县大队和全县各区游击队，共八百余人，悄无声息地潜伏到了安平县城西北部的彭庄村、宗庄村一带。

这天是个阴天，月亮被乌云遮挡，光线比较阴暗，正是实施偷袭行动的好天气。

后半夜1点，王谦增按照原来的约定，来到城墙北门与城墙西北角的中间位置，用点燃的烟卷儿，冲着城墙北边画了三个圈儿。

不一会儿，就看到几个八路军战士抬着梯子，从离城墙不远的隐蔽处跑了过来，他们先把梯子放下护城沟，接着几个人先后顺着梯子下到了沟里。

虽然日伪在沟里放了水，但由于已经过了雨季，沟里的水不太多，再加上王谦增事先专门选了一处水浅的地点，因此，沟里的水只有齐腰深。

随后，几个战士悄悄地抬着梯子涉水，把梯子靠在了护城沟南沿城墙一侧，依次顺着梯子向上爬。

这时，王谦增把手中的三八枪靠在城墙的墙垛上，撩开上衣，解开了早已缠在腰间的一根绳子，把绳子的一头儿抛了下去，自己用手抓着一头儿，把下面的人往城墙上拉。

王谦增最先拉上来的那个战士，赶忙和王谦增合力向上拉人。

第二个人上来后，先和王谦增握了握手，低声说："是王谦增同志吧？我叫马思成，是咱们突击队的队长。"

王谦增很高兴地问："你们过来了几个人？"

马思成答道："连我六个。"

当时，天气已过霜降，下半夜正刮着北风，天气很冷，护城沟里的水冰凉冰凉的。

王谦增看到被拉上来的八路军战士，身上的衣服都被冰水湿透了，心疼地说："天儿这么冷，让大家受罪了！"

马思成说："一会儿打起来就暖和了！眼下咱们怎么干？"

王谦增说："过一会儿，咱们顺着城墙去北门。北门站岗的伪军共有四个。咱先去城楼上，那里有两个站岗的伪军，有一个叫可务本，是我的结拜兄弟。见面后，我让他领着你带人去摸我那一小队正在岗楼上睡觉的伪军，共有二十六个，好解决！刚才，我已经把他们的枪锁起来了！咱们分头行动，给我一个人就行，跟我到城门洞，去解决另外两个站岗的伪军，我再把城门打开。"

马思成说："好！给你两个人吧！我，加上你的把兄弟，我们五个去解决岗楼里没有枪的伪军，足够了！"

王谦增点头同意，并告诉了大家今晚的口令，说道："最好别开枪，惊醒了城里的鬼子和伪军，就不好打了！还有，我这一小队伪军，都没干过太大的坏事！都是乡里乡亲的，只要他们不反抗，就尽量别伤人！"

马思成点头答应，招呼上来的人分配任务，交代注意事项。

王谦增带人走到距离城门楼还有二十多米时，站岗的伪军喝问口令，王谦增作答。来到近前，王谦增身后的两个八路军战士闪到前面，持枪逼住了两个伪军。其中一个伪军，就是可务本。

王谦增赶忙用两只手把身旁八路军持枪的手压下，轻声说道："务本，今晚，咱跟八路军一块儿，把城里的鬼子汉奸'一锅端'了！你带这几个八路军弟兄去摸岗楼。"

可务本一听高兴地说："行，行！大哥！早该弄这帮狗腿子了！"

另一个伪军一听，也赶忙说道："王哥，我也跟着你一块儿干！"

王谦增一拍他的肩膀，说道："好兄弟！一块儿干！"

在城门楼，王谦增再次向城外发出了信号，收到回应信号后，立即与马思成带着人分头行动。

王谦增带人来到城门洞，两个八路军战士跳到前面，持枪逼住了正靠着墙打瞌睡的两个站岗的伪军。

当时，八路军及其地方游击队没有重武器，轻武器的弹药也很少，还没有攻城拔寨的能力。最近一年多时间，城外岗楼、据点连连被拔掉、端掉，都是八路军采取里应外合、出其不意发动袭击的结果。因此，日伪对城门、特别是开城门的钥匙管制很严。每天晚上关闭城门并上锁，城门大铁锁的钥匙一律由守城门的伪军中队长保管。每天早晨要开城门时，由值班的伪军找中队长拿钥匙，开完城门就要马上把钥匙给中队长送回去。夜间，轻易不开城门。

北城门特制的大铁锁有十几斤重，若无钥匙，很难砸开。而硬砸这个特制的大铁锁，肯定会惊动岗楼中的大批伪军。

王谦增早有准备，从衣兜里掏出配好的钥匙，摸着黑顺利地打开了大铁锁，开了城门。接着，王谦增放下了护城沟的吊桥。

这时，张根生和张志远带着城外的八路军、游击队正好赶到，大家悄无声息地快步冲过吊桥，进入城内。

这时，马思成、可务本也和另外几个先行进城的八路军战士，把北门中队一小队的二十六个伪军从岗楼中带了出来。

张根生和张志远与王谦增匆匆握了下手，就指挥部队，按照预定的计划，分头行动。

王谦增让可务本带路，领着县大队的二十多个游击队员去摸弹药库，他自己和马思成带着八路军冀中军区三十六区队两个主力连队，快速接近盐店大院。这里驻有伪警备团团部及其主力部队。

为了用最小的代价取得最大战果，在快速行进中，王谦增与马思成商量好，尽量不开枪、不强攻。

来到伪警备团大门前，马思成指挥八路军战士靠在大门两侧墙根，准备往院子里冲。

王谦增一个人上前敲门、叫门。

大门内哨兵盘问口令，王谦增回答后，让哨兵赶紧开门。

里面的哨兵不满地说："有什么事儿天亮了再来！"

王谦增口气强硬地说道："不行！是宪兵队野田队长让我来传

令的！误了事儿，咱俩都吃罪不起！快开门！"

门里边的哨兵一边懒洋洋地走过来开门，一边很不情愿地说："晚上睡觉前，团长出去了，不在团部，我看你把命令传给谁！"

大门一开，王谦增一枪托把开门的伪军打晕，回身向马思成一挥手，就率先冲进了院子，两个连的八路军战士迅速、悄无声息地冲进警备团大院。

按照商定的计划，王谦增带着一个连的八路军，直扑伪警备团的主力第七中队。

八路军战士分别破门而入，低声喝令"不许动！"，被惊醒的伪军绝大多数举手投降。少数伪军跳起来准备拿枪，当即都被八路军战士用刺刀和枪托制伏。战士们喝令伪军穿上衣服，全部到院子里集合。

同时，王谦增带着几个八路军战士闯进中队长李树分的房间，李树分被惊醒后，光着身子迅速跳起来抢抓桌子上驳壳枪，被王谦增一枪托打倒在地。身后两个八路军战士上前，一人一只脚，把李树分踩在地上。

王谦增早有准备，从腰里又拽出一根麻绳，对几个八路军战士说："给我捆起来！张政委要活的！"

王谦增说完，急忙出屋去找马思成。

这时，马思成带着八路军另一个连，也把伪警备团团部及其他伪军解决了，正在向院子里集中俘虏。

王谦增近前对马思成说："这里已经完事儿了！咱赶紧过去帮忙打日本宪兵队大院！"

马思成说："今天咱们没带炮，打不成！"

王谦增说："有炮！你赶紧跟我走！"

王谦增一边说，一边向大院外跑去。

马思成叫了几个战士，跟着王谦增跑了出去。

王谦增和马思成带着人跑到弹药库时，因为知道口令，张志远、可务本就已经带着人，把看守弹药库的伪军一个小队全部俘虏，正在向外清理弹药。

见王谦增跑了过来，张志远说："我都找遍了！弹药库里只有两门炮，就是没有找到炮弹。问看守弹药库的伪军，他们也都说库里没有炮弹。"

正在这时，县城西南方向传来日军歪把子机枪射击的枪声。王谦增一听，枪声来自日本宪兵队大院方向，知道是刚才城内少数几声枪响惊动日本宪兵队。

张志远向清理弹药库的人交代了一下，就与王谦增、马思成带着几个人向县城西南角的日本宪兵队大院奔去。在路上，正好碰到了县大队政委张根生。

张根生一边急行一边问："警备团解决了没？"

王谦增回答："解决了！只有团长今晚没住在团部，没抓到！"

张志远说："弹药库也解决了！还有两门炮，可是，没有炮弹！"

张根生站住想了想，对马思成说道："你赶紧再去叮嘱一下咱们二中队，不要贸然强攻宪兵队大院，以免造成不必要的牺牲，只要把鬼子堵住不出大院就行。"

随后，他让几个通信员分别传达命令：押上俘虏，收缴战利品，在北关集中。

其间，县大队负责袭击伪警察局的部队，按照事先王谦增向张志远提供的地形情报，迅速来到伪警察局的后门。平时，伪警察局的后门是供杂役出入的，白天没有岗哨，夜间也无人值守。县大队一个战士翻墙而入，打开后门，部队悄悄进入伪警察局，将正在睡觉八十多个伪警察全部俘虏。

县大队作战参谋李鸿飞、张殿章等同志带领另一支部队，凭着王谦增提供的敌人的口令，顺利地叫开了伪县政府的大门，冲进了伪县政府。正在睡觉的伪县政府县长温庚虞、秘书以及大小官员，全都被我方俘虏。

县大队袭击养马场的部队，也是用敌人的口令，顺利地叫开了养马场的大门，一个小队的守敌全部被我击毙和俘虏，缴获了养马场的全部战马。

日本宪兵队大院一直大门紧闭，只是在高大的围墙四个角的岗楼上，几挺机枪不断向四周射击，日军始终没敢出来。

这次里应外合、夜袭安平县城，我军一名战士牺牲、七名战士轻伤挂彩，消耗子弹不到二十发。取得的战果是，除日本宪兵队大院中的一百多个日本鬼子之外，几乎全歼了县城里的汉奸武装，血债累累的伪警备团第七中队被彻底消灭。缴获的枪支、弹药、被装、布匹、粮食等，装了满满一百八十车。

三、铁血壮歌

抗战期间，仅有17万人口的小县安平，共有八千六百八十九人参加了八路军或成为地方抗日干部战士，有两千两百六十九人光荣牺牲，其中共产党员四百七十人。牺牲在本县境内四百四十七人，其中县区干部五十九人。

国难当头之际，各级党组织发挥了坚强的战斗堡垒作用，党员干部带领广大群众与凶残的敌人浴血奋战，不怕牺牲，留下很多可歌可泣的英雄事迹。

1. 弓凤洲：披肝沥胆写忠诚

弓凤洲，又名弓庆成，1905年生于安平县台城村。曾任台城村党支部书记、冀中七分区农会主任、冀中七分区抗联部长。新中国成立后历任河北省献县税务局长、河北省委党校党支部书记、河北省工业厅工会主席等职，1972年病故于安平县台城村。

弓凤洲上有兄长，下有一个弟弟和两个妹妹。自小家贫，靠给人扛长活儿贴补家用。生活的艰辛磨炼了他吃苦耐劳、坚毅果断的性格。

1923年经弓仲韬介绍，弓凤洲加入中国共产党，中共台城特别支部成立后，担任弓仲韬的交通员，经常以菜贩子身份传递情报，有时也跟随弓仲韬去北京向中共北京区委汇报工作。

他们还经常去县城开展活动，秘密接触各界人士，比如北关高小党支部书记李少楼等。

后来，贫苦农民弓结流、弓秃子经弓凤洲介绍也加入中国共产党，三人编为一个党小组，弓凤洲任组长。1924年弓凤洲又介绍贫农弓文冬、弓振民入党。

1924年8月间，中共安平县委在敬思村的张麟阁家中成立，弓凤洲作为九名党代表之一参加了成立会议。弓仲韬担任县委书记后，台城特支改名为台城村党支部，支部书记由弓凤洲接任，领导台城村革命斗争的担子落到了他的肩上。他宣传民众，组织斗争，壮大革命力量，忙得不可开交。

由于中共安平县委机关设在弓仲韬家中，往来于此的人日渐增多，弓凤洲还要负责接待，烧水、做饭。

这年的秋收期，弓凤洲按照中共安平县委书记弓仲韬的指示，组织发动了台城村雇农进行罢工斗争，要求增加工钱，村里的长工、短工终于挺起了腰杆子，斗争取得胜利，长工们的工资由原来的年三十元增加到了三十五元，多的达到五十元。台城村雇农增资斗争获得胜利的消息，迅速传遍了安平县，广大群众人心大快，地主老财们却惶惶不安。

白色恐怖时期，因为身份暴露，弓凤洲与几个同村人踏上了闯关东之路，开始了三年的流亡生活。

在吉林省宁安县杨木林子屯，弓凤洲与同村的弓双才、弓更喜给人家当长工，后来合伙买了几十亩地成了自耕农。这期间，弓凤洲怀着满腔革命热情，想与当地党组织接上关系，四处打听河间府、保定府的乡亲进行联络，都未成功。

苦闷之中，他又给弓仲韬写过三次信，信中用暗语表达了寻找党组织的愿望，但是不知什么原因均未接到回信。几番努力都失败后，他成了一只失群的孤雁。

1930年，弓凤洲带着对家人的思念和对党组织的向往，回到家乡台城村。他终于找到弓仲韬，接上了组织关系。此时弓仲韬已不再担任县委书记，身份只是普通党员，但是他的名望和影响力仍不小。1932年反动派到处抓捕共产党员，弓仲韬也在抓捕名单，弓凤洲和他紧急外避了一段时间，风声过后才回来。

七七事变后，安平是冀中区党委、冀中行署、冀中军区成立所在地，作为共产党早期活动开展得好的地区，安平县抗日政府成立较早。

一天，中共安平县委书记阎子元找到弓凤洲，动员他成立村农会开展抗日斗争，弓凤洲慨然应允。不久，他串联了几十个贫苦农民成立了农会。不久，上级即调弓凤洲到安平县抗日联合会任宣传部部长，之后任安平县委民运部部长、冀中七分区农会主任、冀中十一分区农会改善部长、冀中十一分区促进社主任、冀中七分区抗联组织部长等职，在艰苦的斗争环境中领导组织民众开展游击战，为冀中的抗日工作尽心尽力，"模范抗日根据地"的荣誉称号中凝聚着他的智慧和心血。

1941年秋，时任冀中七分区农会主任的弓凤洲奉命去赵县小留村开辟抗日工作。小留村是日军据点，村内汉奸势力猖狂，曾为虎作伥杀害抗日干部八人。弓凤洲和战友们装扮成讨饭的乞丐，进村摸清了情况，然后开会严密部署，调集赵县县大队，及民兵两百多人在夜间突袭，一举抓获了恶贯满盈的汉奸九人，次日公开处决四人。

这一次行动震慑了日伪势力，人民群众拍手称快，纷纷奔走相告："想不到几个要饭匀，竟然是神八路哩！"

后来，小留村在弓凤洲的领导下成了抗日模范村。

1943年是冀中敌后抗日最为艰苦的一年，一些人意志消沉退缩了，个别人甚至成了叛徒和鬼子的帮凶。一天，弓凤洲以冀中十一分区促进社主任的身份在安平县察楼（此处有促进社的油坊）开展工作，突遭伪军包围，弓凤洲他们打倒几个伪军后，钻入地道隐蔽。

可是狡猾的敌人发现了地道，弓凤洲被捕。凶残的敌人使用重刑，将他打昏七次，又用大车拉往崔岭据点，关在木笼中长达二十一天。其间，伪军队长软硬兼施，威逼利诱，用尽各种手段，想套出弓凤洲是否是八路军干部，弓凤洲只说自己叫弓庆洲，是外地来买油的，始终没有暴露真实身份。后来经中共安平县委书记张亮等人的大力营救才脱险。原来，伪军头子想把弓凤洲送到县城交给日本人，好邀功请赏，但又担心八路军找他秋后算账。正犹豫间，抗日政府人员委托的中间人找上门来，做了他的思想工作，说都是乡里乡亲的，何必把事情做绝，就不想给自己留个后路吗？话里话外挑明了利害关系，并将一笔钱放到伪军头子面前。就这样伪军头子下令释放了弓凤洲。弓凤洲在狱中机智勇敢、威武不屈的气节，受到领导和同志们的赞扬。

弓凤洲还有一件可以载入安平人民抗日斗争史册的壮举——大义灭亲。弓凤洲从关东返家后，发现弟弟弓庆来沾染了二流子的习气，不仅好吃懒做，还偷鸡摸狗。弓凤洲严厉训斥他，让他改邪归正，但弓庆来口头答应，实则并无悔改。后来他和哥哥闹翻，一气之下跑到西北军旧部庞炳勋的杂牌军去当了兵，生活依然放荡不羁，不过在部队练就了一手好枪法。日本军队占领县城后，弓庆来竟然投靠日本人，成为民族败类，因他的枪法准，对抗日军民危害极大。

安平县大队负责人找到弓凤洲，说："你弟弟当了汉奸，在日本人那儿还挺红，要抓他恐怕我方损失太大，你有什么法子吗？"

弟弟虽然不争气，但毕竟是自己的亲人，所以一直以来，弓凤洲对他也只是说说气话而已。而如今，他竟然当了无耻的汉奸，弓凤洲既震惊，又气愤和心痛。作为一名共产党员，在家国大义面前他别无选择。在与县大队负责人一番合计后，弓凤洲专程回家，摆下酒席，请几个同族中的长者相聚，顺便让他们给县城的弟弟弓庆来捎信，说给他找了份挣钱的好差事，约他到城外面谈。弓庆来果然上当，当他哼着小曲、酒气冲天地出现在约定地点，被早已埋伏在此的县大队战士当场抓获。三天后，汉奸弓庆来被处决。

解放战争期间，弓凤洲曾任冀中十一分区税务局党总支书记兼副局长、冀中八分区献县税务局局长兼工商科长。

新中国成立后，百业待举，多年从事经济工作的弓凤洲进入河北省工业厅，曾任支部书记、工会主席。由一个贫苦长工成长为中共最早的农民共产党员，而后久经历练又成长为新中国的高级干部，弓凤洲几十年中出生入死，颠沛流离，却始终信仰坚定。

晚年的弓凤洲落叶归根，回到故乡台城村居住，于1972年去世，享年六十七岁。

2. 举家赴国难

安平县北苏村程家以卖卷子为主要营生，靠扁担挑卖到了沧州、肃宁、定州等地，攒下了七十多亩地，成为村里有名的富户。程子英1922年3月出生，1938年10月参加革命，同年入党。

程子英是程家接触进步思想，加入抗日救亡大军较早的一个，1938年他在读北牛具完小时接受了进步思想教育，表现积极，加入了中国共产党。毕业后在北牛具区公所（安平县第二区）的区小队开展地下工作，积极发动群众抗战，后被冀中军区调任博野县大队政委兼博野第五区区长。

程子英在农村广泛宣传全民抗日的思想，团结越来越多的人参与到抗战中来。在他的带动下，抗战期间程家程长府、程树亭、程兰英等八人先后参军或参加地下对敌斗争，程家成了八路军抗日的堡垒户。程家具有得天独厚的优势，它位于北苏村村西，房后有一条小河是滹沱河的分支，成为北面阻敌的天然屏障，西边是一望无际的青纱帐，随时可以打游击战，南面是村主干道，出入方便。为了便于斗争，程家每排房子都开设了后门或者直达房顶的天窗，家族经营的手工卷子房和八亩自家菜园子为八路军战士提供了有力补给。

1942年五一大"扫荡"期间，冀中军区警卫连在北苏村辗转战斗，住在程家。被汉奸告发后，程家老小掩护八路军迅速撤离，由于家里的主要劳动力都参了军或者成为地下党，撤退后家里就只剩程长府和他的一个兄弟留守。日本人来搜查，放火烧了房子，把两人吊在树上用火烤，逼问八路军的下落，但他们咬紧牙关硬是不说。结果程长府身受重伤，他兄弟不幸牺牲。

1943年4月，四百多个日本兵从三面围攻博野县五区区公所所在地程委村，几十名党的地下工作者面临险境。程子英作为区长带领战士们艰难突围后，发现王林、张旭等四名同志还没有出来。程子英转身往回跑，以身犯险把敌人引开，四名同志才得以脱身，程子英却腿部中枪昏了过去，被敌人抓住，逼问他八路军行踪。虽遭到严刑拷打，受尽折磨，他却宁死不屈，不说一个字。日本人无计可施，一怒之下把将他的头砍下来，挂在保定的城楼上示众。

新中国成立后，程家子弟又有三人参军。自抗日战争以来，程家共有十一个人参战参军，可以说是名副其实的满门忠勇。

3. 打完最后一颗子弹牺牲的安贵普

安贵普是安平县宅后寺村人，1914年生，1940年在反击日军的一次战斗中光荣牺牲，历任安平县委书记、河北游击军第三师政委、冀中四分区政治处主任。

1930年，中共安平县委书记李洪振、县委交通站负责人刘宗甫在宅后寺小学以教书为掩护，秘密开展党的工作。安贵普时常去小学与他们议论时局，借阅进步书刊。李洪振看到安贵普有强烈的抗日爱国之心，经过一段时间的培养，介绍他加入了中国共产党。

安贵普入党后，积极在本村开展党的工作，建立党、团组织，壮大革命队伍，不到三年时间党员就发展到二十多人，并建立了"反日会"和"贫民会"等党的外围组织。

九一八事变后，他领导群众积极进行反帝反封建斗争，到处张贴标语，散发传单，宣传我党抗日救国主张。1933年1月，经党组织研究决定，任命安贵普为县城西南片党组织委员。当时全县党的组织发展较快，宅后寺村党的活动也非常活跃。由于此年遇上了天灾，收成无几，许多贫苦农民没饭吃，安贵普秘密组织广大雇农搞"吃大户"活动，还准备砸抄子文、角邱两村的警察所。由于混进坏分子向反动当局告密，县警察局出动大批巡警逮捕了安贵普。

抗日战争全面爆发后的1937年8月，安贵普才被释放出狱。五年的牢狱生活，他受尽酷刑，英勇不屈。

1937年9月，保南特委吴立人来安平，组织恢复了中共安平县委，安贵普任书记。安贵普呕心沥血，夜以继日地工作，领导全县积极发展党组织，开展统战工作，动员群众有人出人，有钱出钱，有枪出枪，保家卫国。还改造了地主豪绅们组织的维持会，建立了抗日政府和县武装总队。

1938年1月，以安平游击队的两个中队为主体，成立了河北游击军第三师，安贵普任政委，转战在冀中各地。2月，三师开往肃宁、河间一带，归属冀中第四军分区领导，安贵普任分区司令部政治处主任。1940年，他奉命率部深入敌后，重创敌人，开辟了清苑、蠡县、博野一带的抗日根据地。

4月的一天，冀中第四军分区计划在清苑县的西王力村召开会议，冀中军区副司令员孟庆山也来参加。安贵普奉命率特务营做保卫工作。

此事被敌人得知。拂晓，日伪军纠集了十倍于我的队伍，由东往西向分区领导机关驻地西王力村一带包抄过来。安贵普当机立断，令田春芳带队掩护孟司令员及分区领导机关人员迅速转移，自己率特务营一、二连奔大李各庄村迎击敌人。分区机关在三连掩护下，顺利通过交通沟，横渡唐河，安然脱险。一、二连则在行至西王力村和大李各庄交界处与敌人接火。

敌人以重兵包围了一、二连。全体指战员临危不惧，英勇奋战，从早晨战斗到下午4时，打退了敌人一次又一次的进攻。

安贵普一边指挥一边战斗，负伤后仍顽强杀敌。在最后突围时，他因抢救战友，再受重伤，跌落沟内。打完最后一颗子弹后，他捣毁武器，高呼"共产党万岁"，壮烈牺牲。

抗日军民含泪将烈士遗体葬于清苑县西王力村，后移至烈士的故乡——安平县宅后寺村，并在村中央修建了烈士碑，以资纪念。

4. 王汉杰等五烈士魂归故里

"大伯王汉杰当兵时才十四岁，一走好几年。他参军后最后一次回家是1942年，那年刚满十七岁，我伯祖父和伯祖母嘱咐他要注意安全，王汉杰大伯还举着枪说：'不怕，我们有枪！'他是骑马走的，之后就杳无音讯了。新中国成立后家中收到刘世昌将军的一封信，信中说王汉杰已于1942年在阜城县的一次战斗中牺牲。家中伯祖父和伯祖母挂念了他一辈子，经常和我父亲提起。一直到七十七年后的2019年，才知道他牺牲后埋在阜城县本斋纪念园里。"2021年3月初，在安平县北黄城村村委会，王汉杰烈士的侄子王二超对我们说。

王二超的爷爷王玉清是一名参加过抗日战争、解放战争，获得"独立自由奖章"和"解放奖章"的老党员。他在世时经常跟儿孙们提起王汉杰最后一次离家的情景。

为掩护刘世昌将军（马本斋入党介绍人），王汉杰于1942年6月2日牺牲于阜城县高纪庄突围战中，至于是怎么牺牲的，埋在哪儿，谁也说不清。

前几年，家人从一本名为《回族将领刘世昌将军传记》的书中，知道了王汉杰壮烈牺牲的过程。在回民支队的突围战中，王汉杰将刘世昌推到沟里，刘世昌没有被子弹射中，他自己却中弹倒下了。刘世昌赶紧爬过去，王汉杰已经不行了，鲜血从伤口喷涌而出，他吃力地说，科长，我过不去了，你们走吧！说完，他从兜里掏出一块玉米饼子，玉米饼还是热的，是炊事班给准备的早饭。见此情景，刘世昌的眼泪夺眶而出。王汉杰的手又动了下，往远处指了指，意思是让他快点儿走，不要再停留了。刘世昌舍不得他，想拼着命把他背过去，当他跪在地上把王汉杰往背上挪时，王汉杰已停止了呼吸。刘世昌悲痛万分，大声喊着王汉杰的名字……

2019年3月26日，河北阜城县本斋纪念园通过《衡水晚报》发布了一则《为五位安平籍烈士寻亲》的消息。文中说，长眠于阜城县本斋纪念园的抗日英烈中有三十余位是衡水人，如今尚有五位安平籍烈士没找到亲人。纪念园负责人王志杰向报社求助："希望通过《衡水晚报》找到烈士家人，让他们魂归故土。"

1942年6月2日，在阜城县古城镇纪庄村西，马本斋回民支队进行了一场突出重围、打击日军的战斗，全体指战员浴血奋战、重创敌军，歼灭日伪军三百余人，胜利突破日军防线，八十八名英雄在这场战斗中为国捐躯，将热血洒在了这片土地上。

突围战结束后，王志杰的父亲——当时二十九岁的王梦北同乡亲们含泪将烈士的遗体就地掩埋。三天后，马本斋将军又来到了纪庄，王梦北和村民们同马本斋将军率领的回民支队为烈士们举行了葬礼，将烈士的遗体集中掩埋在了纪庄村西的空地上。

据王志杰介绍，在王家人为烈士守墓的七十多年里，从未间断为烈士寻找亲人，现在只剩下这五名安平县的烈士还没有找到亲人，他们分别为王汉杰、李三昌、张国良、魏振义、张山堆。

看到报道后，衡水市退役军人事务局贾立平等人积极行动，及时与安平县退役军人事务局取得联系，根据烈士籍贯信息进行寻找。通过不断努力，成功找到了五位烈士的亲属。清明节期间，烈士家人纷纷赶到阜城本斋纪念园，为亲人扫墓，寄托哀思。

王汉杰，安平县原东黄城乡北黄城村人，生于1920年，1938年参军，时任回民支队政治部锄奸科干事。

李三昌，安平县原河槽乡东满正村人，生于1893年，1938年参军。

张国良，安平县大子文乡邢郭庄人，生于1907年，1939年参军，时任回民支队政治部锄奸科干事。

魏振义，安平县大子文乡崔安铺村人，生于1921年，1940年参军。

张山堆，安平县马店镇赵院村人，生于1910年，1940年参军。

4月3日，张山堆烈士的侄子张建永最先赶到陵园。他们全家现居石家庄，张建永说家里人一直在寻找张山堆，祖父母临终前念念不忘的也是这个儿子。张山堆烈士兄弟三人，张山堆排行老二，大哥张大天1977年去世，张建永就是张大天的儿子。张山堆烈士的弟弟还健在，已是九十五岁高龄。张建永听家人讲，张山堆当兵时只有十六岁，临走前给父母磕了一个头，走后便再也没回家。他们全家一直在寻找张山堆的音信，祖父母、父母直到去世还在念叨这件事。得到消息后，全家人激动得热泪盈眶，第一时间赶到陵园。张建永还连夜写了祭文《清明祭叔张山堆》："祖父祖母泣血愿，盼儿回家来团圆，奈何天地两茫茫，音信杳杳难又难……兄嫂念您七十年，年年想弟盼相见，您找爹娘苦又苦，魂归故里终得安。"

4月7日，李三昌、魏振义、王汉杰、张国良的亲属也纷纷赶来。李三昌烈士的孙子说，他听说爷爷是当时民政部门的主要干部，组织人们参军出去后就再也没有回家。魏振义烈士的女儿已经七十七岁，因为父亲参军时她太小，对父亲都没有什么印象。

战火纷飞的年代，多少年轻的老区儿女告别家乡，奔向血雨腥风的战场，从此杳无音信，与家人天各一方。有的牺牲后，烈士英名留在了墓碑上，有的甚至连名字都没有留下，成为家人一生的思念和等候。

5. 与敌人同归于尽的"土坯英雄"吴兆林

1945年的春天，广袤的冀中平原乍暖还寒，虽然冰雪已经融化，但四野萧条，冷风依然刺骨。在通往安平县付各庄村的土路上，六名八路军战士抬着一架木棺缓缓走来，他们每个人的脸上都是一副凝重悲怆的表情，没人说话，只有一阵阵压抑不住的啜泣声。

领队的是冀四十四区队政治委员康万聚，像这样送别牺牲的战友，他经历了不知多少次了，八路军打鬼子，哪个不是把脑袋别在裤腰上？但是这次，他的脚步格外沉重，心情格外悲伤，还隐隐地有些忐忑不安。

棺木中躺着的，是烈士吴兆林。

开棺冲突

抬棺的战士们进村后，直奔吴家的老墓地。远远就看到付各庄的村长崔顺通和吴兆林的亲友几十人已在此等候，其中吴兆林的妻子刘兰女一手牵着四岁的女儿，一手抱着仅两个月大的儿子。

看到棺椁，刘兰女以及吴兆林的堂哥吴老创、堂弟吴黑旦等人号啕大哭，扑到棺材上就要打开看烈士最后一眼。

这时，政委康万聚奋力推开人群挡在棺材前，大声喊道：

"部队有令，不让打开棺材，马上葬埋！"

这句话令极度悲伤的众人骚动起来，他们想不通，兆林已经为国家牺牲了性命，怎么临走前都不能让亲人们看一眼？这是当地的习俗，也是亲友们的心愿，不让开棺太不近人情了吧？！

在一片痛哭声和质疑声中，情绪激动的吴黑旦突然举起木杠，他双目圆睁，大声喝道："谁不让打开，我就和他拼命！"

吴兆林四岁的小女儿吴满娟吓得号啕大哭，她扑到棺材上一声声叫着"爹"，一遍遍喊着："你别走啊，你看看我呀！"

听到女儿撕心裂肺的哭喊，刘兰女情绪失控，她抹了把眼泪竟抱着儿子扑到棺材上，一边拍打棺木一边哭喊："我也不活了！不让我看她爹最后一眼，就把我也一起埋了吧！"

令康万聚担心的一幕终于出现了。尽管他反复解释这是部队的命令，但现场一片混乱，家属坚持不打开棺材不让下葬。

村长崔顺通把康万聚拽到一边，悄声说道："首长，我看要不然还是打开棺材吧，就让她们孤儿寡母再看一眼。还有呀，可能你不知道，这个吴兆林家的情况比较特殊，他没有兄弟姐妹，家里就他这一根独苗，现在才二十多岁，人就没了，你说他家里人能受得了吗？"

"不能开棺，部队有令，尽快埋了吧！"康万聚脸色铁青地说。

霎时间，人群中的哭嚎声更大了，有多个壮汉开始推搡护卫棺材的战士，甚至有一个人拿着木杠过来要打康万聚，被村长一把拦腰抱住了。

村长一边规劝冲动的乡亲，一边焦急地冲康万聚喊道："算我求求你们了，就打开棺材，让我们再看他一眼吧！兆林他为了打鬼子把命都搭上了，他是我们付各庄村的英雄啊，就让我们再看他一眼，再送他一程吧！"

听到崔村长语气强烈的恳求，看着眼前剑拔弩张的场面，政委康万聚心如刀绞。万般无奈之下，他咬了咬牙，给战士们下达了命令："开棺！"

说完他扭过脸去，早已抑制不住的泪水夺眶而出。

当棺木打开的一瞬，周围的人群死一样的寂静，挤在最前面的刘兰女只看了一眼，就晕倒在地！

棺材内哪有吴兆林的尸体，只有一身军装，里面裹的竟是几块土坯！

原来吴兆林是身上捆着手榴弹与敌人同归于尽的，当场血肉炸飞，尸骨无存。为了让烈士魂归故里，入土为安，战士们含悲忍痛在他牺牲的地方找了几块土坯，以衣冠代替了烈士放入棺木……

英勇就义

2020年腊月二十八的上午，寒风凛冽，天气阴沉，我们驾车行驶在通往付各庄村的公路上，两边是一望无际的空旷原野，偶尔可见残破的炮楼一闪而过。随着烈士墓越来越近，我们的耳边仿佛传来枪炮的轰鸣声，当年那悲壮惨烈的一幕，越来越清晰地浮现在眼前……

1945年3月17日，在安国西伏落村的八路军炸药厂遭到四百多名日伪军的夜袭，当时冀中七支队的一个班为炸药厂警卫，还有十几个爆炸组的技术工人。发现敌情后，吴兆林让班长带领战士和工人马上转移，他自己留下阻击敌人，当时班长和战友都不走，要和他一起战斗。吴兆林急迫地说："我熟悉炸药的情况，能发挥更大的作用，情况危急，你们快走！"

正当班长带着战友们开始撤离时，敌人扑了过来。为了阻击敌人，吴兆林在路口和两个门前设了连环雷，又在自己的腰上捆了二十颗手榴弹，待敌人冲进院时，他毫不犹豫地拉响了手榴弹，与几十个鬼子同归于尽！

"独苗"参军

在村委会，我们见到了吴兆林烈士的儿子吴拴桩。他给我们讲述了一段发生在这里的铁血往事。

吴家有祖传的做鞭炮和火药的手艺，家中还有二十多亩地，生活一直不错，吴兆林的父母婚后多年无子，母亲三十多岁时才生下吴兆林，这根独苗是全家人的掌上明珠，从小要星星不给月亮。七岁时，家里就送他上了安平县最有名的学校——北牛具小学。完小毕业后，吴兆林开始跟着父亲学做鞭炮。跟他搭伙儿一块做鞭炮的还有堂哥吴新春。他们在一起干了六年，后来，吴新春的父亲当了游击大队的区小队长，吴新春也经常和吴兆林讲起八路军打鬼子的故事。1938年冀中军区在安平县成立，付各庄经常有冀中军区领导往来居住。吴兆林向往军营生活，多次恳求父母去当兵，特别是1939年，贺龙的一二○师进驻安平后，王震旅长就住在与吴家相邻的人家，吴兆林亲眼见到八路军官兵平等，对百姓亲如一家，当八路的心更加坚定，父母自然不同意，后来吴兆林让堂兄吴老创（党员）说服父母，吴老创对他们说，天下兴亡，匹夫有责，就让孩子去当兵吧，家里的事，我帮你们！但父母还是不同意，理由是，家里就这么一个孩子，鞭炮厂还指望他掌管呢。

为了拴住吴兆林，在他十七岁那年，父母做主，给他定了亲，找的临村高左村的一个大家闺秀刘兰女。

没想到的是，这个刘兰女全家都是地下党员。吴兆林和刘兰女结婚后还没有度完蜜月，刘兰女和母亲就说服吴兆林的父母，送吴兆林参军了。

吴拴桩说："为什么爷爷给我起名叫拴桩？因为我父亲外号叫'拴不住'，爷爷是想让他有了儿子能收收心，待在家里，别往外跑了。"

吴兆林1939年参军后，冀中军区领导知道他有做炸药的技术，并有一帮做炮的师兄弟，就让他动员四名有做炮药技术的村民一起参了军，成立了冀中军区爆炸组，吴兆林任组长兼负责碾药技术。爆炸小组，有十四个人，这些人当中，有挑担串村补锅的小炉匠，有做擀面杖的手旋工，有做鞭炮的碾药工。吴兆林将他们分编为翻砂（铸手榴弹）、制柄（制手榴弹把）、碾药、总装四个小组，任命了小组长。生产车间就在县城的冀中修械厂（冀中兵工厂的前身）。开始几个月，他们只生产手榴弹，技术力量薄弱、物资材料没有，大伙齐心协力克服了一个又一个难题。吴兆林经常组织技术训练，并跟大家一起探讨实验方法。吴兆林以木炭、硫黄、硝做原料碾成的黑色炸药，爆炸效果比日军的化学炸药威力不小，就是生产工艺烦琐，而且危险。手榴弹总装工具、操作都是土办法比较落后。生产顺序是先把炸药装满弹壳，再把弹柄装有引信的一端插入弹壳，然后再用木榔头砸牢、拧上螺丝钉、盖上防水帽、蘸上防潮白蜡，这就完成了整个生产过程。有一次，当总装的人正在用木榔头砸手榴弹柄的时候，轰的一声爆炸了，是引信受到震动而引发的。虽事先有一些简易防范措施，但总装同志的左手还是被炸伤了。为解决这个问题，他们找了一口水井，在井沿上埋设一块高一米、宽五十米、厚十厘米的石板做防护墙，操作的同志面向井口坐在石板的外侧，两臂横抱石板，左手拿一颗尚未加固的手榴弹，右手持木榔头砸弹柄，遇有引信因震动而爆炸时，顺手往井里一丢，叫它在井里爆炸。自从采取这措施以后，生产就安全了，手榴弹一批一批地出厂供给部队，每次都圆满完成生产任务。

吴兆林担任冀中军区爆炸组组长，不仅生产爆炸武器，亲自验证手榴弹、地雷、炸药包等爆炸威力，还多次参战。有一次他带爆破队炸日本鬼子的军车，一下就炸死了十几个鬼子。吴兆林不仅运用祖传配药和爆炸技术，还擅于学习、探索新技术。他尝试做雷管、烈性炸药等，还多次向专家请教，研究出，利用日本鬼子的化肥硫铵和根据地人民自制的火硝来制硝铵炸药，他使用的制造硫酸的"设备"就是用当地老百姓的陶瓷大缸和自制的玻璃管。用玻璃管把大缸一个个连接起来，代替了耐腐蚀的金属材料设备，生产出的硫酸比用合金钢设备生产出来的产品纯度还高。

吴兆林的大女儿，长到四岁就见过父亲两次。而小儿子吴拴桩在出生后不久，吴兆林就牺牲了。

难忘英魂

吴拴桩小学没毕业 十二岁那年，爷爷就让他在油子乡的梆子剧团学戏，因为学习刻苦，进步很快，在剧团加入共青团，两年后又加入共产党。后来村里组织了村俱乐部，他应邀回村排演样板戏，每部戏他都是主角，《红灯记》他就是李玉和，《智取威虎山》他就是杨子荣，《沙家浜》他就是郭建光……回村后他先后担任过村团支部书记，民兵连副连长、连长，村党支部副书记。因为工作比较认真，不怕吃苦，得到群众的广泛赞誉。

今年七十五岁的吴拴桩依然是村里的文艺骨干，活跃在舞台上，敲大鼓、舞狮子，唱歌演戏，无所不能。父亲吴兆林与日本鬼子同归于尽了，当年和他一起参军的堂哥吴新春在1947年11月解放石家庄时也牺牲了。

吴拴桩说，我真想为父亲和这些牺牲的先烈们写一部书，排一出戏，让付各庄的子孙后代永远记住他们的英名。

6. 小歪与烈士崔庆云

风中的泪水

崔庆云这个名字，小歪并不陌生，在付各庄村的烈士亭内，有座庄严肃穆的黑色大理石碑，上面刻着三十九位烈士的名字，最上面那行右数第三个，就是"崔庆云"。

上学时每逢清明节学校都组织到烈士亭扫墓，所以碑上的名字，他从小就熟悉。

三十多年前的一天，他独自来到碑前，凝神看着这三个字，若有所思。

"小歪！别在外闲逛荡了，你娘叫你吃饭呢，赶快回家吧！"有人冲他喊道。

他却仿佛没听见一样，继续歪着脖子，眯着眼睛，盯着碑上这个熟悉又陌生的名字。

冀中平原的冬天空旷寂寥，只有狂风呼啸着翻卷起枯枝残叶，滹沱河水失却了往日的浩荡，只剩下一片凛冽肃杀的冰床。

"你是谁？我又是谁？"他站在风里自言自语。

小歪是他的小名，张小歪是他的大名，因为从小脖子就歪，左眼也有毛病，所以在人们眼中，他显得有点儿怪异，脑子仿佛也不太灵光，一直到三十多岁了，还没有说上媳妇。其实他一点儿都不傻，心里啥都知道。

就在那天，小歪从村里几位老人的闲聊中，意外地得知他每天口口声声叫爹的人，不是自己的亲爹，自己也不姓张，而姓崔。

2020年1月22日，又是一个寒风凛冽的冬日，已经75岁的小歪再次来到烈士亭内，他指着墓碑上"崔庆云"三个字，跟我们大声说："这就是我爹！我娘临死前才告诉我！"说完，一行老泪夺眶而出。

在暮色苍茫的天宇下，这个老实木讷的农民情绪有点儿激动，这是他心底的一个结，虽然过去很多年了，他也早就理解了母亲的良苦用心，但是提起来，依然难以释怀。

午夜别离

小歪的爷爷、奶奶都是安平县早期的共产党员，他们有四个儿子一个女儿（崔庆安、崔庆平、崔庆华、崔庆云、崔保竹），其中三个儿子都去当兵打鬼子了。崔庆云是家中最小的儿子，有文化，被组织派往晋察冀边区银行工作，他的媳妇杨小弄是村妇救会主任，也是党员。

女儿两岁时，杨小弄又怀上了。

1944年中秋节那天，崔庆云在执行任务之余，顺便回了趟家。那是个清风朗月，连空气都弥漫着醉人花香的夜晚，女儿已经进入梦乡，夫妻俩在窗前相视而坐。

"这次在家多待几天吧。"杨小弄试探着问。

"不行，明天天不亮就得走。"崔庆云语气坚定地说。

这原本是一句不出意外的回答，但却让一向开朗大方、做事风风火火的杨小弄突然心事重重起来，沉默了一会儿，她的眼角泛起泪光："真不愿意让你走，爹妈身体都不好，两个兄弟都在外边打仗，我这身子又一天天重了，你可千万不能出事啊！"

"放心吧，为了爹娘，为了你和咱闺女、儿子，我也得活着回来！"

"儿子？你咋知道这次就是个儿子？"杨小弄伏在丈夫宽厚的胸前，借着窗外的月光，仰头凝视着他清澈俊朗的双眸。

"我猜的，肯定是，昨天在村东头碰见杨半仙，她说看你的面相这胎也是儿子，怎么，你不喜欢儿子？"崔庆云抚摩着妻子的头发，开玩笑地说。

"亏你还是个共产党员，杨半仙的话你也信？"杨小弄用手轻轻捶了丈夫一下，却又说，"我也希望是个儿子呀，长得像你，人高马大的，到时候你不在家，家里的重活儿累活儿我也有个依靠。"

"是啊，我常年不在家，你又照顾老人，又照看孩子，还操持着妇救会的一大摊子工作，真是太辛苦你了！真盼着能早点儿打败小鬼子，我就能回来了，你就不用这么操心受累，也能好好享享清福了！"崔庆云一脸憧憬地说着，仿佛那阖家团圆、欢乐无忧的好日子就在眼前。

夜深了，这对年轻的夫妻还在促膝长谈，殷殷叮咛，万般不舍……

在后来的很多个日月里，尤其是每年的八月十五，杨小弄总会想起那个夜晚——那是她和丈夫最温馨幸福的夜晚，也是他们的最后一夜。

壮烈牺牲

晋察冀边区银行是抗日战争时期共产党领导的敌后抗日根据地建立的第一家红色银行，被誉为"战斗银行"，晋察冀边区银行及其发行的钞票，是中国人民艰苦抗战的重要佐证。边区银行在成立后的十年里，历经血与火、生与死的残酷考验，胜利完成了"筹集军费、打击杂钞、保护经济"的特殊使命。这些钞票的印制和发行，不仅有力地支持了抗日战争，也为后来推翻国民党政权的统治，建立和建设新中国做出了重大的经济贡献。为了保卫这座"战斗银行"，很多爱国志士、共产党员献出了自己宝贵的生命，其中就包括小歪的生父崔庆云。

1938年1月晋察冀边区政府成立。当时没有统一的货币，市面流通的是银圆、铜圆和纸币，纸币分为两类：中央银行、中国银行、交通银行发行的钞票为法币；县镇商号钱庄发行的钞票为地方杂币。当时货币混杂没有经济保障，没有货币的来源即没有经济命脉的源泉，就不能支持抗战。1938年3月20日，晋察冀边区银行在山西省五台县石嘴镇宣告成立。总行设营业科、会计科、发行科、出纳科和总务股、文印室。另设警卫队和驮骡队。

钞票的印刷由设在安国的印刷厂（后改为印刷局）承担，银行负责检验和发行。银行分支机构的钞票由总行配送，运输工具系骡子，行员负责交接，警卫负责护送。为了避开敌人封锁，一般绕山间小路而行。往冀中则是由军队护驾，人背着钞票穿越铁路送。

银行总行对外称号是晋察冀边区第二大队。通行证的签发，驻地的称呼均用此名。由于局势紧张，日寇侵袭频繁，边区银行不断搬迁，居无定所，随边区政府在阜平、灵寿、平山三县回旋。日寇一直幻想摧毁边区首脑机关，多次突袭，银行都是紧急撤离、火速行军。常常是昼伏夜行，冒雨涉水、握骡尾而行，吃不饱更睡不好。在1945年1月的一次突围中，护送晋察冀边币的崔庆云被敌人的流弹击中头部，壮烈牺牲。

消息传来时，杨小弄正挺着大肚子统计妇女们做的军鞋，这个晴天霹雳一下子将她打蒙，她不敢相信这是真的，手扶着墙壁，浑身颤抖着，突然感到腹内一阵绞痛，就在那天夜里，杨小弄早产生下了一个男婴。

捧着这个先天不足、羸弱瘦小的婴儿，想到这个可怜的孩子一出生就没有了父亲，杨小弄心如刀绞，泪如雨下。

尽管刚刚经历了丧夫之痛，产后身体又虚弱，但身为共产党员、村妇救会主任的杨小弄一刻也有忘记自己的职责和使命，刚坐完月子她很快就投入到筹备军粮、掩护伤员等紧张而秘密的工作，经常从早忙到晚。

有一天，杨小弄突然发现孩子有点儿异样，脑袋总是往一边歪。因为婴儿的脖子本身就很柔软，所以她没怎么在意。等快一岁时发现孩子的头歪得越来越厉害，她才担心起来，找村里懂点儿医术的过来诊治，人家说可能是婴儿躺得时间太长，脑袋总是往一个方向偏造成的。本来这孩子就先天不足，后天又没得到周到细致的照顾，耽误了。闻听此言，杨小弄痛悔不已。

"小歪"的名字就是这么得来的，从小叫到大。

杨小弄在自责、懊悔中艰难度日。与此同时，整个崔家也是一片愁云惨雾，就在这一年，崔家一下子死了五口人。除了崔庆云，还有小歪的爷爷奶奶。他们身体本来就不好，加之三个儿子（崔庆平、崔庆华、崔庆云）参加八路的消息被鬼子知道了，在威逼恐吓下，二老双双丧命。小歪二伯父的两个儿子也因病相继夭折，一个十岁，一个八岁。

1945年8月，中国人民迎来了抗日战争的伟大胜利，包括崔庆云在内的数千名安平子弟却长眠地下，他们为中华民族的自由和解放流尽了最后一滴鲜血，成为人民心中的不朽丰碑。

后来，杨小弄带着一儿一女改嫁同村的张姓农民，继续风里来雨里去地为党做事。

按照当地的习俗，两个孩子都随了继父的姓，改姓张。后来杨小弄又生了两个儿子，一个女儿，为了不让一家人心生嫌隙，尤其为了让小歪不受委屈，杨小弄对孩子们隐瞒了同母异父的真相，所以小歪从小到大一直以为自己就是张家人。

直到有一天，他偶然听到村里有人说起崔庆云这个名字，还说到了自己和娘。

他跑回家问娘："崔庆云是谁？"

娘愣了一下，却啥也没说。后来，几乎所有人都知道了小歪的身世，甚至当营长的三伯专门到村里找他，并坚持要把张小歪的名字改成崔小歪，娘或者沉默不语，或者低头垂泪，不肯多说一句。也许是她一直内疚于自己的疏忽造成小歪的残疾，也许是为当年生活所迫改嫁他人，对不起死去的先烈？小歪难以揣测娘的心情，也就不再追问。加之继父也是个老实厚道的人，对他一直视如己出，他也就不再提这个话题惹娘伤心了。

娘临走前，眼角淌下一滴泪。

"你爹是崔庆云……"娘说完，就闭上了眼睛。

在搜集崔庆云烈士的生平事迹以及牺牲经过时，我们发现并没有文字资料，除了《县志》上的烈士名录和烈士碑上的名字，再有就是小歪和乡亲们的讲述，在网上更是完全查不到这个名字。倒是媒体上的一则旧闻引发了我们的联想：

"2014年，河北省的收藏爱好者孙某收购数十捆、面值达百万元的晋察冀边区纸币。纸币面额以500元为主，大部分边缘已经炭化但正面'晋察冀边区银行'等字样仍十分清晰完整。据介绍，这些纸币是在一个滑雪场项目施工过程中，发现于山间一地下崖缝，装纸币的箱子已经腐坏。这些纸币是当时谁存放的、什么原因藏在这里等问题，还有待进一步研究。"

这是否就是当年崔庆云他们护送的那批晋察冀边币？谁也不知

道。岁月久远，已经没有人能说得清了。只是，这些在收藏家眼中不断升值的稀缺旧币，在小歪等老区人民的心中，却是另一番滋味，另一种心情。因为那上面浸染着烈士的热血，见证了一段用青春和生命谱就的铁血悲歌！

7. 誓死不为敌做事的县长宋永安

宋永安，字勋臣，1883年出生于安平县徐家町村，幼时家境贫寒，为生活所迫先后当过木匠、炉匠，当过雇工，最后迫于家庭负担过重，当了兵，曾在旧军队中担任过排长、连长、营长、团长、师长等职，由于不堪军阀倾轧，多次离职还乡。

七七事变后，宋永安和李锡九一道做争取国民党孙殿英部抗日的工作。因国民党主张"攘外必先安内"，孙部不顾民族利益，不思抗日，专与我党和抗日群众作对，阻挠我党的抗日活动。使宋永安对国民党部队失去了信心。

在日军侵占冀中时，宋永安看到国民党政府高官个个如丧家之犬仓皇南逃，非常气愤。当国民党县长王凤祥企图要挟军政人员和当地武装南逃时，宋永安受我党委派立即奔赴各区，阻止区警察所保安队跟王凤祥逃跑。吕正操领导的抗日政府，让宋永安接任抗日政府县长，宋永安为共产党的抗日主张和群众的抗日热情所感动，欣然同意，表示愿为抗日救国尽心尽力。由于宋永安在社会上影响力大，号召力强，安定了民心，使混乱的社会秩序逐渐趋于稳定，促进了抗日工作的顺利开展。他在任县长期间，积极靠近党组织，密切配合我党工作，在全县范围内迅速开展了轰轰烈烈的抗日救国运动。

1938年4月，宋永安由阎子元、李慕泉介绍加入了中国共产党。

同年宋永安调离县长职务，受党组织委派到武强做争取义勇军段海洲部抗日的工作，在段部任支队长兼段的参谋。这时一二九师李聚奎任段部政委，与宋永安共同做段部工作，段部于五月改编为一二九师青年纵队。麦子将熟时，部队开赴冀南抗日根据地，驻南宫县。不久，宋永安回到安平，任县军用代办所所长。

1939年秋后，县委为了更好地打击敌人、保护人民，发动了第二次改造地形运动。宋永安同广大人民一起日夜奋战。在一次破路运动中，不幸于深县程官屯被捕，日寇妄图引诱其投降，并利用其威望破坏我党的抗日工作，因此千方百计迫其当伪县长。宋永安正义凛然，毫不为敌人的利诱所惑，誓不为敌做事。无计可施的敌人将其软禁在安平城内，妄图以此来消磨其斗志，敌人的阴谋不但没有得逞，反而使宋永安有机会和我被捕党员逯开山同志密谋组织伪军暴动。在暴动准备工作即将就绪时，因奸细告密，未能成功，只有逯开山带几人逃出。

1940年7月，敌人贼心不死，还想利用宋永安，竟采取极其卑劣的手段，以他的名义颁发布告，宣称宋永安当了日寇的公安局局长，借以欺骗群众。伪布告发出后在全县引起一阵混乱，不明真相的群众以为宋永安真当了汉奸，一时间人心惶惶。

宋永安得知这一情况后，极为愤慨，为了向全县人民揭穿敌人的阴谋，表白自己抗日救国之忠心，他首先向周围的人讲明，他绝不当汉奸，誓不为日本人做事情，并痛斥日寇、汉奸的丑恶行径。尔后，他亲自购置棺木，在城内大仙堂庙自缢殉节。

宋永安以自己的生命为代价，彻底粉碎了敌人精心制造的骗局，坚定了全县人民抗日的决心。

8. 张政民临危不惧血洒刑场

晋县是冀中日伪占据的最后一个据点。1945年8月20日，安平县大队、区小队、县机关干部及县抗联主任张政民带领的全县千余名武装民兵，在安平县委书记张根生和县长刘庆祥的率领下，首先解放了旧城、束鹿，继而攻打晋县。在解放晋县的战斗中，张政民率领的民兵队伍冲在了最前面，占据了晋县东周家庄村的一片坟地。

由于晋县的日伪军得到了从辛集、旧城逃窜过来的日伪军的增援，我民兵队伍腹背受敌，遭到夹击，张政民不幸负伤，被日伪逮捕杀害。

就在灭绝人性的日伪军狂欢庆祝、饮酒作乐时，我军攻入晋县县城。至此，晋县县城解放，冀中解放区连成了一片。

冀中区委、安平县委的领导将张政民烈士牺牲的消息告诉他的妻子刘胜彩时，心情沉重地说："政民同志身受极刑，牺牲时非常惨烈，为减轻对家属的刺激，不给亲人心里留下阴影，区、县领导建议不开棺验尸了。"在区、县、村领导和长辈的劝说下，刘胜彩强咽下泪水，同意领导意见，并建议将政民牺牲的消息暂时不要告诉年迈的婆母。

新中国成立后，刘胜彩响应党和政府"多种棉花，支援前线"的号召，带领群众种棉花。1951年获得了河北省人民政府授予的"爱国植棉奖章"。她克服年龄大、家务重、工作多等困难，千方百计地学习文化知识，从一个"文盲妇女"成为一个能写发言稿，能上台讲话的"文化女性"。20世纪50年代，安平县曾两次向她颁发了"速成识字模范纪念章"。

刘胜彩密切联系群众，关心群众疾苦，乐于助人，深得群众爱戴。在20世纪80年代，她谢绝了老县长为她出证申请抗战期间小区委员特殊待遇的建议，说："有烈属定补，有孩子接济，花项不多，生活过得去，不给领导找麻烦了。"

临终前，刘胜彩写下遗嘱："我去世后不铺张，不浪费，节约下钱交党费。"

（此文根据张政民、刘胜彩夫妇的儿子张铁军提供的材料整理。）

9. 魏巍最爱的人

如果战友允许

我要寄一支歌

给一个淳朴的乡村的女儿

月亮照着战壕

忍不住

将你思念

谁叫我在织布机旁将你碰见

谁叫那琐碎的日子在我们身边留恋

我埋怨

我在千里之外

就看见了你秋收的镰刀

我埋怨

在哗哗的水声里

听见你赤着脚

从河那边走到这边

说不清为什么

今夜我特别想你

　　这首诗是魏巍写给妻子刘秋华的。魏巍说："她是最爱我的人。"

　　著名作家魏巍写的《谁是最可爱的人》家喻户晓，感动和激励了几代人，但是，却很少有人知道，抗日战争期间，他曾在《晋察冀日报》上发表过这首诗——《塞外晚歌》。

　　1938年5月1日，十八岁的魏巍在延安加入了中国共产党。不久，他从延安抗大毕业，被分配到晋察冀边区工作。1944年，他来到冀中，一直到抗日战争胜利。

　　刘秋华是安平县报子营村人，1925年出生于一贫民农家。她十四岁就参加了村里的妇救会工作，工作积极，不怕苦累，做军鞋、洗军衣、洗绷带、开办妇女识字班等妇救会工作，她一直走在前面。同时她还帮助同族奶奶李杏阁在家里挖地洞，供八路军伤员隐蔽疗养，给伤员烧水做饭。李杏阁在自家地洞里掩护和护理伤员达七十三名，为抗日战争做出了卓越的贡献，被冀中区党委，冀中区行署及冀中军区授予"冀中子弟兵的母亲"光荣称号。

刘秋华思想进步，工作认真十六岁时加入了中国共产党，十九岁担任村妇女自卫队指导员。为开展游击战争，她组织发动妇女破路挖交通沟，站岗放哨，锄奸防特，传递书信情报，和男游击队员一起袭扰敌人，参加战斗。在党的教育和残酷斗争的磨炼中，她成长为优秀的青年妇女干部。

1944年春节，魏巍和两名战友去采访和慰问"子弟兵的母亲"李杏阁。还没进门，远远就听见织布机的响声。他们跨进大门，见织布机旁坐着一位年轻姑娘，正神情专注地织着布。见有客人来，姑娘放下手中的梭子，站起身，又是让座，又是倒水，然后把正在外面发动群众做军鞋的李杏阁找了回来。同去的战友告诉魏巍，这位姑娘叫刘秋华，是李杏阁的堂孙女。刘秋华清秀淳朴的面庞、麻利干练的身影，给魏巍留下深刻而美好的印象。

不久，部队驻地搬家，魏巍恰巧被安排住进了刘秋华家。年轻的心总是敏感的，渐渐地，两人都从对方眼中读到了微妙的情感。

刘秋华是家中的长女。十七岁那年，父亲在鬼子"扫荡"中惨遭杀害，弟妹尚幼，母亲体弱，她便成了家里的顶梁柱，做饭、挑水、洗衣、织布、下田，什么都干，里里外外一把手。后来，魏巍随着部队开赴新的战场。刘秋华也带着弟弟参军了，她被分配到《前线报》做通联工作。之后，魏巍、刘秋华虽然见面机会不是很多，但心中爱情的种子开始破土发芽，渐渐长成思念之树。

1945年8月16日，日本投降的第二天，魏巍突然接到命令，让他火速到晋察冀七分区所在地，那儿正是刘秋华的家乡，恰好刘秋华也要回一次家，于是，两人相约一起上路。皎洁的月光下，他们边走边谈，走了整整一夜，天亮了，魏巍终于走进了刘秋华的心里。

魏巍后来回忆道："那是我一生中最快乐、最美好的一夜。直到那个夜晚，我们才彼此捅破了这层纸。"

1946年3月19日，在安平抗日民主政府工作的刘秋华被安平县委派专人送到河北涞源魏巍住处，两人举行了简朴的战地婚礼。几天后，魏巍随着部队踏上了转战的征程。

　　婚后的很长一段时间，小两口无处为家。虽然都在一个军区，但相聚的机会却少得可怜。1947年春节后，刘秋华生下了大女儿魏欣。而此时的魏巍正随着部队攻打石家庄，别说回家，就连个电话都无法打。直到三个月后，魏巍才从部队休整期间抽空赶回家看了女儿一眼。当了父亲的魏巍没有陶醉于小家庭的温暖，他的心依然在战场上。一篇篇诗作在战火中飘飞，鼓舞着战士们奋勇拼杀。这下可苦了刘秋华，她不但要行军打仗，还要带孩子，走到哪里哪里就是家。

　　1950年5月5月，魏巍奉命调到解放军总政治部工作。不久，中国人民志愿军入朝参战。几个月后，魏巍被派往朝鲜战场了解美军战俘政治思想情况。到了朝鲜，调查任务完成后，魏巍来到志愿军前线部队。在这里，他耳闻目睹了动人心魄的英雄故事，决心留下来。

　　1951年2月，魏巍回国，调解放军文艺杂志社任副主编。走上新的工作岗位，魏巍一边忘我工作，一边抓紧时间赶写朝鲜见闻录。1951年4月11日，《谁是最可爱的人》在《人民日报》头版发表，在全国产生强烈反响。

　　魏巍说："我的创作一半功劳归老伴儿，如果没有她，就不会有我现在的一切。"他们结婚半个多世纪以来，魏巍一门心思扑在工作和创作上，不知道怎么买米，不知道菜市场在哪里，不知道家里的钱放在什么地方。这些生活琐事都由刘秋华一人操劳，家里家外她都安排得井井有条。

　　魏巍和刘秋华从未放松过对子女们的要求，老俩身上那股平实向上的作风渗入子女的骨子里。离休前，魏巍曾任北京军区文化部部长，但三个孩子都没有沾上老子一点儿光。两个女儿高中一毕业就"上山下乡"，接受贫下中农再教育，然后参军，转业，结婚成家，生儿育女。儿子高中毕业后，考大学名落孙山，报名参了军，后坚持自学，复员之后才考上大学新闻系。三个子女结婚时都非常简朴。两个女儿结婚，买条裤子、买双鞋，然后把新女婿和亲家请到家里吃了顿团圆饭，就算把喜事办了。儿子结婚时，由于儿媳家在外地，他们干脆连两家的团圆饭也省了，让当新娘的儿媳炒了几个家常菜，然后请魏巍一个来访的老友说了几句鼓励的话，就算让新人过了门。两位老人劳累了大半辈子，离休后闲下来，方觉得有些冷清。好在作家可以在家继续写作，还少不了要参加一些社会活动。与过去不同的是，此时有什么地方邀请，魏巍总是要问一句：我可不可以带上老伴儿一块儿参加？他不是想让夫人沾什么光，而是怕她一个人在家太寂寞。刘秋华说，老头子一辈子大大咧咧的，老了反而会体贴人了。魏老说："在家里，'谁是最可爱的人'那还用说？当年志愿军战士是'最可爱的人'，现在你当然就是咱家'最可爱的人'了。"

2008年8月24日，八十八岁的魏巍病逝于北京。

10. 一生为你守候

1927年10月15日，安淑静出生于河北省安平县西里村。她十三岁加入中国共产党，并参加了锄奸防谍工作。安淑静的一生，除了德高望重，众口皆碑的老党员、老八路，她还有一个身份：中国人民志愿军在抗美援朝战争中牺牲的最高将领、志愿军第六十七军军长李湘的妻子。

1942年5月侵华日军对我冀中抗日根据地进行残酷的大"扫荡"，推行"三光"政策。当时的党组织正化整为零，处于地下秘密工作状态。组织交给安淑静的任务是作为秘密交通员，与地下党组织单线联系。

那时十五岁的安淑静又瘦又小，敌人一般不会注意，8月初的一天，上级领导交给她一封信，要她送到安平县大良村，亲手交给一位姓杜的同志。

第二天一大早，安淑静就手提一个装满枣子的篮子出发了。刚走出村，就遇见敌人包围了村子，她也被截住了。敌人把她赶到一个打谷场，村里男女老少早已集中在那里。鬼子端着刺刀，喝问大家："谁是共产党？谁是八路军？给我站出来！"乡亲们没一个人开口。

这时，躲在草垛后面的安淑静立即摸出那封信，塞到嘴里用力咬。敌人发现她正吃东西，朝她走来。她灵机一动，随手抓几个枣，塞嘴里继续嚼，连枣带信吞咽进了肚里。后来得知，那封信的内容非常重要，若落到敌人手里，后果不堪设想，不仅她自己的身份暴露了，而且地下党组织会遭受很大损失。她这次的处变不惊得到组织的认可，上级领导夸她是个优秀的交通员。

在战火纷飞的年代，国恨家仇让安淑静成长为一名英勇的抗日战士。她先后任地下党锄奸防谍组组长，区武委会自卫队队长，区小队政治指导员、政治委员，中共晋察冀中央局团委干事，县武委会委员，华北军大协理员办公室干事。

1947年2月17日，即定县解放后，安淑静与李湘结婚了。没有洞房花烛，更没有蜜月，婚后第三天两人就分别了，李湘带领部队投入了保北战役，这一分开就是半年多。

1952年丈夫李湘牺牲时，安淑静才二十五岁。她带着一双年幼的儿女，凭着忠贞不渝的理想信念，化悲痛为力量，更加努力地工作，曾先后担任过唐山市建筑工程局干部科长、唐山地委组织科科长、天津河北区委组织部长、天津市第一毛纺织厂党委副书记、天津市民政局副局长、天津市政协委员、原地质矿产部纪检组局级检查员等职，奋发努力在各工作岗位上，直至1985年12月离休。

安淑静是个勇敢坚强的共产党员，也是个富有大爱情怀的伟大母亲，除了自己的一双儿女，她还把收养的6名烈士子女都培养成才。

1962年，在李湘牺牲十周年的日子，她将政府发给她的抚恤金两千元一次性捐给灾区，这在当时可不是一个小数字；1996年，她的家乡闹洪灾，她除了筹措了十万元和其他物资送到了灾区，自己又毅然拿出积蓄一万元，帮助家乡盖起小学新校舍；2008年的四川汶川大地震、2020年的青海玉树地震等，她都慷慨解囊，成百上千地缴纳"特殊党费"向灾区人民献爱心。安淑静多次被原地矿部直属机关党委评为"优秀共产党员"，2017年还荣获全国妇联表彰的"最美家庭"。

她先后在北京大学、北京师范大学二附中等大、中、小学做报告八十余场，告诉同学们新中国的来之不易，讲述中国人民解放军的勇敢坚强，告诉他们作为一名中国人要有志气，要珍惜今天的大好时光，好好学习，为国家奉献。

2021年5月2日，传来了安淑静去世的噩耗。安平的父老乡亲们再次回忆起她坎坷而光荣的一生。"沧桑如歌女中俊杰，丹心一片晚霞芳琼"，这是安淑静家中的一副对联，恰如她自己的人生写照。

11. 两种教材　一心向党

李秀章，安平县付各庄人，出生于1916年2月16日，承祖家境殷实，耕地九十余亩开营"永泰兴"货店。李秀章自幼聪颖善厚，1925年6月至1930年6月在本村上初级小学。

1930年6月至1932年6月，在北关高小学习，这期间受到了共产党的教育和影响。1924年，安平县委成立后，县委宣传委员李少楼，在他所在的北关高小，设立了乡女子师范班。1930年女子师范班改名为女子师范学校（简称女子师范）。仍设在北关高小，由北关高小校长李少楼领导。女子师范在李少楼的领导下很快建立了中共女子师范党支部。支部书记由弓仲韬的女儿弓乃如担任，先后发展弓彤轩、崔孟弼、孙武、弓东占、张林川等加入中国共产党。

党组织成立后，女子师范的中共党员在反动政府的仇视和抓捕下，冒着生命危险，毅然开展党的活动。多次组织学生，宣传动员广大群众，开展反封建势力、反压迫等革命斗争。

李秀章上学的北关高小与女子师范同院，同一个领导班子领导，深受党组织的教育和影响。他多次参与了女子师范组织的反封建活动和教师提高待遇的游行。北关高小毕业后，他怜惜贫苦大众，主动拿出自己的一部分地分给贫雇农。他在保定上育德中学前，自家的地只剩下了二十亩。付各庄村主任李栓成生前证明材料中写道：李秀章在本村表现不错，很有群众威信。

1932年6月至1934年9月，李秀章在当年名校保定育德中学，他学习刻苦、思想进步，深受教师的赏识和学生们的好评，被推举入保定高等军训班。

军事训练班是保定驻军（国民党部队）师长黄杰帮举办的，选拔优秀学生进行军事训练，并动员他们加入国民党，许愿他们结业后当国军营长。还可以为学校第二学期增添军事科培训骨干，即让这些先军训的尖子生，假暑开学帮助其他同学学习军事。军事训练的内容有步兵操典、筑城（挖战壕）和射击等。这次军事训练结束后，确实有部分学员参军当了军官。他本村有个同学参加军事训练后，当上了国军副团长。骑马挎盒子枪回付各庄村时，威风凛凛。

李秀章从保定育德中学毕业后，放弃仕途，也不愿加入国民党，坚持回原籍付各庄村教书。抗战全面爆发后，他先是参加了村党支部领导的青救会，担任文教干事，后来还负责村里的粮秣工作，被选为青救会会计。到1938年6月，县委安排他参加了定南八中师资训练班，四个月培训结业后由县安排担任小学教员。

1938年11月至1939年6月任长堤小学教师。他1939年6月至1939年9月被调到党的基础薄弱的高佐村小学任教。1939年9月至1941年9月又被调到王六市和邓庄村联合小学任教。

1941年9月至1942年6月，他被调到有日军岗楼的崔领村。在任教期间，他除向学生传授知识外，还向学生传授抗日的道理，并组织学生开展抗日活动　如，参加一些游行、站岗放哨、送情报等。为办好小学教育，有的村没有校舍他就借民房，有敌情时领着学生们在小树林里上课。没有教材自己编，有时采用"小先生"制，让大年级学生教低年级学生。五一大"扫荡"后，环境异常残酷，为应付敌人，入手两种教材，即抗日课本和日伪课本，敌来就拿出日伪课本，敌去就讲抗日课本。白天上课，晚上做抗日宣传工作；他除做好教学外，还配合县里的一些中心工作，和老师们一起研究编写抗日课本，1943年，编写的抗战课本中，图文并茂，有："日军是强盗，杀我们同胞，烧我们房子，我们要把他们打倒"的文章，又有八路军趴在土岗上打日军伏击的图画。他带领学生们排练了很多抗日节目，如：《叛徒的下场》《王大勇参军》《团结抗日》等。

和教师们研究创作的歌谣四首：

伟大的领袖毛泽东

天上有颗北斗星，地上有个毛泽东。

群星围着北斗转，人民跟着毛泽东。

团结起来打日本，赶走鬼子得安宁。

您是人民的救星，您是民族的英雄。

全国人民跟着您，伟大领袖毛泽东。

冀中人民离不开共产党

小孩儿不离娘，瓜儿不离秧，冀中的人民离不开共产党。谁解放了苦难中的妇女？共产党！谁教育了青年儿童？共产党！谁领导我们打鬼子保家乡？共产党！共产党！共产党！您是瓜儿的秧，您是孩儿的娘，冀中的人民呀，热烈拥护您——共产党！

盒 子 枪

锔盆锔碗锔大缸，腰里掖着个盒子枪。

盒子枪，真有准儿，一枪打死个小日本。

小日本，害了怕，连滚带爬回老家。

我们都是战斗员

你是一个老百姓，我是一个战斗员。背起大枪开步走，一齐上火线。为国家为民族，要和鬼子们干，今天豁着一条命，奋勇杀向前。猛打猛冲真英勇，到处是杀声，猛打猛冲真英勇，到处有好兄弟。破飞机瞎嗡嗡，大炮更稀松。咱们大刀手榴弹，消灭他鬼子兵。我们都是游击队，保卫游击区，今天打，明天打，天天得胜利。日本鬼子哪里来，打回哪里去。

因为他宣传抗日，多次组织抗日活动，成了日伪军的眼中钉。日伪军两次到学校抓捕他，都因共产党的内线及时告诉才脱离危险。1942年6月的一天，日军又一次抓捕他和同事张四维、王刁。他为了掩护两位同事，引日军向相反的方向跑出了近二十里，到博野县王庄村后被敌人包围抓捕。被逮捕后，李秀章受到了殴打和火烧等酷刑，但始终守口如瓶。据知情人张锅印生前回忆：当时敌人用柴草倒上油烧他，他在地上疼得直打滚，滚出了几米远。可他只字不说。后来日军又把他带到了中佐村困宿了一夜，第二天把他送进了付各庄日军炮楼，由于党的内线炮楼伙夫刘进和几个同志的营救他才从炮楼逃回了家，他身上留下很严重的烧伤。

他的墓碑上载：李秀章，1932年考入全国名校保定育德中学，才慧倍增；深受教师赏识，被推举入保定高等军训班。毕业后，放弃仕途、货殖，回原籍教书。1938年赴定南八中师范再修，后辗转长堤、高佐等十余村执教，呕心沥血、桃李满园。抗战期间，借民房、编教材不舍昼夜施教、抗日宣传影响深厚。曾在崔岭村遭敌伪追捕，被捕后遭敌人殴打、火烧致瘢痕终身，但揩干血迹传道之志更坚；1974年光荣离休，余晖尽洒桑梓。为乡亲、集体书联、理财、参劳皆为义务，誉享邑野。

12. 开明绅士商球

商球，字敏行，1900年出生于安平县角邱村商氏家族。从明朝初年到清朝末年，几百年来，商家是角邱村首屈一指的大户人家，有土地六百多亩，深宅大院三套，经营的"永和"票号全县有名。常年雇佣管家、长工、仆役几十人。

商家的家谱中记载：商球为商氏第十六世子孙。因他聪颖帅气、家境富足，人们称他绅士球。商球在上私塾时，受到进步思想的教育，对社会、对人生，有与前辈不同的感悟和见解，特别是他反帝反封建，同情劳苦大众。他赞同共产党的主张，拥护和支持共产党开展的活动。逐渐成为封建家庭的叛逆者。

商球深知，在农村搞反帝反封建的任务巨大，当务之急是在农村创办学校，进行启蒙教育。他向乡亲们提议，孩子们不能再当"睁眼瞎"了，眼下任庄、台城村等七个村都创办了小学，我们也该有学校。至于建校占地，可以改建村中"奶奶庙"，其余开销他全兜着。

于是，乡亲们推选了十几名精壮劳动力和能工巧匠，拆除了神像，改建和扩建了房舍。把庙宇彻底改建成了前后两排，教室、宿舍和食堂共二十多间，屋子内外修葺一新。商球又置办了桌椅、板凳、灯油、炭火、笔墨纸张等。这是角邱村历史上第一所小学。为创办小学，商球从家中拿出了两万大洋，又卖掉自家土地五十亩。

商球的老邻居商永建回忆：商球祖上就是大户人家，他不仅为村里创建学校出钱出力，而且响应共产党号召，主动把自家的不少土地分给了无地的穷人。特别是抗日战争爆发后，县委号召"有钱的出钱，有人的出人，有枪的出枪"，商球大力响应，又捐献出来不少家财，用于政府在抗战中的开销。赫赫有名的商家，到抗战结束后，家中八口人，仅剩下二十一亩地，为此商家不少长辈骂他是"败家子"。

那个年代，建学堂不容易，开班更难。商球从建学堂一开始就寻找老师，直到角邱小学筹备好后的第三个月，即1929年春节，才选到了一个县女子师范讲习所毕业的贫困生葛淑芬当老师。刚开班的半年里，商球既当校长又当老师。葛淑芬老师也竭尽全力，积极配合。在工作中，两人情投意合，结为夫妻。

随着学生增多，中满子村范健民、南张沃村可与之、台城村弓彤轩等多名老师先后到角邱小学任教。当年办学，教材还要自己编，商球要求老师们按照"传授进步思想和文化知识结合"的标准，自编修业年限为四年的国语、算术、常识、音乐、体育等课程。

新创建学校，又逢年景不好，学生实在难招，特别是让女孩入学更难，当时全社会妇女深受"三从四德"和"女子无才便是德"等旧封建礼教的束缚，很多家庭不让女孩入学堂。为此，商球首先让自己的两个女儿带头进学堂，并让女儿串户动员村里的女孩们上学，并且对特困家庭的孩子上学不收任何费用。十一岁的马文东聪颖好学，但因父亲早逝，母亲重病，家穷无力上学。商球免了他各种学杂费和伙食费，还帮他解决家中的生活困难。后来马文东感恩认商球为干爹。1933年7月，商球又动员马文东参加了革命，并加入了共产党。马文东不负众望，在工作中表现出色，又进抗大二分校学习，历任冀中人民自卫军指导员、冀中军区二十七团政治部主任、第一野战军司令部秘书、四川省委宣传部副部长、云南省副省长等职，是角邱小学学生中的佼佼者。

商球的同事可与之的女儿可敏回忆："1936年7月，我父亲可与之担任安平县抗联会干事，兼任角邱小学校长。他以校长的身份秘密发展党员，和老校长商球配合得特别好，商球入党也是我父亲可与之介绍的。当年台城村的党员弓彤轩也在角邱小学任教，和我父亲一起发展了不少党员。有的学生入党后考入高等学府，有的直接参了军。学生葛淑慈、可芳兰等四名学生去了延安。这些学生参加革命后基本上都走上了领导岗位。南京的空军部队正军职的离休干部李子仪、天津市委正厅级离休干部张玉霞、王建臣，都是在角邱小学入党的。新中国成立前角邱小学为国家培养了不少优秀人才。"

1939年2月，日寇侵入安平县后，角邱村沦为敌占区，敌人在这儿建炮楼、挖壕沟，滥杀抢掠，角邱小学成了日伪军兵营。

这时的商球，以"票行"经商为掩护，秘密做党的地下工作。他妻子葛淑芬由党组织安排在县城女子小学教书。商球的家成了抗日堡垒户，是县城南一带八路军、共产党的联络站和指挥部。县委领导田真、县游击大队长王东沧、锄奸队长闫俊卿、党的交通员冯老整等县、区领导，经常来商球家，传达县委指示，研究抗日工作。他家里三天两头有人吃住，有的抗日人员在此一藏就十几天。县领导干部田真因身份暴露，几次被日伪追捕。一天，角邱岗楼里的十几名日伪军把田真追进了角邱村，眼看日伪军要追上了，田真拐弯钻进了商球家胡同里，用暗号敲开大门，商球让他藏到了屋中的夹皮墙里，使他躲过了一劫。据史料记载："商球家是安平城南共产党、八路军的堡垒户，多次掩护县、区干部和游击队员。"

商球妻子葛淑芬受丈夫影响，思想进步，工作积极，多次协助商球完成党交给的任务。

商球的孙女商艳霞回忆："我小时候常听奶奶和父亲讲，1943年，奶奶因党组织的需要，被选派到县城女子小学任教，一边任教一边做抗日宣传鼓动工作，还担任着党的联络员。她回南郝村娘家时，还动员娘家人积极参加抗日。她让弟弟葛志青参加抗日区小队。她还到北郝村开办的冀中军区摄影训练班学习，新中国成立后分配到了北京八一制片厂工作。奶奶在任教期间，组织学生当小先生。由于那时农村贫穷落后，文盲很多，为了提高广大农民的政治文化水平，县委要求各村建起了识字班，由学生担任小先生，教农民识字并宣传抗日救国的道理。奶奶经常组织学生到各村和集市进行演讲和抗日宣传，开展多种形式的文艺活动，演戏、跳舞、唱抗日歌曲，鼓舞群众士气。1943年春，因汉奸告密，奶奶被日寇抓去了，关进了县城的日本监狱，敌人对她严刑拷打、放狗咬、灌盐水、烙铁烫，她被折磨得死去活来，也没吐露半个字。后通过我党地下组织的活动，把只有出气没有进气的奶奶送到了医院。爷爷又通过内线告诉日寇说，葛老师已经死在医院里了，日寇信以为真让家人把"死人"拉回家。奶奶当时被狗咬得遍体鳞伤，身上长满了蛆，被拉回家后，经过长期治疗，才捡回了一条命，但身上留下了很多伤疤。"

就在葛淑芬被捕期间，商球也被角邱村岗楼的日本鬼子抓了起来。在被押往辛集监狱的路上，商球被县大队游击队员营救。他匆忙回家和从刚从监狱里出来的妻子见了个面，嘱咐说："我走后不一定能回来，你要服从党的安排，看好孩子。"说完就离开了家。从此改名换姓，以辛集人的身份被党组织安排在辛集的一家叫玉华的工厂当工人，直到1945年日本投降后才回到家中。

回家后，乡亲们看到当年潇洒英俊的大绅士商球破衣烂衫，骨瘦如柴，纷纷向他伸出援助之手，家中的地大家抢着帮种。上级党组织也为他安排孩子们的上学问题和土地耕种问题。

商球一家在抗日战争中做出了很大的牺牲，在解放战争期间一如既往，为新中国的成立也做出了贡献。

1946年，大女儿商孝灿十六岁正在白求恩学校学习，二女儿商孝同十四岁正在上高级小学，商球亲自把两个女儿送到了部队，分别担任中央总参八中队约战地卫生员和报务员，参加了南下的多次战斗。

1948年商球由组织选派到华北人民政府检察院工作。1949年12月月底，商球在办案时牺牲于行唐县，年仅五十岁。组织上厚葬了他，并给其家中颁发了《华北人民政府牺牲人员家属光荣证书》，证书上写着：商敏行（商球）同志在革命斗争中光荣牺牲。其光荣应当为世人钦敬，其家属亦当光荣。颁发者为华北人民政府主席董必武、副主席薄一波、蓝公武、杨秀峰。组织上还在商球家大门口挂上了牌匾"双军属烈属"。

新中国成立后，本应享受新生活的处级干部商球，仅仅领到了一个月的工资一百元，就去世了。

13. 百岁老人的痴情守望

"再长久的一生，不也就只是，只是回首时，那短短的一瞬。"

她是个没有文化的农村妇女，不会吟诵诗句，但她用自己坎坷悲壮的一生，在故乡的土地上书写了比诗词更深沉、更浪漫、更催人泪下的篇章，感天动地，荡气回肠。

百年漫漫人生路，八十年执着守望，多少风霜雨雪，多少冷月孤独。当忠贞凝成血泪，思念化作碑文，她知道，那盼望一生的相聚时刻，终将到来……

2019年，安平县中佐村一百零四岁的张建芳老人在弥留之际，还在念着丈夫的名字："中里，中里……"

当年，她刚诞下儿子时，也是这样望眼欲穿，心心念念。

她好悔！

"要是当时让他看一眼儿子就好了。"最初的时候，她像祥林嫂一样不断埋怨着自己，往昔的一帧帧画面，如扎在她心上的刺，令她疼痛难忍；后来，她放任这根刺在心里扎根，发芽，天长日久，竟绽放出鲜红的花朵，比血更红，比花更艳。那是她坚守的意义，是她爱情的印章。

张建芳出生于1915年1月，十六岁时，遵父母之命和大豆口村的李中里结婚。虽是包办婚姻，但婚后夫妻俩情投意合，非常恩爱。1935年，二十岁的张建芳生下女儿，为这个虽贫困却温馨的家庭增添了很多欢乐。

1937年七七事变后，日军侵入华北大地。安平县沦陷后，共产党带领广大人民群众奋起反击，组建了地方抗日武装。热血青年李中里目睹日伪的暴行，义愤填膺，在妻子张建芳的支持下，他报名参加了区小队。当时区小队刚刚建立，条件比较艰苦，武器装备也较差。一个冬日，李中里急匆匆赶回家，让妻子给他找件干净的衣服，再找双棉鞋，天气太冷，他的脚都冻了。张建芳赶紧找出衣服和棉鞋，然后将丈夫身上脱下的脏衣服拿去洗。可是，她刚把洗净的衣服晒上，外面传来部队集合的口令，李中里抓起衣服就往外跑。

张建芳进屋后发现丈夫只拿了衣服，忘了棉鞋，急忙拿着棉鞋去追，可是她一个小脚女人根本跑不快，等她追到村口，李中里已经跟随部队走远了。

想到丈夫的脚还得继续挨冻，她着急又心疼，眼泪扑簌簌掉下来。

她不知道，更严峻的考验还在后面。

八路军部队进驻安平后，张建芳虽然有孕在身，但还是同意李中里报名参军。从此李中里跟随部队转战华北平原，出生入死，英勇作战，很少回家。

1939年农历十一月初四，张建芳诞下一男婴。六天后，正巧李中里他们部队刚打完仗，到大豆口村休整。一位乡亲看见队伍中有李中里，就冲他喊道："你媳妇儿生了个大胖小子，你还不回家看看去！"李中里闻听高兴地蹦起来，立刻跟领导请了假，一溜儿小跑地回到家。母亲看到儿子归来又惊又喜，可是，却没让他马上进屋，而是挡在了门外。原来，在当地有个不成文的风俗：孩子出生的第四天和第六天不能让生人看，如果有生人看就会得"四六风"。那天正好是孩子出生的第六天。因为他是生面孔，所以属于"生人"。李中里迫切想看儿子，也知道这种风俗是封建迷信，不足为信，但他考虑到老人的感受，无非是图个吉利，都是出于好心，一向孝顺的他不愿让母亲担心和为难，就从门帘的边缝往里看了一眼，只看到了孩子的后脑勺，没看到脸。想着部队怎么也得休整一两天，他就朝里面喊了声："孩子他娘，我就不进去了，明天再看你们！"

头上裹着毛巾，正在炕上给孩子喂奶的张建芳听到丈夫的声音，激动又兴奋，她包裹好孩子急忙下炕，等掀开门帘，看到一身戎装的李中里已经大步流星地走出院子。

她万万没想到，他这一走，就再也没有回来！

"早知这样，还顾忌那破风俗干啥？当时真该让他进来，看一眼儿子……"每年想起丈夫那天的声音和背影，张建芳就懊悔不已，心痛万分。

因为战局紧张，部队仅休整了半天就又开拔了。

从此，张建芳开始了漫长的等待。

一年过去了，杳无音信；两年过去了，音信全无。村里陆续接到一些外出当兵的书信电报，有平安无事的，有立功受奖的，有壮烈牺牲的……唯独李中里，如石沉大海，别说是人，就是一个字、一句话也没捎回来。

有人劝张建芳，别等了，兵荒马乱的，没准儿人已经不在了。她苦笑着摇摇头。

安平解放了，全国解放了，人们敲锣打鼓地上街迎接战斗英雄。看着村里一个个身着戎装的小伙子戴着大红花凯旋，她在人群中巴巴地寻找，依然没有丈夫的身影。

转眼十二年过去了！1951年，她终于等来了丈夫的消息。那天，村干部陪同一位乡干部来到张建芳家，送来一本烈士证一百八十元的抚恤金。来人告诉他们李中里已经阵亡的消息，并安慰她说，今后家里按烈属对待，有什么困难随时可以向政府反映。

见到烈士证，张建芳浑身颤抖，泪流满面。那晚，她哭了一夜。后来她打听丈夫安葬的地方，想去却始终没能如愿。青山处处埋忠骨，在血雨腥风的战争年代，牺牲后难回故里，甚至尸骨无存的烈士何止万千！

村里为烈士李中里建了衣冠冢，竖起了墓碑。

张建芳在晚年得到党和政府的关怀照顾，过着儿孙满堂，衣食无忧的生活。

2019年，张建芳走过一百零四年的风雨坎坷，带着对丈夫的思念离开人世——她终于可以不用等待，永远与爱人长相厮守了。

14. "两面政权"下的"白皮红心"勇士

"你在担任日伪乡长期间，助纣为虐，危害乡里，犯下滔天罪行……今天，我们代表人民审判你！你认罪吗？！"

1950年4月25日，在位于安平县角邱村的区公所内，县政府、县公安局的联合办案组正在审理一个日伪时期漏网的"汉奸"。可是这个叫苏明锁的人却矢口否认：

"我不认罪！我冤枉！"

"商根是怎么死的？是不是被你活埋的？你勾结鬼子，残害百姓，罪大恶极，到今天还敢狡辩？来人！叫证人出庭做证！"

随着审判人员的一声高喊，一男一女两个农民走了进来，当看到屋内五花大绑的苏明锁时，他俩同时指着他，语气坚定地说：

"这就是当年替鬼子做事的伪乡长，就是他带人活埋了二尺半根（商根的小名）！"

"苏明锁！你还有什么话可说？！"审判员严厉地问道。

"二尺半根是我杀的，但我不是汉奸，他才是！当年我表面上是伪乡长，其实一直替八路军做事，干掉二尺半根，就是执行的八路军的命令，我可从来没干过昧良心、害乡亲的事啊！"苏明锁说。

"证据呢？你说的这些有人证和物证吗？"

"当时是一个晚上，一个地下党悄悄通知我的，我们是单线联系，执行的又是口头命令，行动极为隐秘，现在过去这么多年了，当时通知我的人也早不在了，我到哪儿找证据？"

"死到临头了还敢狡辩！来人！把苏明锁押下去！"

"我冤枉！我冤枉！"苏明锁被带下去时，依然扭着脖子奋力喊着。

就他的问题，专案组人员还在商议。

"县里马上就召开公审大会，处决一批反革命分子，听说此人有武功，拳脚很厉害，一定要严加看管，千万别让他跑了。"

"人命关天，是不是应该再深入调查一下？"

…………

就在专案组即将处决苏明锁的时刻，一个通信员骑着快马赶到，大喝一声："不能杀！"

随即掏出一封上级指令，证明苏明锁确实是为我党做事的同志，他当年杀商根是奉命锄奸。

这段有惊无险的故事背后，是抗战时期我党根据当时的严峻形势而实行的"建立革命的两面政权，实行革命的两面政策"。

1939年2月，日寇侵占安平县后，为了维持法西斯统治，在全县各级建立伪政权，安排伪乡长、伪村长、伪联络员等，还四处网罗叛徒汉奸和秘密布置特务坐探，企图以严密的统治摧毁抗日组织和抗日武装。根据斗争的需要，中共安平县委，灵活贯彻党中央"以武装斗争为前提的非法斗争与合法斗争相结合"的方针，建立革命的两面政权，实行革命的两面政策。把那些表面上不"红"的秘密党员和政治上可靠的群众，打进伪政权，掌控伪政权，明替日寇干事，暗听八路军共产党的指令，这些同志被称为"白皮红心"的伪职人员。这些人大体分为三类：一是，经村党支部预先研究安排进入的；二是，经群众推荐本质好的人打进去的；三是，敌人安排的，我方教育争取过来的。

抗战时期的县游击大队政委张根生在《回忆五一反"扫荡"斗争》中写道：在抗日战争进入最残酷的时期，斗争形势变得更加隐蔽化。我们的"白皮红心"同志们，运用了特殊的斗争艺术，同敌人进行斗争，起到了非常特殊的作用。许多打进敌人内部的党员和群众，冒着生命危险，忍受着同志们的误解，同敌人周旋，为革命做出了特殊的贡献，他们是革命的有功之臣，人民是永远不会忘记他们的。

据苏明锁的儿子苏建坤介绍：苏明锁1919年2月出生于一个贫苦家庭，十来岁就在地主家当长工。他从小酷爱武术。白天干活儿，晚上跟村上的人学练武功，靠着顽强的意志，练就了一身好功夫，他的功夫在全县都有名气。经村党支部安排，他虽担任伪乡长，可他实际上是为共产党员、八路军做事。他用身份保护党员、干部和村里的百姓，还培养了很多抗日人才。

五一大"扫荡"中的一天，县游击大队队长王东沧和副大队颜俊卿，来到苏明锁家研究反"扫荡"斗争。由于叛徒告密，被鬼子包围在屋子。两位要出去拼命，苏明锁不让，把他俩的枪藏在坑洞里，谎称是表哥请来医生给老娘看病的。日军见颜俊卿正给老太太按背，加上苏明锁的解释，就信了，为此王东沧和颜俊卿躲过一劫。

1940年，县委为了使青年适应战争环境，增强抗战信心，组织了滹沱河南和河北两个"大露营"，对全县三千名青年进行业余培训，提高他们的政治觉悟和军事技术。河南"大露营"设在了角邱区公所。当年共产党员、四区区长弓成瑞找到苏明锁，让他担任大露营国术总教官，还让他动员徒弟们参加训练，并招收一批新徒弟。这些青年经过培训后，基本上都参加了八路军和地方抗日武装，有的很快被提拔为干部，学员商红瑞参军后担任一二○师骑兵营排长，张志担任正定县大队指导员，商征祥担任冀中军区电台台长。培训时，苏明锁为了应付日军盘查，以替日本人培育治安人员为由，多次巧妙应付。

九十高龄的老党员贾小多回忆：苏明锁当日伪乡长期间，他的拳术功夫在锄奸反特中起到了特殊作用。日寇的白翻译官，在角邱一带坏事做绝。为铲除这个大恶人，根据县大队的指令，一天晚上，苏明锁以研究秋后收棉花为由把白翻译叫到他弟弟苏明旺的饭馆喝酒，暗里通知了县大队，并在两名队员的协助下，很快制伏了白翻译。趁他一个不注意把准备好的绳子套在白翻译的脖子上，将其勒死。苏明锁先把尸体埋在了本村村西的高粱地，后来想到埋得太近，怕鬼子发现，又转移到东河町村西。第二天一早，他听说日军要追查此事，他立马通知担任日军顾问的地下党员岳进臣赶快让村民们躲开。苏明锁为了应付日本人，用刀把自己的腿捅了一刀，谎称是昨晚县大队扎的他，所以无法报信。

村民还没来得及离开，岗楼的日伪军就把全村老百姓和苏明锁圈到了麦场里。日本鬼子把苏明锁从人群中拉出来，问他白翻译在哪杀的、是谁杀的，苏明锁一口咬定不知道。日寇使尽了各种酷刑，用铁棍打他，将头按入水缸，往嘴里灌凉水和辣椒水，折磨得他死去活来。苏明锁心里清楚，当时一个村的老百姓都被圈在四周架着机枪的麦场里。一旦招认白翻译死在角邱村或者说错什么，全村人都得死。在日军顾问岳进臣多次讲情下，敌人才撤退，乡亲们把苏明锁抬回了家。县游击队大队长王东沧和政委张根生看望了苏明锁，肯定了他的工作，并鼓励他一定要在困境中坚持下去，继续以伪乡长的身份做掩护。

五一大"扫荡"后，特别是八路军主力撤离，县、区游击队化整为零，隐蔽开展斗争时期，嚣张的敌人大肆进行反动宣传，造谣说八路军被消灭了。一些民族败类纷纷投靠日寇，坑害百姓。县委针对这一情况，秘密开展了强有力的锄奸活动。

角邱村的汉奸商根身高不到一米四，形体赢弱，村民给他取名二尺半根，别看此人其貌不扬，但伶牙俐齿，善于溜须拍马，多次向日寇出卖共产党干部，造成我党人员被抓，被抓捕的人或被杀害，或遭受严刑拷打后造成终身残疾。1942年11月的一个晚上，县大队来人通知苏明锁说，冀中公安局局长有令，已查明商根通敌的事实，要求秘密处决。接到命令后，苏明锁找到岳进臣，两人在一个晚上将商根骗出后，偷偷活埋。1950年镇反时，有些不明就里的人怀疑当时苏明锁是替日本人杀了自己的同胞，所以苏明锁被判了死刑。

苏明锁和岳进臣被捕当天，苏明锁的三弟和岳进臣的亲属火速赶到张家口，找到了时任张家口察哈尔公安厅长柳绿（安平县东河疃村人，抗战时期任冀中公安局局长），说明苏、岳被捕经过，柳绿厅长出具书面材料证实：活埋二尺半根是他的指令，苏明锁在任伪乡长期间，没干过危害人民的事。当两人的亲属持柳绿厅长的信函返回角邱的当日上午，执行苏明锁、岳进臣的死刑公判会已开始，当主管办案人员看到证明的信函后，宣布：接上级指示，暂缓执行。

后苏、岳二人无罪释放。当年苏明锁因为自己伪乡长的身份，受到乡亲的误解和咒骂是经常的事，但他的抗日决心始终坚定。

苏明锁的徒弟，中国武术协会会员赵卫权在接受笔者采访时动情地说："师傅苏明锁是享誉一方的武术革命家，他对弘扬中华国术是贡献很大的，为打击日寇做出了特殊的贡献。"苏明锁于1983年2月2日去世。弟子们在祭文中书："恩师苏明锁：武功高强，名气响亮。传奇过人，坎坷辉煌。九死一生，红心向党。明为日寇，实为百姓。忍辱负重，心胸宽广。抗日传武，功德非常。协端炮楼，日寇全亡……身正心红，千古流长。"

15. 党领导下的教师队伍

1923年后，由于李锡九的家乡任庄村和弓仲韬所在的台城村建立了女子小学，在这两个村的影响和带动下，其他大点儿的村子也相继建立了女子小学。

1924年中共安平县委建立后，考虑到在全县教师中需要配备女教师，在1924年冬，在安平县北关高小校长李少楼的倡导下，设立了女子师范讲习所，招收女学生二十人。

1930年女子师范讲习所改名为女子乡村师范班（简称女子师范），招收女学生四十人。女子师范仍设在北关高小，由校长李少楼领导，很快建立了中共女子师范党支部，支部书记由弓仲韬的女儿弓乃如担任，先后发展崔孟弼、孙武、弓东占、张林川等为中共党员。

党组织成立后，女子师范的中共党员在反动政府的仇视和抓捕下，冒着生命危险，毅然开展党的活动。多次组织学生，宣传动员广大群众，开展反封建势力、反压迫等革命斗争，取得了一个又一个的胜利，同时为安平县锤炼和培养了一大批妇女干部。

1933年6月，安平县公立女子师范第二期学生即将毕业了，但教育局以各村女子小学还没建立起来为由，对学生不进行分配，三十八名毕业生极为气愤。在这种情况下，县委宣传委员马金生代表县委到弓仲韬家中，向女子师范党支部书记弓乃如布置了在女子师范学生中发动学生开展要求就业斗争的任务。经女子师范党支部研究决定，由学生会出面领导这场斗争。他们还为此充实了学生会领导，由弓乃如任主席，靳玉藏等三人任副主席。为了加强同学之间的团结，共同奋斗，大家互赠纪念品，印制了同学录。七月下旬女子师范开始罢课。教育局为瓦解这次斗争提前放了假。在放假时，学生会号召同学们回家，各自做家长的工作，争取家长支持这次斗争，同时印发传单进行宣传，争取社会舆论的声援。放假期间，学生会组织三十多名女子师范的学生，到城里南街张春沽家开会，讨论研究开展就业斗争的问题，会上推选出了弓乃如、安菊、张凤举、谢沛汲、李淑和、何清溪等在放秋假时，找教育局长交涉，最终实现了一人一校分配工作，取得了斗争的彻底胜利。这一胜利对安平县女子小学教育的发展起到了很大的推动作用，全县新建女子小学三十多所。

安平女子师范由于建党支部较早，党组织坚强有力，大批毕业学员在土地革命战争、抗日战争、解放战争以及社会主义建设等时期，担任领导职务。她们不忘初心，牢记使命，为中国的解放和建设事业做出了重要贡献。安平女子师范从1924年创办到1937年停办，共招收三个班，正式毕业生一百人。

日本鬼子在进行军事侵略、经济掠夺的同时，还在文化教育方面大力推行奴化教育，妄图毒害青少年，让学生们不思反抗，甘当亡国奴。为了坚决反对日本人的奴化教育，抵制日伪政权印发的奴化教育课本，很多教员在暗中采用共产党抗日政府印制的教材。

杨各庄小学是十里八村有名的学校，建筑风格独特、环境优美、师资力量最强，儿童团组织最活跃。村党支部、抗日政府非常重视学校教育，关心学生们的成长，委托声望高，有权威的张贺林担任校董，委派德高望重、认真负责的共产党员张鸿飞负责学校的全面工作。张鸿飞老师身材高大，身体健壮，头戴一顶帽盔，身穿长衫大褂，他知识渊博，语文、数学、文艺、体育样样精通，深受学生们敬重。

在教学中，张鸿飞坚持爱国主义、中华民族传统文化教育，坚决抵制日伪政权印发的奴化教育课本，采用共产党抗日政府印制的教材，还经常教导学生们："不读日本书，不学日本话，不给日本人做事。"同时还嘱咐学生们："要学会在表面上应付鬼子，他们到学校检查时，大家都要把他们发的课本拿出来，摆在桌面上朗读，鬼子汉奸走后，我们再继续学习共产党八路军的课本。"

张老师除做好教学工作外，还组织"儿童团""青抗先"站岗放哨，募捐支援前线，学校的教育始终在党支部的领导下，粉碎了日本鬼子推行奴化教育的阴谋。

冀中区党委、冀中军区特别重视抗日后备干部的培养教育，专门成立了抗日中学（简称抗中），主要从抗日干部、军烈属子女和青少年中选拔思想进步、身体好的优秀青少年到抗中读书，主要是学文化、学政治、学军事的半军事化学校。安平县西李庄的李树昌（乳名梨巴，原吉林五七〇四厂厂长）、安国县南楼地村宋志学、南马村的马喜威等同志，在抗中时曾在杨各庄村北头（街）堡垒户家驻防。安平县报子营村苦大仇深的少年刘振海，被送往太行山、延安学习的途中，第一站由报子营地下党护送到杨各庄，村长李中正，派地下党员护送到第二站深泽县枣营村，再由枣营村一站一站地送到定州过铁路，进入太行山区，之后送延安学习，培养成才后，在中央机要局工作。

这些同志，经过党的培养，经历了抗日战争、解放战争的锻炼，都成了文武双全的优秀人才，新中国成立后都是机关、企事业单位，德才兼备的领导干部。

四、人民靠山

在抗日战争最为艰难的时刻，毛泽东在《论持久战》中写下了著名论断："战争的伟力之最深厚的根源，存在于民众之中。"

抗战时期，中日双方力量的对比不仅仅是军力和经济实力的对比，更是人力和人心的对比。

安平县地处冀中平原，无山可依，无险可据，在这里进行反"扫荡"，开展游击战争是非常困难的，但是这里却有比崇山峻岭更坚实的靠山，那便是爱党、敬党、与党亲如一家的人民群众。

广大群众真心实意地拥护抗战，在五一大"扫荡"的极端残酷环境中始终同党一起坚持反"扫荡"，甚至用生命和鲜血保护抗日干部和战士，党群、军民亲如一家。党群军民生死与共，男女老少都以为抗日出力为荣。

据《安平县志》记载：1938年底，两百三十个村的安平县就有两百零五个村建立了党组织，十七万人的小县有一千九百七十二名党员。因为党的基础好，群众觉悟高，每个村都有两个以上堡垒户。1945年，全县党员人数达到五千五百三十七名。

堡垒户一般都是党员或基本群众的家，住到堡垒户家中时，大多数用化名，堡垒户的家长会把全家人聚拢来介绍互相认识，根据年龄排个辈分，是兄弟、姐妹、儿子或侄子，然后教怎样互相称呼，这样，万一敌人突然闯进来搜查，来不及转移，可以应付敌人，由此可见人民群众为了掩护子弟兵的用心之良苦。

抗战期间曾在安平战斗过的作家魏巍在《安平县志》序中写道：战争年代里，安平人民一手拿镐，一手拿枪，同日寇侵略者及反动势力进行了英勇卓绝的斗争，两千八百名烈士的鲜血抛洒祖国大地，这就是安平精神。

抗日烽火中的人民军队也在人民群众的支持下不断发展壮大。

抗日战争期间，安平县出现了多次参军高潮。

贺龙、关向应率一二〇师进驻安平后，千余名有志青年纷纷报名参军参战。1940年5月，全县就有七百多人参加到抗日主力部队。1941年，有六百多人参军。1944年1月，为充实抗日武装，全县又有六百多人参军。

1. 老区儿女支前忙

1938年6月9日，日军动用飞机轰炸安平县城。这时的冀中军区司令部转移到离台城村仅有两公里的东黄城村。

当时的台城村支部书记弓玉奇带领党员干部两次找到了时任司令员的吕正操，请示并聆听他的教诲，台城不少村民拿着鸡蛋、大枣等食品慰问部队战士。

因为台城村党的基础好，村民们在党员干部的动员下积极参军抗日。穷苦农民弓文元有三个儿子，全家都投入了抗日工作。其中两个儿子弓增柱、弓增设参加了八路军，都牺牲在战场，最小的儿子弓增建抗战期间担任儿童团长，1968年担任台城村支部书记。

台城村最穷的弓春台也是先后让两个儿子参军。

在抗日战争期间，台城村人民在党组织的带领下，前赴后继、英勇战斗，做出了巨大牺牲和重要贡献。1937年，吕正操的人民自卫军一团刚到安平，台城村就有十七人报名参加了人民自卫队。

1938年的夏天，台城村第五任党支部书记弓玉奇挑着一筐菜瓜，在村西头的老槐树下召开扩军动员会议，并做了"不当亡国奴，参军打日寇"的抗日总动员，二十二名热血青年当场报名参军，毅然投入了抗日队伍。

1939年初，日寇侵占安平县城后，台城村党支部书记弓玉奇认真贯彻执行党的抗日民族统一战线的方针，向全村发出号召有钱出钱、有人出人、有枪出枪，开展抗日总动员，大张旗鼓地宣传我党的"抗日救国十大纲领"，在村里实行减租减息，改善人民生活，有力地调动了农民抗日积极性，大批贫苦青壮年农民参军入伍。

抗日战争期间，台城村党支部组织了三次大的参军热潮，出现了"母送子、妻送郎、姐妹送兄弟上战场"的感人场面，全村共参军一百一十七人，平均二十人中就有一个革命军人。

1939年正月的一天，台城村农会主任杨老壮为掩护县、区干部，一家三口全被杀害。

冀中和冀西，中间隔着平汉路。在平汉路的两边，日寇挖有两丈深、一丈宽的护路沟，每隔两里路设有岗楼，还有装甲车不断地来回巡逻，此外，还强迫老百姓轮班打更。日寇想用所谓"铜墙铁壁"的封锁线，切断我冀中和冀西根据地的联系。

1940年8月，为支援百团大战，村党支部组织了上百人的运粮队，每人背五十斤粮食，穿过敌人封锁，行程千余里，为前线的部队送去急需的给养。同时村里还组织了妇女支前突击队，织布纺线，发展手工业生产，支援前线。

1942年是冀中敌后抗战最残酷、最艰难的岁月，日军调集兵力加紧了"扫荡""蚕食""围剿",各处碉堡林立,汉奸势力猖獗,有的人当了叛徒,形式极端恶化,县大队和区小队都化整为零,分散活动。

台城村党支部为了做好反五一大"扫荡"准备,在党员和群众中深入进行民族气节教育,具体指出:不给敌人带路、不泄露抗日机密、不给敌人送情报、不给敌人纳粮、誓死不当汉奸等。

为了支持前线作战,村妇救会成立了被服厂,为冀中军区做军服、军鞋等。

据老党员白秀君回忆:抗日战争期间,台城村广大妇女在村支部的带领下成为抗日武装和党政机关的有力助手和支前力量,当时的口号是"男子上前线,妇女后方来支援"。她们除站岗放哨、递送情报、护理伤病员、掩护地下工作者、为战士洗衣服外,还在村里建起了"被服厂",为八路军做军鞋、做服装。上级把布匹送到村里,村妇救会分到每个妇女手中,定好交付时间,为晋察冀边区八路军穿衣提供了有力保障。

1942年,二十六岁的弓雕琢在区小队当战士,区委书记找他谈话,派他回台城村任支部书记开展工作。弓雕琢临危受命,毅然担起了组织领导全村抗战的重任,他和三名支部委员带领十多名党员,秘密宣传动员,使台城村全村抗日斗争高潮迭起。

为了扩军征兵,弓雕琢先后动员自己的二弟和两个侄子参军,后来二弟和一个侄子都英勇牺牲了。

为掩护抗日军民开展斗争,台城村村民们与周边村民一起,利用夜晚时间,在村西挖成一条宽一丈深一丈的交通沟,与邻村连接,形成了四通八达的地下掩体,县大队和区小队的抗日武装经常穿梭其间开展对日作战。

台城村的弓运城担任冀中军区的电台班长,翟化南是冀中军区司令部交通员,弓子章在新中国成立后担任解放军总参三部政委。

台城村内的烈士碑上镌刻着弓子章、弓运城、弓深造、翟化南等五十二名台城儿女的名字，其中有十六名是冀中军区战士。这些烈士或在战火纷飞的战场上英勇战斗，壮烈牺牲，或在敌人的刑场上宁死不屈，英勇就义。

2. 冀中子弟兵的母亲李杏阁

李杏阁，安平县报子营村人，抗战时期，她救护了七十三名八路军伤病员，轻者在她家住三四十天，重者住四百多个昼夜，不管伤势轻重李杏阁都细心照顾到他们痊愈才让离开，李杏阁为抗日战争做出了卓越贡献，被授予"冀中子弟兵的母亲"光荣称号。

抗战时，冀中军区司令部和冀中行署机关多次住在报子营村，军区首长和行署领导经常到李杏阁家问寒问暖，帮助她家解决生活上的困难。1938年，李杏阁参加了妇救会，并被推选为妇救会抗日组长。1942年冬的一个深夜，一阵急促而轻微的敲门声把李杏阁从睡梦中惊醒。她细听外面的叫门声，原来是村长来了。李杏阁想，村长是抗日干部，半夜叫门一定是有重要情况。她急忙开开门，只见一个满身是血的伤员被人用担架抬了进来。李杏阁和其他人一起把伤员抬到炕上，她赶紧用被单遮住窗户上的亮光，以防被敌人发现。然后端起油灯，凑到伤员身旁，从头到脚看到了五处伤口，人已经奄奄一息了。李杏阁双膝跪在伤员身边，小心帮他脱去血衣，又把盖在儿子身上的棉被撤下给伤员盖上，然后用棉花蘸着温水轻轻地擦拭血迹。村长说："这伤员叫刘建国，是五区小队战士，在西侯疃村与敌人战斗负了重伤……"李杏阁听着，眼泪夺眶而出，她说："交给我吧，有我就有他！"

村长走后，李杏阁怕伤员冷，赶忙生起一盆炭火。她坐在伤员身旁，一会儿听听呼吸，一会儿摸摸胸口，一夜无眠。不知不觉天都大亮了，刘建国终于睁开眼睛。李杏阁高兴地说："你可醒过来了，孩子，想吃饭吗？"刘建国张张嘴，说不出话来。李杏阁赶紧端过碗粥，用小勺喂。刘建国刚吃了一口，就艰难地摇头，原来刘建国脑后有镰刀般大的伤口，不但说不了话，还吃不了东西，只要一张嘴就疼得浑身打战，这可咋办呢？李杏阁发愁了，她想着想着，说了一句"俺有办法了"，就走到外面，找来一根苇子，让刘建国当吸管嘬着喝粥。

刘建国大小便不能自理，李杏阁就用自己的白铁簸箕，扎成一个圆盘，边上用棉花和布包起来，伤员大便时她就去接。在李杏阁的精心照顾下，刘建国的伤慢慢好起来。

反"扫荡"斗争在继续，伤员越来越多。村党支部帮着李杏阁挖了两个地洞，供我抗日干部和伤员养伤隐蔽。

几天后，冀中六分区的魏正甫、李德山、李德相负伤后也相继被送来，住进李杏阁家的地洞。她家的伤员连续不断，今天来两个，明天来三个，据史料记载，李杏阁亲自掩护和护理的伤员就有七十三个。这期间，七分区卫生所的军医张树凯、于春辉、卫生院刘秦花、杨秀娟等也常到这里，给重伤员诊治，并带来了部分医疗器械和药品。就这样，李杏阁家变成了八路军的一所地下医院。

随着伤员的增多，原来的地洞不够用了，李杏阁在乡亲们的帮助下，在屋里、猪圈里、菜窖里又挖了几个地洞。为减轻伤员长期卧床的痛苦，李杏阁让儿子到邻居家就宿，娘儿仨合盖一个被，把被子腾出来给伤员盖。这样还不够，她把多年积攒下来的棉絮也拿来垫到伤员身子下边。

李杏阁为了给伤员增加营养，用自己节省下来的粮食换来鸡蛋，给伤员做汤喝。后来粮食也不够了，她索性把自己仅有的两只老母鸡杀掉，炖了给伤员吃。

遇到敌情缓和时，李杏阁就把伤员背出来透透气。伤员们有的住上几个星期，有的几个月，有的甚至一年多。李杏阁日夜操劳，悉心照料，从不嫌脏，从不怕累。

李杏阁的女儿刘敬彩回忆，她小的时候经常有八路军伤员在她家养伤。母亲把家中仅有的白面都做成面条，让伤员吃的是白面条、小米粥，给孩子吃的是高粱面粥，榆树皮面加野菜或者高粱面的疙瘩汤。当年家里挖了两个洞，一个在院内，一个在院外，每天弟弟在房顶放哨，她偷着到院外给伤员送饭。家里菜窖里有个洞口，送饭时弟弟在上边往下送，她在下面接。下菜窖的梯子是用一个大粗木桩子绑了几根小木棍，她每天上下爬三次。伤员们大小便以后，她用小桶接了让弟弟用绳拉上来，有一次装得太满，弟弟不注意，撒了她一头。

李杏阁曾说："八路军战士就是我的亲人，我就是豁出这条命也要保护他们。"有一次两个鬼子闯进院子，叽里呱啦乱叫，进屋乱翻。鬼子可能闻到有药味，便揪着李杏阁逼问："八路的有？"李杏阁摇摇头说："没有。"两个鬼子开始疯狂地用枪托打李杏阁，边打边问，但李杏阁坚持说没有。鬼子拔出刺刀朝李杏阁的胸口直刺过来！李杏阁身子一歪，刺刀刺到了肩上。李杏阁忍着剧痛，依然坚决说"没有"。正在这时，鬼子发出了集合信号，他们匆忙离去，李杏阁才幸免于难。

1946年12月，李杏阁让十八岁和十六岁的两个儿子，全参加了安平县农民保家独立团，他们跟随部队南征北战，作战英勇，都立过战功。

1964年11月，"冀中子弟兵的母亲"李杏阁因癌症去世。

3. "拿口袋"的故事

安平县南王庄镇庄窠头村的朱树长在九岁时，曾经历过这样一件事。冀中人民在抗日战争中尤其是1942年日寇发动五一大"扫荡"之后，处于极度困难时期，无衣无食，甚至将蒜辫、花生外壳、高粱秫秸瓤粉碎了掺在糠里吃。这是平常年景连牲口都不吃的东西呀！即使在这样困难的条件下，群众也千方百计从物资上支援八路军和游击队，舍生忘死地掩护伤病员。军队和党政机关也时刻把群众放在心上，节衣缩食，还经常把缴获日伪的粮食救济水深火热中的老百姓。

这事发生在安平县庄窠头村。1944年冬季的一天，朱树长正吃午饭，就听到粮秣主任朱述职在门洞里喊："拿条口袋到村公所去！"奶奶忙对朱树长说："快去吧，别让人家等咱。"朱树长放下碗筷，抄起口袋就向村公所奔去。同时看到朱述职进出各家的门喊着同样的话。朱树长到了村公所，会计问："口袋上有名字吗？"朱树长说有，他就说："撂下吧。"朱树长愣了一下才醒过神儿来，二话没说撂下口袋就往回走。迎面看见朱赶会也拿着口袋来了，朱树长小声告诉他："不是发救济粮——是借口袋。"他"啊"了一声，头也没回仍向村公所走去。后边拿口袋来的人就更多了，朱树长一路走一路说"是借口袋，不是发粮"，但没有一个人往回返，只是会心地笑笑后，拿着口袋更快步地朝村公所走去。

更有意思的是，朱树长的姐姐手持一根棍子迎他来了，还说："咱娘怕你背不动……"旋即马上就明白了，两人对着笑起来。

这次借口袋是因为八路军缴获了日本鬼子的粮库，急需转运粮食到前线。向来说话办事丁是丁、卯是卯的朱述职因为事急，没有详细解释，造成了朱树长一家及乡亲们的误会，但全村没有一个人埋怨他，也没有一个人发牢骚。因为大家明白：只有打败了日本鬼子才有好日子过，不支援前线哪来的胜利果实，哪来的救济粮？

朱树长说，这件事过去七十多年了，什么时候想起来心里都是甜滋滋的。这就是当时的军民关系、干群关系。彼此间的那份真诚、默契、信任和付出，令人感动和难忘，更引人深思，发人深省。

4. 徐光耀：那些让我泪流满面的亲人

"我是幸存者，是先烈们用生命搭桥铺路，让我活了下来；是人民群众对子弟兵的鱼水深情，保护我一次次脱险。他们是我创作《小兵张嘎》的灵感源泉，我今天所有的荣光都是分享的他们的荣光。我经常会想起他们，想起那些刚刚还生龙活虎、转瞬间就血肉横飞的战友；想起陪着我流泪、像母亲般关怀照顾我的房东大娘；想起在鬼子的刺刀前喊我'老二'的机智勇敢的乡亲……"

自在飞花轻似梦，无边丝雨细如愁。2020年4月的一个雨天。恰是个惹人感怀的时节，笔者走进著名作家徐光耀的家，听九十五岁高龄的徐老讲述一段惊心动魄、感人至深的铁血往事，故事中有刀光剑影，也有刻骨深情……

徐光耀1925年8月生于河北雄县。四岁时，母亲去世了。父亲在戏班子打杂儿，虽脾气暴躁，但正直仗义，深受传统戏曲中那些侠肝义胆、忠勇报国的英雄影响，经常给孩子们讲《岳母刺字》《三侠剑》《小王义》等故事。徐光耀十三岁那年，村里来了八路军，这些军人进了百姓的院子，抓起笤帚就扫地，拿起扁担就挑水，出来进去还唱着歌，让徐光耀感到格外新鲜。

当时，在徐光耀家中住着八路军的一个班，其中有一个叫王发启的战士，十七岁，是安平县郝村人。一来二去，两人就成了无话不说的好朋友。王发启让徐光耀看他的枪，还教他唱歌，给他讲部队的事。每天部队操练后没事了，他就和徐光耀一起去村边放驴，几乎形影不离，感情特别好。为了表达这份情义，徐光耀提出效仿桃园三结义结拜成兄弟，王发启说"好"，于是两人立下誓言：有福同享，有难同当。当然，严格来说，部队是不允许结拜的，据徐光耀后来回忆，王发启之所以答应他，一是真喜欢他，再有可能是为了和百姓搞好关系。那天徐父也很高兴，专门为他们包了饺子。

可是三天后，部队就开拔了。去哪儿？走多久？还回不回来？没人知道。八路军走的那天，徐光耀去送王发启，他跟着队伍追出老远，一边跑一边流泪。平生第一次，他感到自己的魂儿没了，被八路军带走了。

回家后，徐光耀就对父亲说，"我要当八路"。父亲不同意，担心他太小。他就哭，连哭了好几天。后来姐姐说："在这兵荒马乱的年头，待在家里也是当亡国奴。八路军看起来很正气，跟了去闯荡闯荡，就是真出了岔子，为抗日，为精忠报国，名声也是香的。"那晚，父亲一夜未眠，第二天，他亲自把儿子送到位于昝岗镇的一二〇师三五九旅报名参了军，徐光耀终于如愿以偿，成了一名八路军战士。

"后来您又见过王发启吗？"笔者问。

"我一直找他，找了很多年，直到前些年才找到，可能是年纪太大了，他已经不记得我了，当时我特别难过、特别失落。其实现在我的记忆力也不行了，有些事刚说了就忘，但过去的事，尤其是抗战期间的事，我都记得特别清楚，那是我一生最重要的情结。"说到此，徐光耀有些动容。

在徐光耀的文章中，多次提到抗战中的堡垒户，他说，没有老百姓的掩护，我活不到今天。徐光耀回忆说，一次敌人对冀中进行了五路围攻，部队不停地转移，他与家人失去了联系。在转移途中他患了重感冒，发高烧。那天早上，战友们都出操去了，只有他一人躺在炕上。这时，房东大娘走了进来，用手摸他的额头，滚烫，大娘就急了，非让徐光耀上她那屋去，说那屋有热炕，窗户也糊得严实。见徐光耀不去，大娘竟哽咽了，说："你这么小的孩子就出来打仗，又生了病，没人照顾怎么行！"说着，大娘拿来两床棉被盖在他身上，又抱来柴火给他烧炕，打来热水让他泡脚，还煮了山药粥端到他面前，她的家人得知后也都过来嘘寒问暖……此情此景，令徐光耀感动得落下泪来。大娘看他哭了，以为他病中想家，更加心疼，一边安慰他，一边陪着他落泪。

"那个画面，我一辈子也忘不了。"徐光耀动情地说。

抗战中的军民鱼水情给徐光耀留下了极为深刻的印象，而他的一生，都在用清白做人的实践和质朴真诚的文字去书写这份大爱深情，他的代表作《小兵张嘎》成为几代人的珍贵记忆。

为了完成徐老的心愿，2021年春天，一个小雨霏霏的日子，我们专程赶到安平县南郝村，打听王发启的下落。村支部书记告诉我们，王发启已经去世了，他的儿子在北京工作，村里还有他的侄子。他们都不知道徐光耀寻找王发启的事情。不过王发启从十五岁就参军打鬼子的事，一些老人还记得，和他同时参军的，有的已经在战场上牺牲了。一位烈士后人拿出一张纸，上面写满了人名——用手写的。村支部书记说："这都是在战争中牺牲的南郝村人，有的收入了烈士名录，名字刻在墓碑上，有的没有。这纸上的名字是前任老支部书记临死前交代的，纸上写的人，有的是他亲眼看着被鬼子杀害的，现在见证人越来越少了，他让村里人收好这张纸，记住上面的名字，把前辈英雄的名字一代代传下去。"

通过电话，笔者联系到王发启的儿子，从他那儿得知，新中国成立后，王发启一直在北京工作，因为战争中多次受伤，其中也包括头部，造成记忆力减退，以致老年时会神志不清。也许是身体原因，他不大记得当年住在堡垒户家的那个小兄弟徐光耀了，他若知道，当年正是因为他的影响，小小年纪的徐光耀才哭着喊着非要参加八路军，并就此走上革命道路，成为享誉全国、影响了几代人的著名作家，当欣慰欣喜，抑或百感交集？

斯人已逝，岁月渐远。这段关于两个小八路的奇缘佳话，留在了徐光耀的作品里，感动了一代又一代人。

作者高宏然采访徐光耀（左）

5. 大豆口的"抗战老酒"

今天的人们可能难以想象,在特殊年代里,白酒不仅可以用于食用,还曾代替酒精用于医疗。在广袤的冀中平原上,至今还流传着大豆口村"抗战老酒"的故事。

这种老酒叫"豆口醇",产自河北省安平县大豆口村,过去也叫护驾口村。安平县是革命老区,安平人民为中国的解放和建设做出了巨大贡献,大豆口村是其中的一个典范。该村位于冀中滹沱河下游,在安平、蠡县、肃宁三个县的交界处,位置显越,历史上是兵家必争之地。因滹沱河水屡屡涨发,该村及周边地区以种植红高粱来对付洪灾。每到中秋,几米高的红高粱一望无际,十分壮观。

"豆口醇"以红高粱为主要原料,采用传统的陶制地缸发酵,经过装甑蒸馏,分段掐酒,分级储存等一系列酿造步骤,最终酿出醇香清雅、口感独特的好酒。

据该村原支部书记李西纯介绍,大豆口村酿酒历史悠久,当地人自古就善习武,好喝酒。曾有这样一个传说:刘秀被王朗的士兵追至酒厂,刘秀爬缸品酒,酒掌柜端三碗原浆,迎挡追兵。酒香四溢,兵醉酣睡,刘秀得以脱险。后来,汉光武帝刘秀敕名"救驾口"。清朝康熙年间,"扬正义、护良善"起义领袖窦尔敦,以酒为媒,在护驾口村拉队伍上万人。窦死后,因其酒量大,在酒厂南四十米埋下的葬品竟是六十大缸酒。

"抗战老酒"是当年冀中军区领导的创意。1938年5月,冀中区党委、冀中行署、冀中军区在河北省安平县诞生,军区领导曾一度住在大豆口村的酒厂,研究和指挥全区的抗日斗争。这期间,军区政委程子华发现这个村的红高粱酒不仅好喝,而且消毒效果好,决定在军区警备旅组建酿酒班,为冀中部队提供食、药两用白酒。他找到了时任县武委会主任的李存仁,让他从酒厂选出十名觉悟高、有酿酒技术的工人参加八路军。由于该村1925年就建立了党支部,党员团员较多，群众思想觉悟也普遍较高，当时酒厂的二十四名青壮年都报了名。政委程子华从中挑选了十七人，加入冀中军区警卫旅，专设了酿酒班，酿造出的酒被大家称为"抗战老酒"。天气特别寒冷时，或部队打了胜仗，官兵们就喝几杯，抗寒和助兴，更重要的是解决了医用酒精缺乏问题。

当年军区酿酒班班长刘兰生回忆说："那时我们这个班不仅仅是酿酒，还有保卫冀中区领导的任务，参加过多次战斗，赵同表、李中彦、刘占山、赵子玉四名战友，先后在抗战中牺牲。"

据介绍，因为酒厂地处沧州、保定和衡水三地交界处，又临近青纱帐，不仅是冀中区领导常住的地方，更是县区领导和县大队经常吃住的地方。

曾任县委副书记的李存仁在回忆录中写道："1942年5月的一天，军区领导和县委书记张亮、政委张根生正在酒厂研究反'扫荡'斗争，突然从高粱地里蹿出了四十多名日伪军，迅速包围了酒厂！我第一个冲出大门，把敌人引开，当时有两名持长枪的日本兵追到我跟前，我把他俩引至一墙角，身靠墙，两手一手攥一支敌人的长枪，大吼一声，脚一发力，一个蛇形九转连环鸳鸯脚，将两个日本兵撂倒在地。此时日军蜂拥而上包围了我，多亏县游击大队及时赶到，消灭了敌人，我才脱险。"

大豆口村酒厂在党的领导下，即使是白色恐怖时期也一直发展壮大党的组织，坚持开展反帝反封建斗争，党员们以酒厂职工和买酒客户为掩护开展党的活动。

1935年，负责巡视安平县的保属特委范克明叛变，安平县党组织负责人及广大党员随时都有被捕、被杀的危险，时任安平县委书记刘国生避去了石家庄，保属特委没顾上任命新的安平县委负责人，县委工作曾一度处于停滞状态。但大豆口村的党组织并没因此而软弱。保属特委委员吴立人和侯玉田两人到安平恢复党组织时，首先是到的大豆口的酒厂，利用酒厂为掩护，组建了安平县新一任的县委班子，恢复壮大了党的组织。

在白色恐怖期间，保属特委委员吴立人和在南两河村教书的李子寿（县抗日救国会主任），曾几次到酒厂找到李存仁，让他联系一些酒厂和周边村的习武人员，参加安平县的"反帝大同盟"，并安排李存仁和酒厂的刘来生、赵同表、刘占山等四人，跟随县委书记安贵普去高阳参加老红军孟庆山举办的抗日干部培训班，学习游击战术和抗日民族统一战线理论。培训班结束后，赵同表和刘占山加入了孟庆山为司令员的河北游击军。

北满正村许英杰在回忆录中写道："1943年7月间，我带领战士在交河富庄驿一带活动时，与敌人遭遇，我右腿被炸伤，部队将我送至赞寺村一堡垒户家中养伤，卫生员给我换药时，每次都用大豆口的老酒止疼消毒。这酒我以前尝过，在当兵前，八路军的重伤员曾在我家养伤，为了给伤员换药，父亲让我到大豆口买过这老酒。当时我到酒厂买酒时，掌柜的还让我喝了一杯，酒挺好喝。"

参加过解放战争的北苏村九十四岁的老党员苏金双回忆："我十八岁就参加了共产党，在抗日战争和解放战争中，一直是村里的基干民兵，多次在战场上担任民兵担架队队长，负责战场中的伤病员护送和物资供应。先后随部队参加过保定护秋护麦战斗、解放大清河、解放石家庄等多次战斗。最艰苦的一次任务是解放太原战役。当时我们的任务是背送炮弹和修建工事，还负责部队粮草的给养，我曾多次给部队运送过大豆口的老酒。在整个战役中，大都是白天休息晚上干活儿。在总攻时战斗十分激烈，有一颗炮弹落在我们七个人的小分队中，三个战友壮烈牺牲，我和战友马树相被炸伤。在给我们治疗时用来消毒的就是大豆口老酒。"

1988年，大豆口村成立了酒业有限公司，扩大了酿酒规模，采用了更先进的技术，销售区域由冀中扩展到全国，昔日的"抗战老酒"正焕发出新的光彩。

6. 程子华与堡垒户

堡垒户，是在抗日战争时期斗争环境极端残酷的情况下，高觉悟的群众舍生忘死、隐藏保护共产党干部和人民子弟兵的住房关系户，是保护和积蓄抗战力量的基地。

程子华女儿出生后，就寄养在安平县堡垒户陈复兴家中。程子华为纪念堡垒户陈复兴，给女儿取名冀民。

安平县民政局保存的烈士资料记载：烈士陈复兴，1944年，在送程冀民的路上，由于叛徒告密，敌人跟踪追捕。他为保护程冀民，引开了敌人，被敌人逮捕，杀害于肃宁县。

1952年，程子华专程到安平县，祭奠烈士陈复兴，并慰问看望了陈复兴的家人，临走撂下了一百元钱，让他们修补老房子。在20世纪60年代的困难时期，程子华又给陈复兴家两百元钱以渡过难关。

陈复兴外孙梁巨印给我们讲述了这段鱼水深情的感人故事。

陈复兴是安平县南苏村的一个普通农民，与妻子陈李氏育有四子三女，以种地打鱼为生。七七事变后，堡垒户陈复兴、陈李氏夫妇先后送两个儿子参加八路军，大儿子陈大平参加共产党领导的县大队，二儿子陈忠和1939年参军时年仅十二岁，跟着贺龙的一二〇师去了晋西北抗日前线，新中国成立后才和家中通信，参军十五年后的1954年才第一次回家探亲。

当年，陈复兴的家在村边上，院前有个大水塘，芦苇丛生，非常便于隐蔽。这里也是我地下党的交通站。1940年的一天，地下党组织派人找到陈复兴夫妻，商量着把一个两三个月大的女婴寄养在陈家，这个孩子陈家称她为"小妮儿"。组织上主要考虑陈家是地下党的抗日堡垒户，出入交通方便。正巧当时陈家大女儿陈淑贞因第一个孩子夭折，正住娘家休养。陈复兴夫妻也不问孩子来历，毅然收留下来。

两三个月的孩子留下来了，用什么喂养孩子成了第一大难题，陈淑贞虽然是在哺乳期，但孩子夭折对她心理打击很大，又处在战乱时期，哪有足够的奶水喂养孩子。陈家想尽办法，先是到养羊乡亲家挤人家的羊奶补充，还不能说出实情，后来干脆花高价买来奶羊和羊羔，还找老中医为陈淑贞抓药催奶。为照顾这孩子，陈淑贞长时间不回婆家，但时间长了也瞒不住啊。都知道孩子夭折了，怎么又带了个孩子，真实的情况又不能说出，为此受到婆家的误解。好在丈夫深明大义，了解和信任自己的媳妇。后来她丈夫也成了共产党员。

日子久了，陈家收养孩子的事被汉奸知道，到付各庄炮楼报告给了鬼子。那两年，鬼子伪军多次到陈家搜查，都被陈家机警躲过，有一次鬼子伪军又来搜查，都能看到鬼子刺刀的亮光了，陈复兴让陈李氏和大女儿陈淑贞抱起两个孩子（当时陈淑贞大儿子已出生），冲出家门躲起来，自己留下应付鬼子伪军。母女二人抱着两个孩子一口气跑到十五里外的博野县凤凰堡村，在陈复兴二女儿陈俊家躲了好几天。陈俊是个坚强而命运多舛的八路军军属，结婚三个月丈夫就参加了八路军，又过三个月传来丈夫阵亡的消息，留下一个遗腹子；第二任丈夫也参加了八路军，战时受伤，新中国成立后成了荣退军人。

话说1944年，一天，中共地下党组织派人来找到陈复兴，说："首长想孩子了，想看看孩子，我们要把孩子带走。"陈复兴不放心，就多问了问情况，才知道这个孩子是当时冀中军区政委程子华的孩子（后来取名程冀民）。陈复兴迟疑了一下提出，为了孩子的安全，能不能我们一家人像走亲戚一样去护送孩子。经请示，党组织同意陈复兴的方案，由党组织开出信函，陈复兴将信函藏于帽中，陈家将孩子护送到离南苏村一百多里外的肃宁县某村，当时冀中军区司令部就在那儿。陈复兴套上大车，由陈复兴、陈李氏、陈淑贞、陈复兴小儿子（当时九岁）、陈淑贞大儿子（当时一周岁）带着约四岁的程冀民赶着大车前往肃宁。到达目的地就遇到鬼子"扫荡"，冀中军区已经转移，敌人的枪声已在耳边响起。陈复兴立即让妻子抱起孩子在当地民兵带领下钻进地道，他却套上那头骡子，向相反的方向奔去。敌人的子弹飞射过来，击中他的后心，鲜血喷涌而出。为了保护八路军的孩子，年仅四十一岁的陈复兴英勇牺牲。

安葬了丈夫陈复兴，陈李氏、陈淑贞继续带着程冀民生活，直至1945年日本鬼子投降，程冀民才离开南苏村。

令人感动的是，关于陈复兴牺牲的细节，陈李氏和陈淑贞并没有告诉程子华，她们觉得亲人牺牲多年，人死已不能复生，现在生活稳定了，有党和政府关心，已经很好了。陈复兴的儿女本着不给政府添麻烦的心思，也未向安平县人民政府提出追认陈复兴为革命烈士。

改革开放以后，安平县南苏村也和全国广大农村一样，发生了翻天覆地的变化，同时也进行着农村干部的新老交替。之前，陈复兴的孙辈参军、入党政审时，都在祖父栏内注明"为护送革命干部子女被日本鬼子枪杀"，村干部交替后，了解事情经过的老人越来越少，后任村干部也没有亲身经历，只是听说，因为没有档案记载，也就不再注明那句话。

1981年，身为革命军人的陈复兴二儿子陈忠和为还原历史，向"文革"后复出、时任国家民政部部长的程子华写信，说明父亲牺牲的经过。经各级民政部门的历时两年的走访、调查，安平县人民政府于1983年4月10日追认陈复兴为革命烈士，补发烈士证书。

第八章　全力支援解放战争

抗日战争胜利后，中国人民热切希望和平、民主，建设一个新中国。但是1946年6月26日，国民党重兵围攻以鄂豫边宣化店为中心的中原解放区，挑起全面内战。其后，国民党军向其他解放区展开大规模进攻，全面内战由此爆发。

一、党团员带头参军

对于人民革命力量来说，战争初期的形势相当严峻。面对日益紧张的局势，安平县委带领全县干部群众，积极响应党的号召，努力做好扩军支前、参军参战的各项工作。

根据中央局和上级指示，先后成立了安平县支前委员会和武装动员委员会，县区还分别建立了战士收容所，负责动员、训练、转送新兵。

从1945年8月到1949年3月，先后六次召开较大规模的全县扩兵工作会议。各区村也召开区扩干会、区村干部联席会、党团员会、民兵会、妇女会、群众会、青壮年家属会、挑战竞赛会等一系列扩兵会议。不少区、村还结合抗日斗争史和"土改"运动，组织贫苦农民召开忆苦思甜会，以提高广大干部群众参军的自觉性、主动性，鼓舞人民群众报名参军的热情。为了把参军参战运动推向高潮，胜利完成上级布置的扩军任务，县委、县政府和武装动员委员会还组织县级干部分头到各区，会同区村干部深入群众，深入家庭，做思想工作；发动党员干部分包应征对象，耐心做说服教育工作；号召干部和党团员及先进青壮年发挥模范带头作用，积极报名参军；组织开展自愿参军竞赛活动。各级干部和部门团体努力做好拥军优抗工作，同时利用大字标语、黑板报、高房广播、集市宣传、文艺演出、学生上街游行呼口号等形式，深入发动青年参军。广大翻身农民，从心里感谢共产党，反对美蒋发动内战，愿意跟随共产党，彻底打败国民党反动派。在参军活动中，模范村、模范户比比皆是，争先恐后要求参军者层出不穷。1946年夏秋扩军补军工作中，大同新村的五名村干部率先报名，带动十四名青壮年一起入伍；郎仁村的全体党支部委员带头报名，带动十名党员联名参军；五区区干会上三十多名青壮年干部纷纷报名参军，有的女干部替儿子、丈夫报名；西满正村一次就有二十多名青年参军；南两和村一名党员，有两个小孩，其妻又将生第三个小孩，他毅然舍下妻儿，联合本村八名党员一同参军；香管村有一位老贫农，第一次扩兵给大儿子报名参了军，第二次扩兵又送十七岁的二儿子上了战场。在动员新兵入伍的同时，县委、县政府还根据中央和冀中军区的指示几次召开会议动员退役、复员军人归队，并组织干部深入到村，宣传到人。老战士们经过集中训练后，及时回归了部队。

解放战争时期，安平全县大的参军高潮共有六次。

第一次是1945年8月15日中央发布迅速扩大正规军、向各大城市进军的命令后，安平县大队三百五十人在彪塚村被编入八旅三十三团，奔赴了新的战场。随后县大队又重新进行了组建，由闫志学任大队长，孙博敏任副政委，各区小队战士编入县大队。

第二次是1945年11月24日至1946年1月中旬，全县三百八十名青年踊跃报名参军开赴前线。

第三次是1946年7至8月，分两批入伍一千两百六十四名，其中7月入伍三百一十六名，8月入伍九百四十八名，这批新兵大部分被分到了分区部队，小部分留在了县大队。

第四次是1946年12月至1947年1月，全县一千八百零四人集体参军，组成安平县农民保家独立团。

第五次是1947年6月，解放军将由战略防御转入全面反攻，晋察冀军区炮兵团扩建为炮兵旅，急需青年知识分子到部队工作。王志贤等七十多名教师响应党的号召，投笔从戎，在义里村集体入伍参加了炮兵旅。

第六次是1948年4月，县委根据冀中军区和行署的指示，动员组织参军。广大青年踊跃报名入伍，八十多名复员军人又重新归队。安平县一批批参军入伍的新战士，怀着对国民党反动派的无比仇恨，带着安平人民的厚望，为保家保田、保卫胜利果实，参加了解放战争，并在张家口、新保安、清风店、石家庄、太原等战场上留下了冲锋陷阵的足迹，为解放全中国做出了重大贡献。

台城村的弓堆金当年曾参加支前大车队，身负重伤（图为其后人、安平县文广新局团委书记弓长在纪念馆给我们讲述大车队的故事）

在解放战争中，安平县在顺利完成扩军任务的同时，还组织全县各阶层民众广泛开展了"献款献物，大力支援前线，慰劳前方将士"的运动，并多次派出民兵、民工开赴前线，支援全国解放战争。

二、安平县农民保家独立团

1946年12月初，为粉碎蒋介石反动派向解放区大举进攻的阴谋，冀中区党委要求安平县在年底前扩军五百人，成立一个独立营。为完成党交给的这一光荣任务，安平县委召开全县区、村干部大会，县委书记张根生做了动员报告，分析了当时所面临的严峻形势，并号召党员、干部要带头拿起武器，保卫胜利果实。

县里召开动员会后，台城村党支部立即召开会议，带头送去新兵十三人，在全县是输送新兵最多的一个村。在台城等村的带头下，全县不到二十天的工夫，就征一千八百零四人，组建了安平县农民保家独立团，闻名全国。台城村老支部书记弓雕琢回忆："谁都知道，当兵就意味着上战场，就意味着随时会牺牲，所以当时村党支部研究决定，村干部和党员们要带头动员亲属参军，我先后动员了自己的二弟和两个侄子参军，二弟和一个侄子都在战场上牺牲了。"

弓雕琢说，当时全县掀起轰轰烈烈的参军热潮。大会现场，县武委会主任巴农就第一个报名参军，紧接着三百九十三名区、村干部也争先报名参军；县长刘庆祥给十四岁的儿子报了名，四十名村干部也替儿子报了名；四区区长张文宗带领全区一百六十名青年参了军；县一区四十三个村青联主任全部报了名；南牛具村四名村干部集体入伍，该村李大娘五个儿子，已有三个在部队，这次又送来一个儿子参军；外出的一区委书记赵政民闻讯后，连夜回家参军；张舍村农会主任赶了八十里路，把在辛集工作的儿子叫回家参军；新政村青联主任李拴柱是家里的独子，他的孩子还没出满月，在妻子、母亲和奶奶的支持下他也毅然参了军；向官屯村回家养伤的一二〇师某连连长马双贵身负七处伤，肺部还留有弹片，在身体尚未痊愈的情况下，他同爱人一起回了部队，在他的带动下，全县有八十多名复员军人归队……

最后，全县实际报名入伍者高达一千八百零四人，其中女子十四人，因为入伍人数的剧增，县委将独立营改为"安平县农民保家独立团"。1946年12月26日，县委在县城大操场举行了安平县农民保家独立团成立大会，县委书记张根生号召全团指战员发扬革命老区的优良传统，英勇杀敌，为全县人民争光。

安平县这次参军工作受到冀中区党委、冀中军区的表彰，《冀中导报》也在头版报道了安平县相关事迹，并描述道：保家独立团入伍的战士们胸戴大红花，身披红彩带，全县两千多人的欢迎队伍长达数公里。导报还发表了短评文章，号召冀中各县向安平县看齐。安平县农民踊跃参军的事迹，传遍了晋察冀边区。

安平县农民保家独立团成立后，全县掀起了拥军高潮。南庙头村李建青系复员军人，因伤了胳膊，不能参军，就把自己的复员费和积蓄全部捐出，作为独立团的慰问金；全县的小学生拾柴、拾废铁变卖成钱慰问新战士；妇女们也积极行动起来为战士赶做军鞋、军衣；县城的居民将最好的房子腾出来给战士住，一位老党员把准备给儿子结婚的、糊了花顶棚的婚房让出来做了连部；各地群众纷纷将鸡蛋、红枣、花生，甚至猪肉等送到城里，慰问战士们……赶车的、推车的、挑担的、背包袱的，源源不断的慰问品从四面八方输送到县城，慰问品堆得像小山一样，足够全团吃二十天。

安平县农民保家独立团在县城经过二十天的整编训练，正式加入主力部队，编入三纵八旅，后改名为六十三军一一八师，自此，安平热血儿女便奔赴各个战场，为了国家、为了人民抛洒热血、奉献青春和生命。

独立团指战员们先后参加了解放战争和抗美援朝。他们南征北战，驰骋疆场，英勇杀敌，有的牺牲在家乡的土地上，有的长眠于外地甚至是异国他乡，许多人荣立战功。

三、支前模范

1948年，我军攻克华北重镇石家庄后，又于保北歼敌傅作义嫡系三十二师。华北之敌为避免遭我各个歼灭，将其主力集结于平、津、保地区。此时察南及漫长的平绥铁路线已呈现空虚，为此华北野战军司令部决定发起察南战役，三纵八旅是主要参战部队之一。

为确保部队顺利远回作战，解除后顾之忧，中共安平县委根据上级指示精神，继1946年组织的大规模扩军运动后，又深入发动广大翻身农民积极行动起来，参加支前工作，跟随八旅远征。在党员和各级干部的带动下，全县很快有近千人报名。经过一番准备，县里成立了以崔树欣（地区代表）、王新征（担架团团长）、李志起（担架团政委）、孙大冲等同志负责的担架团；县以下各区设连，根据实际能力有的区设一个连，有的区设两个连不等。农历正月下旬，县委在马店村隆重召开欢送担架团随主力出征大会，刘庆祥县长代表县委讲话。随后，安平县远征担架团开始了长达数千里的征程，在将近十个月的时间里，他们发扬不怕疲劳，连续作战的作风，克服艰苦生活条件，战胜恶劣自然环境，跟着主力部队三纵八旅挺进察南，转战冀东，参加过大小几十次战斗，始终保持旺盛的斗志。他们非凡的表现、出色的工作，多次受到各级组织的表彰，成为全冀中军区支前工作的典型。

野战军徐州部在察南前线举行隆重典礼，把"支前模范"的锦旗赠给了安平远征担架团第六连。该连共一百二十八人，这次支前涌现出了大小功臣五十一名，七十天来没有一个掉队和逃亡的。第六连执行任务坚决勇敢，在化稍营战斗中，十二副担架在弹烟迷蒙里冲上前线，通过大渡桥时，桥长里许，三架飞机轰炸封锁，机枪炮弹在桥的左右纷纷降落，但每个担架队员都是先将伤员放在沟里隐蔽好后，自己才去躲藏，并瞅飞机的空子，一气儿冲过桥的对岸。就这样将我们五十三个伤员，从火线上安全地转移下来。滹沱店战役时，天阴得暗黑，伸手不见掌，刮着大风，下着大雨，沙子雨点儿一起砸得眼睛睁不开，担架员们背着炸药，抬着云梯，和战士们一块儿爬着，虽然天气冷，路不好走，但没耽误抬伤员。从滹沱店到邓家台连抬两站，往返一百三十里地，路上情况紧急，他们便用缴获的武器组成大枪班，掩护前进。

第六连也是执行群众纪律和战场纪律的模范，在战斗和行军间隙，他们积极帮助群众生产。仅据北成寺、三台两村的统计，就帮助群众锄草一千斤，背粪一百五十担，捣粪一百六十担，劈木柴九百多斤，编盖天三十个，起猪圈三个，打土坯两千六百五十个，抹房三间。由于积极帮助群众生产，所以军民关系很好。在群众纪律上，做到了"借物返还，损物赔偿"。在迷托安村，担架员和振冰等四人赔群众针四个，刘双印给房东丢了一个锤子，照价给予了赔偿。每逢出发时，纪律检查小组都要挨户向群众问一遍有无违纪事件。

当年的《冀中导报》报道了安平县远征担架团的事迹，文中说：他们纪律严明，攻进化稍营、桃花堡时，街上堆满了国民党兵遗留下的衣服、鞋子、被褥，虽然大家的衣服、鞋子都很破了，但没有一个人去拿。

第六连把在战场上缴获的大枪五支、战马五匹、子弹一千五百发全部交了出来，无论战时平时该连都给友邻担架队做出了榜样。第六连由区干部贾端良领导。该连之所以能做到这样，主要是因为干部作风深入，以身作则，带动群众。如连干部行军给队员们背东西；部队发给的白面连干部舍不得吃，给病号留着；及时了解民兵思想情况，有事召开功臣英模会议进行讨论。

四、七十名安平教师集体从军

翻开《华北炮兵战史资料汇编》第一辑第十八页，有这样一段文字："1947年6月，河北省安平县王志贤等七十余名教师投笔从戎，为提高炮兵的文化素质做出了贡献。"

那是1947年6月，全国规模的内战已进行了将近一年，国民党军队对解放区的全面进攻已被我军粉碎，其重点进攻也即将失败，我军就要转入战略进攻阶段。在此情况下，加强我军的炮兵建设成了当务之急。就在这个时候，驻在安平县义里村的晋察冀军区炮兵团扩建为炮兵旅，急需青年知识分子来队工作。因为战士多是翻身农民，识字不多，他们多年来使用简陋的农具在田间劳动，对枪械都感到陌生，对榴弹炮、山炮、战防炮都是见所未见，对操作大炮所需的几何、三角知识就更是闻所未闻了。因此，提高炮兵的文化素质就成了提高部队战斗力的关键。于是，炮兵旅旅长高存信对安平县委书记张根生说："现在大炮有了，人也有了，都是从各部队挑选的优秀战士、干部，政治素质很好，但是文化水平太低，没有数学知识无法测算距离，很难掌握大炮技术。请县委允许帮助我们动员一部分青年教师入伍，当文化教员。"

安平县委深深懂得科学文化知识在战斗中的作用，认真研究了炮兵旅的要求，一致认为：为提高炮兵战斗力，早日粉碎国民党反动派的军事进攻，号召部分教师参军是义不容辞的责任，即使本县教育暂时受些影响，也是值得的。于是决定：号召青年教师发扬"安平县农民保家独立团"的精神，为粉碎国民党反动派的军事进攻，为保家保田，投笔从戎。定于6月6日庆祝教师节时由各区分头发出这一号召。

当时全县共有教师三百人左右，他们的父母大都是翻身农民，在"土改"中分了房子和土地，他们由衷地感谢共产党、毛主席，有粉碎国民党军事进攻的强烈愿望，有跟着共产党走的政治觉悟。第七完小校长王志贤，思想进步，工作积极，处处以身作则，教学质量好，是县里的模范教师。在会上，他首先报名。他说："天下兴亡，匹夫有责，我们当教师的应该为青年、为学生做榜样。大敌当前，作为共产党员，我必须带！作为校长，我更应走在前头！"在他的带动下，全校男教师除一名年龄大的外全部参了军。庄窝头小学教师赵振川是北赵町村人，经过"土改"，家里分得了土地，翻了身，他打心眼里热爱共产党，热爱人民解放军，他注重对学生进行思想教育，多次带领学生，带着鸡蛋去义里村慰问炮兵伤病员，参观缴获的国民党大炮。在四区的动员大会上，他说："我们常教育学生翻身不忘共产党，幸福不忘毛主席，我们为人师表，更应说到做到。现在炮兵旅需要文化教员，我坚决响应县委号召，教会战士数学知识，多打胜仗。从敌人手里夺来的大炮，决不能让敌人再夺回去！"他说服父母，毅然参军。共产党员、县教育科科员刘恩（现名刘金）"土改"时曾动员自家献出一百一十亩土地，分给贫下中农，在全县传为佳话。这次又坚决要求参军，他说："我虽然不是贫下中农出身，但经过党多年培养教育，经过抗日战争的洗礼，从新旧社会的对比中，看到了自己应该走的道路。作为一名共产党员，为了革命，我不但可以舍弃财产，必要时，也可以献出生命。"大家报以热烈的掌声。

当时正值麦假，一部分教师没有得到开会通知，未能报名参军，得到消息后纷纷赶到县里要求参军。北赵町小学教师刘占鳌6日晚上听到消息，他思绪万千，怎么也睡不着觉：1937年日本发动七七事变后，国民党五十三军在北赵町村南、庄窝头村北，驱使当地老百姓挖了深一丈多、宽三丈多、长数华里的战壕，说是要"与国土共存亡""拼死抗战"，可是还没听到日本人的枪声就逃之夭夭了。是共产党领导人民开展敌后游击战争，经过八年浴血奋战，同全国各族人民一起，取得了抗日战争的最后胜利。共产党又领导人民实行土地改革，使广大贫苦农民翻了身。可是蒋介石却发动了全国规模的内战，企图摧毁解放区，夺走人民分得的土地。在此情况下，我绝不能犹豫，我要响应县委号召，保卫胜利果实。鸡刚叫头遍他就向二十五里外的县城奔去，天不亮就赶到县教育科。科长同他开玩笑说："你来晚了，名额已满了。"他央求说："看在乡亲的分上，无论如何补上我一个，谁让你事先不通知我开会呢!"就这样他欢天喜地地同首批三十三名教师参加了炮兵旅。

6月17日，县委和县政府联合召开欢送大会，县委书记张根生讲话，他勉励大家入伍后英勇杀敌，为提高部队的文化素质尽心尽力，为全县十七万父老乡亲增光，并受予参军教师"投笔从戎"锦旗一面，赠送每人草帽一顶。县委领导同大家合影留念。参军的教师和留下的教师相互勉励，气氛十分热烈。有位教师送给王志贤一张照片，背面写了"爱民如玉，杀敌如虎"八个字，集中体现了大家对参军教师的期望。这批优秀教师在刘继恩的带领下，高举着"投笔从戎"的大旗，来到炮兵旅旅部驻地——义里村，炮兵旅召开了隆重的欢迎大会。义里村及附近群众自发地手执小旗，像赶庙会似的从四面八方拥来，各村的秧歌队、高跷队也赶来助兴。旅长高存信、政委王英高、政治部主任陈靖出席欢迎仪式，陈靖同志代表炮兵旅首长讲了话，他对安平县委选派这样多的优秀教师参军表示衷心感谢，对教师们加入炮兵旅表示热烈欢迎，并勉励大家安心工作，不断进步。刘继恩代表全体参军教师表了决心，他说："为了保卫胜利果实，我们决不辜负县委、县政府和全县十七万人民的重托，决不辜负炮兵旅首长对我们的信任，入伍后一定英勇杀敌，多打胜仗，请首长和战友们看我们的实际行动吧!"他的话赢得了阵阵掌声，这掌声表达了家乡父老对人民子弟兵、对教师们的一片深情。

这批教师参军后县委发了通报，表扬了他们的模范行动，号召青年教师以他们为榜样，继续参加炮兵旅。接着又有四十多名优秀教师参加了炮兵旅。这样，先后两批教师共七十多人参军，占全县教师总数的四分之一。

他们参军后，受到首长和战士们的热烈欢迎，被称为"文化兵"。为了充分发挥他们的特长，他们多数被安排当了文化教员、文书等，对提高部队的文化素质和战斗力起了积极作用。

他们当中有的人当了政工干部，充实了部队的政工队伍，推动了部队的政治思想建设。张军参军前是深受学生爱戴的好教师，参军后怀着"打倒蒋介石，建立新中国"的强烈愿望，想方设法积极做好部队的思想政治工作，多次出色地完成了任务，受到领导和战士们的赞扬。经过多年的战争锻炼，他们大都成了炮兵部队思想政治工作的骨干力量，在离开部队前，多数人是团级干部，甚至还有师级及军级干部。安平县教师集体参军是继"安平县农民保家独立团"之后，在安平县引起巨大反响的又一重要参军事件，推动了安平县的各项工作，尤其是参军支前工作的开展。教师参军也在学生心里树立了光辉榜样，学生们自动给军属拾柴、扫院子，节约零用钱买鸡蛋慰问伤病员。参军参战、拥军优属蔚然成风。

这些投笔从戎的同志，在解放战争中南征北战，走遍了华北的山山水水，在清风店、石家庄、新保安、张家口、平津、太原等战场上都留下了他们冲锋陷阵的足迹，几乎每个人都立过功、受过奖。新中国成立后，炮兵旅改编为华北军区特种兵部队，在这个新组建的部队中，亦有这些教师的身影。朝鲜战争爆发后，他们又渡过鸭绿江与朝鲜人民军并肩作战。

安平县小学教师投笔从戎，是安平县革命斗争史上光辉的一页，这是七十多名入伍者的光荣，是全县教师队伍的光荣，更是全县人民的光荣。一直到今天，都是激励和鼓舞老区人民的精神力量。

第九章　北上南下支援新解放区

　　1945年安平全县解放后，县委根据中共中央关于从老解放区抽调大批干部到东北开辟新解放区的决定，于8月至9月间，先后抽调三批县区干部共六十九人，由张锡銮、赵奇等带队，去东北工作。

　　1947年夏季，解放战争已由战略防御转入战略进攻。解放区不断扩大，需要大批优秀干部到新解放区开展工作。中共中央决定从各解放区抽调大批优秀干部，跟随刘邓大军南下。

　　冀中区党委、九地委根据中共中央的指示，对抽调干部南下进行了具体部署。要求选派干部要领导干部和一般干部相结合，调出与充实同时考虑。为此安平县委进行了周密安排。

　　一是，县区党政机关均增设副职，扩大各级党委会人数；二是，大胆提拔一些村干部、党员参加区级领导工作；三是，加强轮训，提高干部素质，积极输送县区干部到上一级党校学习培训，县举办训练班，对区、村党员干部进行轮训；四是，有计划地慎重地选拔一些在乡知识分子和中学、师范的师生进行重点培养，以扩大干部来源。在抽调干部的方法上，采取了在全县党员干部范围内，个人自愿报名、组织审查批准的办法。为确保抽调干部质量，要求年龄限制在四十岁以下，有一定文化基础，身体好，能坚持长途行军。不准带家属、小孩，夫妇都是干部的可以一同被抽调，但也不准带小孩。

由于思想工作到位，工作扎实，广大党员干部顾全大局，服从革命需要，积极响应党的号召，纷纷自愿报名随军南下。

解放战争时期，全县共抽调北上南下干部一百七十多人，调外地工作的党员不计其数，仅1948年就有七百七十八人。一批又一批的北上南下干部临行前，县委、县政府都要召开欢送大会，给他们披红戴花，并合影留念。县委、县政府主要领导代表全县人民对抽调干部进行鼓励和嘱托，被抽调干部代表也在会上表态发言。欢送大会上大家情绪高涨，气氛十分热烈。

这些在抗日战争和解放战争中锻炼出来的北上南下干部，到新解放区后，不畏艰险，不怕牺牲，为那里的革命和建设做出了卓越贡献，阎群昌、刘玉楷、王奔等壮烈牺牲。

在吉林省双辽市，有一个以河北省安平籍革命烈士王奔命名的乡镇——王奔镇。

王奔，原名王庆福，1921年2月出生于河北省安平县西里屯村。1939年参加革命，历任西里屯村武装委员会自卫队队长、副村长、安平县交通站站长。

王奔青少年时代正值日本侵略军大举进攻华北、中华民族危机日益深重的年代，十八岁就开始投身于艰苦的抗日战争，1940年3月，他加入中国共产党，曾多次被中共安平县委评为模范武装干部。1945年冬，中共中央决定从河北省抽调三百余名干部赴东北开辟解放区，建立人民政权。王奔报名并被批准参加了赴东北干部大队。

受组织派遣，同年11月王奔随队从安国县出发奔赴东北，为避开敌占区，他们步行绕道，于12月10日到达中共中央东北局西满分局驻地郑家屯。在途中为表示奔赴第一线的革命决心，他将本名"王庆福"易名为"王奔"。

1946年2月，中共辽源县委遵照西满分局指示，任命王奔为高家炉区区长。任职期间，他带领全区干部深入群众宣传党的政策，组建农会，建立人民武装，收缴敌伪残余枪支，开展减租减息和清匪反霸斗争。短短几个月，王奔发动群众收集军粮五十余万斤，马草十万斤。区中队的武装力量不断壮大，三十多人全都配备了枪支弹药。高家炉、陈家村、王家窝堡等地相继建立了农会，使新生的民主政权在群众中扎下了根基。

1946年5月，正当王奔等区干部带领着翻身农民开展减租减息、分田分地的关键时刻，国民党八十一军八十七师占领东辽河南岸梨树县靠近双辽边界的真扣（屯名）一带，集结了大量的军队和地主武装，准备向地处东辽河北岸辽源县的高家炉区进攻。面对战局的变化，中共西满分局首长具体分析了当时的形势后，认为有必要实行战略转移，暂时撤出双山、辽源两县。

中共辽源、双山县委根据这一决定，指示各区进行战略转移，有条件的区委和区政府可坚持打游击，不能坚持就随军北撤。大敌当前，是留守，还是北撤？关键时刻，王奔首先想到的不是个人安危，而是新生政权刚刚建立，贫苦农民刚刚看到希望，干部和武装力量一旦撤离高家炉，反动势力一定会反攻倒算，老百姓就会重吃二遍苦，再遭二茬罪。王奔和指导员刘英两人毅然写下了留下打游击的请示报告。考虑到安全，当时也有人劝王奔和刘英还是北撤为好，而王奔却坚定地说："我们一撤，就会挫伤群众的情绪，造成人心混乱，这块根据地和民主政权也会白白失掉。我们还有人、有枪，我们还能打，我一步也不能离开这块土地。"他一面从容不迫地做迎接战斗的准备，一面发动群众，开展游击战，巩固各村已经建立起来的新生政权。尽管大敌压境的恐怖气氛笼罩着高家炉区，但是干部群众都知道，区长还在、指导员还在，这无疑令大家增添了信心和勇气。

就在我驻军撤离的当天晚上19时许，国民党的骑兵部队偷偷开进距高家炉只有五里，位于东河北岸的米家村。国民党军队派出便衣特务四处活动，搜寻情报，其中有两名特务潜入了高家炉大地主吴全礼家中。此时的王奔也派出中队战士王凤山等到附近进行敌情侦察。谁知王凤山等七人已被敌人的反扑吓破了胆，尤其是当听大地主吴全礼说："国民党军队已经开过来了，派来的便衣就在我家，明天一早包围区政府，你们赶紧投降吧！"禁不住威逼利诱，王凤山叛变投敌。

5月22晚，王奔区长和刘英指导员从焦家堡开会回来，与工作人员分头睡下。当时的区政府共分三个院，王奔区长住在路南前院（原伪村公所），刘英指导员住在路北后院（原伪兴农合作社），区中队战士们住在刘英宿舍的后院。23日凌晨，大地主吴全礼勾结区中队的叛徒和国民党特务一起包围了区政府。敌人突然闯进了王奔的寝室，连开数枪，王奔当场牺牲，时年二十五岁。

听到王奔牺牲的消息，很多农会干部和贫苦农民痛哭失声。1947年5月，双辽第二次解放，双辽政府和人民怀着满腔仇恨，惩办了罪恶滔天的叛徒王凤山和大地主吴全礼。为了纪念王奔烈士，中共双辽县委于1948年3月把高家炉区的韭菜岗子屯（王奔牺牲地）命名为王奔村，1958年后改为王奔公社，现为王奔镇。1971年7月1日，双辽人民为表达对王奔烈士的深切怀念，建立起一座王奔烈士纪念碑，2009年8月1日，王奔镇政府又在现镇政府的西侧建立了王奔烈士广场，并在广场的北部建立起王奔烈士纪念碑，建筑面积五百平方米。每年的清明节，王奔镇的广大机关干部和群众都会自发地来到王奔烈士纪念碑前，向烈士寄托哀思，他光辉的名字永远铭刻在双辽人民的心中。当地人民为了纪念英烈，将王奔所在的区定名为"王奔区"。

还有一个以安平籍烈士命名的区，叫"群昌区"。

1946年初冬的一个黄昏，德福屯来了一伙马队。马跑似箭，尘土飞扬，径直朝着屯子跑来。恶霸地主鲍德一闻讯后，慌了手脚，马上命令他家炮手施占山荷枪实弹在村头阻击，可还没等他的兵马披挂整齐，这伙马队已经进了村。

施占山两手拎着二八匣子大声呼道："站住不许动，你们是什么人，为什么夜闯村庄？如不着实说出，别怪我姓施的手黑！"

这时，从马上跳下一个人来，站在施占山的枪口前。只见他身高足有一米九，穿着一件山羊皮大衣，打着腿绑，浓眉毛，大胡楂，白净的面庞，高高的鼻梁，两只炯炯有神的大眼，目不转睛地盯着这伙歹徒，他一句话也没说，顺手从腰间的挎包里，掏出一张纸递了过去。站在施占山身后的地主鲍老八，忙把信接了过去，他低声读着："区长闫群昌，去你村工作……"他马上满脸赔笑，弓身施礼，"闫区长大驾光临，庶民有失远迎，望展腹行舟。"说完，对施占山说，"你小子真他妈有眼无珠，快给闫区长拉马，请到大院叙谈。"闫群昌冷冷一笑说："算了，来日方长，后会有期！"说完翻身上马，带领大家朝着农会的方向走去。

闫群昌带领工作队进驻以后，开始发动群众，想在这块地主鲍家世代统治的土地上，进行一场翻天覆地的斗争，使德福屯的劳苦群众真正能过上幸福的生活。一天，他问农民刘盆匠，德福屯谁最穷？老盆匠说："德福屯有三穷，刘老奋、郭皮匠和王二虎。"接下来，闫群昌开始访贫问苦。

一天晚上，他来到老奋刘瑞生家，只见炕上拢着一盆牛粪火，全家人围在火盆旁取暖。刘瑞生连忙让座，自己都没有下地。这时他发现，老刘穿的是开裆裤，动不了身子。他老伴忙说："老刘听说你们来了，想去看你们，可没有裤子穿，这不他弄了几张耗子皮，用手搓了搓，让我给他补上，好能见人。"她的话没有说完，刘瑞生已经哭出声来。闫群昌安慰说："老刘不要难过，天下穷人都一样，正是为了吃得饱穿得好，咱们才起来闹革命。"说完，他打发通信员，把他的一件旧军服给刘老送来了。第二天，刘瑞生也参加了革命队伍。

王延生，小名二虎。他弟兄三人，由于家境贫穷，娶不起老婆，哥儿仨都打光棍，是德福屯出了名的光棍堂。一天快晌午了，闫群昌来到王延生家。一进屋愣住了，怎么，天都这时候了，哥儿几个还躺在炕上不起来？他们看老闫进了屋，才无精打采地从炕上爬起来。闫群昌问："延生老哥，你们身体不舒服吗？"他摇了摇头。他又问："哥儿几个吵架啦？"老王又长叹了一口气。闫群昌又问："你们吃早饭了吗？"哥儿仨都掉下了眼泪。原来，他家一连几天没有粮食吃，饿得哥儿几个直劲打晃，提不起精神。闫群昌问明情况，返回驻地，把自己的干粮给他家送来。王延生说："老闫，这是你行军打仗用的，再揭不开锅，我也不能收哇！"闫群昌说："老哥哥，你们快收下吧，革命马上就要胜利了，到那时，咱们不仅有粮吃，有衣穿，有房住，而且还实行耕者有其田，也就是人人有地种。"一番话说得老哥儿仨听得入了迷，齐声说道："只要有那一天，让我们上刀山，下火海，我们也心甘情愿！"

闫群昌进村不久，他和同志们就都分别住进了劳苦群众的家。闫群昌住在皮匠郭喜山的家。那是又破又矮的两间西厢房，里屋是他的老伴和两个孩子住。闫群昌就在外屋地下，用门板搭个铺，和通信员小高挤在一起住。郭喜山和他的老伴几次劝他们住在里屋炕上，一家人去借宿，他说啥也不肯，并开玩笑地说："我给你们当警卫员，绝对安全。"每天早晨，闫群昌不等鸡叫就起来，把院子扫干净，把水缸挑满水。闫群昌还经常到屯里小学校去，背包里装把洋剪子（推子），主动去给老师和同学们理发。因此，孩子们很快和他熟悉了。一次，闫群昌对董老师说，为了保卫屯里人的安全，防止坏人进村搞破坏，可以把孩子们组织起来，站岗放哨查路条。学生们一听都特别积极，于是很快就成立了德福小学儿童团。

经过几个月的扎根串联，访贫问苦，使老闫对德福屯的阶级状况了如指掌。于是，他开始深入发动群众，建立党的组织和红色政权。

一天晚上，他把刘瑞生、王延生、于延祥、孙福祥、刘佩坤、王德六名苦大仇深的人召集到郭喜山家里开会。开始，他从背兜里掏出一个本本来，一字一句地念给大家听。最后他介绍说，这是毛主席写的书，《湖南农民运动考察报告》和《中国社会各阶级的分析》。大家越听越顺耳，齐声问道："闫区长，书里说的和德福屯差不多少，咱们也起来干行不行？"闫群昌说："天下穷人是一家。你们不要着急，要起来斗争，咱们先成立农民协会，才能带领群众同地主老财做斗争，才有力量。"于是，大家连夜进行了扔豆选举，结果是，刘瑞生当选为德福村农民协会主席，郭喜山当选为副主席，王延生当选为赤卫队长，大家连夜做了一面大旗，第二天就插了出去，上面写着"福德村农民协会"七个大字。从此，洮南第一个村级红色政权诞生了。

德福村农民协会成立以后，广大劳苦群众纷纷向农会靠拢过来，很快就组织起一支赤卫队。他们戴着红袖标，手持红缨枪，出没在村里。这时，地主鲍德一慌了神儿，开始埋藏财宝，遣散人员，昔日热闹的鲍家大院，已鸦雀无声。大当家的鲍大鼻子一反常态，见着穷人先笑后说话，主动让大家去他家取粮。这时，闫群昌同志意识到，如不马上行动，地主鲍德一定会偷偷溜掉。于是，他决定召开群众大会，立即掀起斗土豪分田地的斗争。

10月18日，天还没亮，数百名群众手持扎枪、锹、镐等，早已集合到农会门口。闫群昌一声令下："向鲍家大院冲锋！"霎时间，人们冲开了鲍德一的大门，几百名群众拥了进去。有的拉马，有的搬浮财，有的打开粮仓，用口袋装粮，赤卫队长王延生，在鲍家堂庙里捉住了鲍德一。

经过一个多月的"砍挖"运动，以鲍德一为首的德福屯的地主富农全部被清算。闫群昌和农民协会一起，按照人口多少和生活状况进行分配。德福屯穷苦农民，有了车马农具，有了土地，开始过上了自由幸福的美好日子。从此，德福村农民协会的大旗，高高地飘扬在鲍家大院的炮楼上。

1946年8月的一天，闫群昌正召开干部会议，研究如何深入地进行"土改"斗争问题。这时，放哨的赤卫队员孙福珍前来报告说刚才来了两个生人，打听村里有没有八路军，还问有个关里人，外号叫闫大个儿的在没在你们村里。闫群昌一听，便知这是土匪的密探。忙问，这两个人在哪儿？孙福珍说，从北大门出去，朝西北沟方向走了。闫群昌忙说，大家赶快行动，跟我来。说完，他挂上手枪，拎起两颗炸弹，迈开大步，直奔西北沟。这两个歹徒发现有人在后边追赶，连忙钻进了高粱地里。闫群昌带领农会干部刘瑞生、郭喜山、王延生等人，跟踪追击。这时，赤卫队长王延生疾声喊道："闫区长！不好了！狼洞山上有一队人马，朝东山坡跑去，可能是土匪来了！咱们赶快回去保卫百姓吧！"闫群昌和大家赶紧返回农会。他们上了炮楼，进行战斗部署。五十多名干部和赤卫队员，密切注视着敌人的行动。闫区长站在炮楼的正面，用望远镜监视着土匪的动静。眼看土匪的马队就要进村了，这时，闫群昌对准马头打了两枪，只见一人从马背上栽下来。枪声就是命令，几十支洋枪土炮同时开火，响成一片。土匪一看势头不好，调转马头，就往回跑。闫群昌又朝着土匪逃跑的方向甩了两颗手榴弹，炸得山崩地裂，吓得这群土匪连头也没敢回，向得龙岗的草原深处逃去。打扫战场时发现，击毙了一个土匪和两匹战马，这伙歹徒是大地主鲍德一的八弟鲍学雅勾结来的，妄图进行反攻倒算，但是，他们的阴谋被闫群昌和赤卫队员们粉碎了。

1947年9月28日下午，闫群昌在那金王富屯召开区干部会议。会上，除了总结交流各村进行"土改"斗争的经验教训外，还专门讨论了几名区、村干部违纪的处理问题。就在这天上午，辽北省驻洮南县土地改革工作队联络员兰干亭在德福屯得知，有一股地主武装要偷袭那金区王富屯，进行阶级报复。于是，他给闫群昌写了一封亲笔信，派赤卫队员赵成山和王和两人送往王富屯，告知他们提高警惕，粉碎敌人的阴谋活动。这两个送信的队员行至巴海山村时，在中午打尖的饭桌上，泄露了送信的秘密，被地主的狗腿子用酒灌醉，延误了时间，信没有按时到达，造成一场塌天大祸。

正当会议开得火热的时候，一伙土匪将王富屯围个水泄不通。闫群昌十分镇静地对大家说，现在唯一的办法，是进行突围，在匪徒中杀出一条路来，我们要拼全力冲出去。于是，他沉着冷静地指挥着这场战斗，一次又一次打退匪徒们的进攻，使许多同志借敌人退却之机冲杀出去。从下午2点一直战斗到黄昏，打死打伤匪徒多人，农会的大院始终在他们手里。当打到最后时刻，大院里只剩下闫群昌和他的警卫员高文元两个人。这时，匪徒们把大门砸坏闯进了大院，闫群昌和高文元转移到后院的一个仓房里，继续顽强射击。

当打完最后一颗子弹时，几十名土匪抱来了许多干柴，把矮小的仓房包围起来。这时，匪首陈大公鸭扯着公鸭嗓喊道："闫群昌，我让你闹翻身，今天我要用火把你活活烧死！"这时闫群昌紧握手枪，从仓房里走了出来，叉着腰站在匪徒面前，大义凛然地说："要我死不怕，你们必须答应我一个条件，那就是把我的通信员小高放了，要杀要砍由我一个人承担！"就这样，闫群昌落到了土匪的魔掌之中。土匪从他的口中没有得到半点儿有用的情报后，凶残地用铁钉将闫群昌的双手钉在大胶皮车的车耳板上，让马奔跑把他活活拖死！

土匪头子李福林被俘后曾说："闫群昌算条硬汉子，他的骨头比钢还硬。"

闫群昌壮烈牺牲后，洮南县人民政府为了纪念他，将他安葬在当时洮南县瓦房的龙华山下的人民政府的烈士墓地。

闫群昌就义第三天，洮南县县大队就彻底粉碎了这股地主武装。为了寄托百姓的哀思，他就义的王富屯改名为群昌村。

新中国成立后，有三百六十七名安平籍地、师级以上干部在全国各地就职。

第十章　红色基因代代传

一、继往开来谱新篇

在社会主义革命和建设时期，革命老区安平县的广大党员干部和人民群众在党的坚强领导下，发扬"敢为人先，勇于奉献"的精神，不断开拓创新、积极进取，创造了一个又一个新的奇迹。

新中国成立初期，台城村的共产党员就积极响应党的号召，用自己的车辆、牲畜，帮助困难户，成立互助组，1952年又成立了合作社，是全县首批积极生产合作社，农民们组织起来走共同富裕道路。1955年安平县南王庄村的王玉坤、王小其、王小庞三户贫农在"散社风"和缺牲口、少农具的情况下坚持办社，得到毛泽东主席的充分肯定，誉之为"五亿农民的方向"。20世纪60年代后，又成为全县发展生产、为国家多做贡献的一面旗帜。

今日安平县拥有以中国丝网第一城为首要特征的"天下网都、红色安平、孙犁故里、孝德之乡、中国马城"五张靓丽名片。荣获省级新型城镇化与城乡统筹示范区试点县、全省首批优先发展公共交通示范城市、国家外贸转型升级示范基地、省级园林城市、省级卫生城市、省级洁净城市。2019年安平县被评为河北省县域特色产业振兴工作优秀县。

安平是人文厚重的千年古郡，是英雄辈出的红色热土。也是开放创新的产业高地。

丝网产业高端迈进。安平因丝而兴、因网而盛，丝网产销量、出口量均占全国百分之八十以上，年产值达五百六十亿元，是全球最大的丝网产销集散地，享有"世界丝网看中国，中国丝网在安平"的盛誉，被评为中国丝网之都、中国丝网织造名城。近年来，围绕加快丝网特色产业转型升级，建成了国际会展中心、河北省丝网产业技术研究院、国家丝网检测中心，发布了中国丝网指数，连续成功举办二十届国际唯一的丝网专业展会——中国·安平国际丝网博览会，高新区被评为省级高新技术企业发展先进开发区、全省先进开发区，一个开放包容、活力四射的网都新城正加速崛起。

乡村振兴深入推进。坚持"小县大县城大城域、农业园区全覆盖"理念，着力做好生猪、白山药、油菜花特色文章，打造了占地二十四平方公里的乡村振兴示范区——杨屯田园综合体，"安平白山药"获得国家地理标志证明商标，"京安"牌生猪被评为中国驰名商标，建成了两家"院士工作站"，生猪绿色循环产业模式得到中央领导肯定，被评为全国畜牧业绿色发展示范县、全国畜禽粪污资源化利用试点县，成功创建了全市唯一的国家级现代农业产业园。

文旅融合备受瞩目。台城红色旅游景区、马术体育文旅小镇、杨屯田园综合体被评定为国家3A级旅游景区，被中国马业协会授予"中国马业名城"荣誉称号，成功承办全市第三届旅发大会、第九届中国马术节，连续举办五届油菜花文旅节，央视、新华社、人民网等国家级媒体进行了专题报道。

宜居宜业的生态新城。不断加快新型城镇化和城乡融合发展，先后建成汉王公司、六馆一中心、森林公园等一批城市"后花园"，深入实施"三创四建"拆违治乱，人居环境进一步改善，全市拆违治乱现场会在安平召开。倾力推进行洪区村庄搬迁重大政治任务、民生工程，建设了高品质回迁社区滹沱新城，十九个村，一万六千名群众搬迁入城，彻底远离千年水患。

今天，老区革命精神积淀的"敢为人先，勇于奉献"的红色基因已融入安平人民的血脉。而让红色基因更好地传承下去，良好的教育是尤为重要的一环。在安平县教育发展史上，教育园区无疑是浓墨重彩的一笔。教育园区项目是县委、县政府立足长远、放眼未来的项目，被列入2011年安平县国民经济和社会发展计划十大民心工程。总投资六亿元，占地一千五百亩。一期项目从2011年4月11日开工，到2012年9月16日投入使用，仅仅不到一年半的时间就完成建设，并且教学设施、住宿环境、餐饮条件、体育设施均达到全国一流水平。项目建设过程中，干部群众充分发扬"两个第一"的精神，团结一心、攻坚克难。县委、县政府主要领导多次在现场办公解决实际问题；分管教育工作的时任副县长崔海霞（现任衡水市副市长、第十三届全国人大代表，全国三八红旗手），无论刮风下雨，坚持每天现场查看调度一次，其专业的眼光、务实的态度令工程建设方也常常竖起大拇指，确保了百年大计工程的进展、质量和安全；被征地群众服从大局，响应号召，主动搬迁，为项目顺利开工奠定了坚实基础。

在接受采访时，崔海霞动情地说："我们都知道拆迁难，也听说过有的地方为了拆迁补偿问题久拖不决，甚至安置房都盖好了，拆迁户也不搬。可是，我们安平的老百姓，一听说建教育园区，没有一个不配合的，全都大力支持。当我问一个群众，有没有住的地方时，他说，你们不用管这些，我们有办法，该拆就拆，盖新学校要紧！我当时感动得掉下泪来，这就是老区人民啊！"

据介绍，一期项目投入使用以来，全县高中、职中、初中全部迁移到教育园区，实现园区十二轨一体化办学。同时，"两个第一"精神也得到更加广阔和深入的传承。全县中小学校陆续开展了红色文化进校园活动，引导广大青少年学生从小树立爱国主义思想和社会责任感，树立正确的世界观、人生观、价值观，坚定理想信念、培育高尚情操。如今的台城精神早已走出安平、走出衡水、走向全国，中央电视台、河北电视台，《人民日报》、《河北日报》相继进行专题报道，外地干部群众纷纷前来参观学习。

作者高宏然（中）、李建抓（左一）采访衡水市副市长崔海霞（左三）

红色精神是社会主义先进文化的重要组成部分，继承、挖掘和彰显红色文化精神内涵，不断培育新的民族精神要素，发挥红色精神的积极引领作用，使青少年学生从中汲取丰富的精神养分，促进其身体和心理的健康发展，对于保证中国特色社会主义事业后继有人，具有重要的时代价值和现实意义。崔海霞介绍说，衡水的教育事业在多年来的发展中，一直传承红色基因，各个学校的奋勇争先精神、广大教师的默默奉献精神、莘莘学子的学习报国精神，无一不是"两个第一"精神的具体体现，其中典型的代表就是中国百强中学、中国十大名牌中学衡水中学。

从弓仲韬当年奉李大钊之命回村办平民夜校、女子小学，到第一个农村党支部成立后，首先发展的就是发展北关高小教员李少楼以及教育界知名人士张麟阁等入党，及至抗战时期党组织办的教师培训班，解放战争时期为了支援炮兵旅七十多名教师投笔从戎，乃至新中国成立后涌现出的优秀教师赵墨池（曾任安平县教育局局长）、苑书田、王秀沽（烈士王仁庆之女）等，安平教师为革命事业做出了不可磨灭的重大贡献，可是可惜的是很多人没来得及看到自己学生的成就，没有等到共和国的春天就英勇牺牲了。

二、红色记忆口述实录

我和伯父弓仲韬的一段往事
□ 弓文杰

我是安平县台城村人，今年八十八岁，曾在乡中学当过校长，现退休在家。弓仲韬是我的堂伯父。记得在1943年，他回到台城村，住在我家前院。由于他双目失明，独自一人生活不方便，父母安排我与他老人家住在一起，以便照顾。

那时，他经常让我搀扶着到安平县城的一处深宅大院。由于年纪小，不知道老人去的是什么地方，去干什么。到了晚上，在家没事时，他就给我故事，教我认字，教育我不仅要好好学习，还要多关心国家大事。后来，在他老人家的教育指导下，我顺利考入安平县师范学校。在假期回家期间，我仍与伯父住在一起，那时我才知道当年伯父常去的深宅大院就是原来的安平县委。他还跟我讲了一些弓家大院过去的样子，以及他回乡办夜校和女子小学，建立台城特别支部的往事，这些都给我留下了深刻的印象。

据伯父讲，他在私塾读书时，就关心国事，提倡妇女放足、男人剪辫子，并经常进行反封建活动。后来他考入北京法政专科学校，参加了五四运动。再后来，他结识了李大钊先生，开始走上革命道路。

1923年8月，伯父回村创建了中共安平县台城特别支部。至于为什么叫"特别支部"，据伯父讲，因为当时地方上县委、地委甚至连省委都还没有建立，这个支部直接受中共北京区执行党组织委员会领导，所以叫"台城特别支部"。后来我们才知道，台城特支在全国是最早的农村党支部，安平县委是全省最早的县委。县委建立后，台城村和全县的党团组织发展很快，1926年台城又相继建立了团支部和妇女党支部，分别由伯父的次女弓乃如和长女弓浦担任支部书记。

伯父常说的一句话，我印象特别深刻，那就是："作为一名共产党员，就要舍得出家财，豁得出性命。"在他的影响下，伯父全家都走上了革命的道路，有的还献出了生命。

伯父一生历经磨难，但初心不改，对党赤胆忠心。多年来，我一直为有这样一位好伯父感到骄傲和自豪，我也从小就对党有着崇高的敬意和无比的向往。1986年，五十三岁的我终于光荣加入中国共产党。现在，我虽已是耄耋之人，但我会发挥余热，把前辈的光荣传统继承好、发扬好，给后代们讲好红色故事，把弓仲韬等老一辈革命家的精神代代传承下去。

怀念姥爷弓凤洲

□ 梁临霞

姥爷弓凤洲1923年7月由中国共产党第一个农村党支部创建人弓仲韬介绍、李大钊批准加入共产党。他的一生无愧于党的培养和信任，他是我永远的骄傲！因为母亲健康原因，我从出生时起就跟在姥爷弓凤洲和姥姥郭卓谋身边，跟随他们在天津、保定、安平，最后定居台城村，直到1972年姥爷弓凤洲在台城村病逝。

姥爷弓凤洲加入共产党时，年仅十八岁，他开始跟随弓仲韬组织当地农民活动，同时担任与上级党组织的联络员。因为台城支部成立早，开始的上级组织远在北京，往返一次几百公里，而且主要靠双腿。为了在最短的时间内完成联络任务，姥爷弓凤洲连吃东西都是尽量走着路解决。这样走下来，双腿肿胀。尤其是当停下再站起时，疼痛难忍。有一次走夜路，他误入一片坟地，天亮后才发现一整夜都是在这片坟地里打转。姥爷提到这次经历是因为他对自己没察觉到，白白耽误了一夜的时间而懊恼。

在革命工作中，姥爷与姥姥郭卓谋相识并结合。姥姥1937年加入共产党，他们因为工作分工不同，在1945年日本投降之前一直聚少离多。姥姥以乡村教员为掩护，白天是小学老师，晚上外出开展妇女运动。有时把只有几岁的女儿、我的母亲弓宣宇带在身边做掩护，有时也让母亲送信或站岗放哨。为了保证敌后工作顺利进行，姥姥决定生下舅舅后寄养在老乡家。母亲说，她记得那天下着大雨，姥姥拖着虚弱的身体牵着母亲趁夜离开了台城，蹚过滹沱河水，回到辛集继续教书和进行妇女活动。姥爷第一次见到舅舅弓震宇已经是大约十个月后了。姥爷、姥姥全身心投入工作，没有照顾儿子，在后来到了能上学的年纪，才从老乡家里接出来，送到成立不久的河北小学上学。到了学校，才意识到已经不记得舅舅的出生日期了。当时河北小学校长灵机一动，建议以河北小学的成立日5月13日作为舅舅的生日。就这样，舅舅的生日就一直用的河北小学的建立日。舅舅虽然是秘密寄养在台城村，但仍然被敌人注意到了，曾经有一次险些被毒害。那时舅舅四岁左右，村里一个跳大神的妇女，说给舅舅吃饺子，把舅舅骗到家里。在那时，饺子可是稀罕的美食，一个孩子如何能够抵抗引诱。但由于舅舅与奶娘感情深厚，他坚持留几个回家给奶娘分享。正是年幼舅舅的孝心救了他一命，但也因此害奶娘一同中毒。幸好当天懂医术的奶娘弟弟来访，为他们及时解了毒，才躲过了这次毒害。在这之后，抚养舅舅的奶娘一家就格外小心。舅舅长大后学习比较吃力，家人每每议论起舅舅的学习成绩，总会自然而然地想起这次历险，甚至觉得可能是这次中毒给舅舅的大脑造成了一定到伤害，留下了后遗症。

革命意味着付出和牺牲。虽然每一位党员在加入共产党时都有宣誓，但关键时刻能否经受住考验是对党是否忠诚的试金石，姥爷就是这样一位经受住考验的忠诚的共产党员。由于叛徒出卖，姥爷弓凤洲与几位同志一起被敌人抓捕。在狱中，敌人使出了各种残酷手段，关木笼，灌辣椒水，甚至用铁钩穿透姥爷的肩胛骨，妄图使姥爷屈服，供出他们所要的情报。但姥爷宁死不屈，表现了共产党人的视死如归。后来经过党组织多方活动，姥爷终于获救。母亲回忆说，被解救出来的姥爷血肉模糊，已经没有人样了，她根本认不出来是姥爷。年幼的她感到从未有过的害怕，虽然心疼，但躲在角落里不敢多看一眼。在姥爷被捕当天，因为乡亲的掩护，姥姥和母亲幸得逃脱。母亲回忆说是村里一个眼睛不太好的老奶奶把她和姥姥藏了起来，应付走了敌人，等到夜里确认敌人撤走之后，找了衣服让姥姥和母亲换了连夜逃走。日本投降后，姥爷担任献县税务局局长职务，他尽职尽责，坚持原则，公私分明。那时姥姥和母亲终于和姥爷团聚了，按职务姥爷吃小灶，姥姥担任记账的工作，吃中灶。姥爷严格约束家人，从不让母亲吃小灶。税务局有时会有查获的走私物品，按规定不能存放，只好变卖。姥爷给家人定了严格规矩：一律不许参与购买。母亲说有一次处理一批糖果，一个好心的同事特意买了给母亲，被姥爷发现了。一向疼爱母亲的姥爷罕见地对母亲发了火，把母亲训了一顿。母亲说她当时不理解，委屈得哭了很久。

　　进入和平年代，姥爷也一直是坚持原则，不搞特殊。身为高干，从不利用职务之便牟取私利。母亲和舅舅上学，毕业分配，以及工作等，姥爷都从不干涉，也不准姥姥过问。母亲中专毕业分配到宁夏石嘴山矿务局。当时那里条件极其艰苦，母亲身体不好，上学时甚至曾经休学一年，平时也是经常生病。但姥爷坚决拒绝了把母亲留在他身边留在河北省工业厅的建议，让母亲服从分配，只是把我一直留在身边，中间也把我的两个弟弟接来一段时间以尽可能地减轻母亲的负担。姥爷的专车也从来不让儿女乘坐。有一次发现司机偷偷私自接送了舅舅，他大发脾气。

　　姥爷是一个爱憎分明的人，对错事毫不留情，但对待同事下属的困难请求有求必应。在困难时期，他把粮食让给家里困难的同事，自己饿了偷偷地啃枣子。有一次他的警卫员生病不起，他整夜守在床边，直到好转。因为他的这种个性，急人所急，他的群众关系一直很好。就算他生病回到家乡台城村，也是天天有乡亲来访，或找他出出主意，或为某事听听他的意见，或找他帮忙等，他从不嫌烦。

在他去世后，来凭吊的乡亲络绎不绝。我记得出殡时乡亲们全体出动，人山人海。奇巧的是，姥爷去世后，院子里的一口甜水井干枯了，没有了水源。大家是为奇事，因此我们特意将此奇事记在姥爷的墓碑碑文里。姥爷去世后，我继续和姥姥生活在一起。姥姥1979年在天津病逝，先是葬在天津烈士陵园，直到多年后才和姥爷合葬在台城村。虽然他们早就离我而去，但我从未忘记他们的教诲。

弓凤洲（右二）与妻子郭卓谋（右一）、儿子弓振宇、外孙女梁临霞合影

铁马冰河入梦来
——忆父亲李英儒、母亲张淑文

□ 李小龙

1938年1月，父亲参军后，当编辑、做记者，主编过《火星报》，他一边打仗，一边笔耕不辍。

1941年，冀中区军民开展了声势浩大的"冀中一日"写作运动，成为敌后抗日根据地文学活动的突出热潮。滹沱河沿岸，曾经是《冀中一日》编辑工作的根据地。

《冀中一日》的编选工作，在当时是一个很了不起的举动，仅冀中区就集中了四十多个宣传、文教干部，用了八九个月的时间，才初选定稿。前三辑

李小龙

由王林、孙犁、陈乔等编辑审定，第四辑由我父亲李英儒负责，并在此卷中写了两篇文章，一篇用的本名，一篇用的笔名。第四辑的内容是"战斗的人民"，反映群众在党领导下的英勇斗争。《冀中一日》的诞生地是安平县的彭家营，那位接待他们开筹备会的叫王春棋的大娘。如今，《冀中一日》已经出版八十多年了，大家依然还在看，还喜欢看，而且还有一批学者在研究，这本身就说明了这部书的历史价值，我为我父亲曾参与其中感到骄傲和自豪。

1942年，敌人对冀中区实行五一大"扫荡"后，我们的抗日武装力量受到重创，独立团也伤亡惨重。正是抗日最艰苦的年代，父亲被晋察冀军区党委派遣打入保定开展地下工作。他让妻子即我的母亲张淑文也参加了送情报的工作，并将家里设置成了交通站。在极其危险的环境里，父亲完成了建立地下交通线的任务，又把重点转移到对伪军的争取教育和瓦解上。他以教书职业为掩护，与保定城里各个层次的人交朋友，通过他们做敌人的工作。

其实父亲奉命出发时手中并没有"合法"证件，他是冒了生命危险入城的。之所以如此仓促，是因为他身负一项刻不容缓的紧急任务：开辟一条由冀中通往山区根据地的安全交通线。那时驻保定的日军对平汉线封锁得极严，已有不少同志在穿过平汉线时被捕、牺牲。父亲为了早日进城开展工作，也顾不得凶险了。

父亲潜入保定之后，辗转托人，由伪省政府的经理科长给安插了一个差事，在此环境中他目睹了汉奸省长一伙人的卑劣行径，因此《野火春风斗古城》中才能对伪省政府上上下下的各色汉奸有翔实的刻画。

在敌人心脏落脚是非常困难的，特别是没有合法身份和经济来源的情况下。当年地下工作的活动经费是非常少的，更不能用在个人的生活上。进城后父亲住在淮军公所南门的房间里。来的时候党组织同他是这样说的："抗战初期你是我们八路军第三团的团长，有战争经验，有文化，你对保定特别熟悉，在这里上过学，有群众基础，又是本地人，你有胆识，又有一定的人际关系，相信你能随机应变，险中求胜。"果然，父亲进城后找到了内线关系人，接上了头，还发展了一批自己人，扩大了地下组织。当时有两个地下工作小组，在此基础上成立了保定地下工作站，父亲担任保定地下工作站站长和党总支书记。从此，一条党的地下交通线在敌人的眼皮底下建立起来了。紧接着上级指示他把内线工作的重点转移到对敌伪军的瓦解和争取工作中来，配合党的军事斗争。

父亲地下工作开始伸展到敌军内部。直到保定解放后，参加起义的一位国民党司令还经常到我家来，说，"你父亲特别能做我们的工作，策反投诚伪军官兵起义前，他敢只身进到我们的营地，他经常讲得人伤心落泪。"

是龙要掰一只角，是虎要敲一颗牙！对敌斗争中，父亲从未放弃的是创造性思维。

父亲策反了一个在日本人据点里工作的伙夫，让他把日本人内部的情报送出来。这是我军第一次将情报工作做到日本人内部。委派父亲进城的敌工部负责人史立德在许多年后对我说："是你爸爸开创了全国第一例将内线安置到日军内部的先例。我们火速将这个事例向党中央汇报，才有了后来的南方敌工部的效仿之举。你爸爸开辟了好几个第一呀，我们什么都想到了，就是没想到他还能在新中国成立后写出一本轰动全国的地下斗争的长篇小说来。"

当年我父亲被选派进城做地下工作时，党组织最大的顾虑就是怕他脸太熟，容易暴露，毕竟保定是个小城市。此时我的妈妈张淑文发挥了重要作用。她是组织上委派和我父亲一同进城担任地下交通员的，当时她才十八岁。妈妈是河北省安平县人，家在抗日根据地滹沱河岸边，十三岁就当上了儿童团长，十六岁加入中国共产党。她本人当时正在争取到根据地去学习，却服从组织分配进城当了地下交通员。她主要负责搞到敌军的军事情报，为此她一次次随身携带情报出入有日本人站岗的城门，历经风险。妈妈跟着大部队打过游击，也隐蔽到日伪占领的城市当过地下交通员，还背着孩子为党做过机要秘书工作。结婚十几年里，我父母一直是在斗争生活中颠沛流离，聚少离多。

新中国成立后，我们一家总算过上安居乐业的日子。但我妈妈觉得自己还年轻，便要求组织安排她去了华北军区速成中学，当时她已有两儿两女，可还是坚持到毕业。毕业后，妈妈被分配到总后勤部管理老干部档案。

我们这个大家庭有六个人参加了抗日，冀中军区曾命名我家为"抗战家庭"。父亲最喜欢"铁马冰河入梦来"这句诗，他做梦都在想着同敌人在疆场厮杀。"文革"中父亲受到冲击，但他始终坚持理想信念，坚持笔耕不辍。1975年，父亲终于获释，恢复了自由。1980年，他调入八一电影制片厂任顾问，负责电影剧本的文学创作，他又全力以赴投入工作。写本子、改本子，又创作了一些小说。父亲生命的最后时光里，忍着病痛，和我合作，完稿了《女游击队长》的电影文学剧本。

2005年，母亲张淑文获得了中共中央、国务院、中央军委颁发的中国人民抗日战争胜利60周年纪念章。

我为有这么伟大的父亲母亲感到骄傲！

听爷爷张根生讲过去的事情

□ 张　勋

张勋

住在广州家里的那段时间，我问爷爷，抗日战争时期，您遇到过最危险的事情是什么？爷爷就跟我讲起了那段暗无天日的日子。

1942年5月1日，侵华日军纠集日伪军五万余人，由其华北驻屯军司令冈村宁次亲自指挥，对我冀中军民发动了空前残酷和野蛮的"铁壁合围"式的五一大"扫荡"。敌人企图从四面八方将我领导机关和主力部队压缩在深（县）、武（强）、饶（阳）、安（平）四县相接的根据地腹心地带，予以歼灭。在五一大"扫荡"中和其后的几个月内，抗日形势异常残酷，县大队被迫化整为零，转入地下。敌人凭借暂时的优势，整天"合围""清剿"，到处搜捕抗日武装和抗日干部。

一天晚上，爷爷偷偷回到张舍村，结果因为有汉奸告密，几百个鬼子伪军很快包围了村子和爷爷住的堡垒户乔恒喜家，叫嚣着挖地三尺也要把王东沧和张根生找出来，爷爷就躲在后院小仓房内。眼看着几个鬼子和伪军向躲藏地包围过来，在无路可退的情况下，他找准时机，一枪打死了迎面过来的鬼子。但是鬼子人太多，另一个冲上来朝他扣动了扳机，怎么那么寸，枪没响，是个臭子。爷爷趁机踢开窗户就往外跳。刚跳到院子里，一块砖头就砸了过来，正好打到他头上，当即血流满面。忍痛翻墙时，两个鬼子扑上来抱住了他的腿，他拼尽全力挣脱才成功翻墙跑进了庄稼地，鞋子都丢了一只。那次真的是与死神擦肩而过，太危险了。

还有一次，爷爷在堡垒户深县黄疃村魏海军家，老魏两口子把他藏在秫秸垛里，用玉米秆挡着他。鬼子来了，用刺刀刺秫秸垛，他就左右躲刺刀，万分危急时刻，老魏两口子拿着一只老母鸡过来，跟鬼子说："孝敬太君，有鸡吃还有半筐子鸡蛋。"鬼子这才收了手，抢了鸡和鸡蛋，打了老魏一枪托，撤走了。

1963年，三年困难时期，安平滹沱河发大水，全县人民生活困难，没有吃的，安平县政府田真（是爷爷当年在县大队当政委时的战友）、张焕章、段有信到广州找到他求援。当时爷爷听到老区家乡受灾严重，就想办法给安平筹集了五千万斤的大米渣和木薯干，帮助全县度过了灾年。

1984年，安平县修党史，爷爷回到安平，当时的县领导请求他支持安平的经济发展。当时安平丝网是在大集上摆摊，卖不出去，价格很低，交通不方便，也没有运输工具。爷爷当时的战友刘志勇同志任饶阳县武装部政委，杨志勇同志也是从饶阳县调到安平的，就成立了"饶安春经贸公司"，办公地点设在安平县招待所。当时是计划经济时代，买东西凭票供应，父亲协调长春第一汽车制造厂，由安平、饶阳出面粉合价每车两万七千元，换了一百辆解放牌卡车，安平、饶阳各五十辆，发展了县域经济，支援了家乡老区建设。

1972年，爷爷任广州市革委会副主任，负责广交会的工作。那一年，是新中国成立之后，中美贸易中断二十多年来第一次邀请美国代表团参加广交会。爷爷大力支持广交会的发展，他还建议，安平丝网要多参加广交会，把丝网卖向全世界，多出口创汇，为此他还让秘书找组委会，帮助家乡企业在广交会申请摊位。

爷爷还对我说，他父亲即我曾祖父叫张星斗，曾任保定育德中学的校长，安平县的教育科长，还是同盟会会员，在1938年加入了共产党，但是爷爷并不知道我曾祖父张星斗是共产党员，因为当时有"不传六耳"的纪律，直到1984年爷爷才知道他父亲也是共产党员。他母亲即我的曾祖母弓贵珍是台城村的一位农村妇女，父亲积极的抗日救国思想和母亲简朴的抗日行动都深刻地影响着他，所以他十五岁就参加了革命，加入中国共产党。他说，自己作为安平的南下干部，对家乡打心眼儿里亲，为家乡人民解决困难办实事，是他作为一名安平人应有的姿态，更是一名老党员的担当和责任。

发现"安平县农民保家独立团"

□ 朱树长

朱树长

1990年7月23日，我就职的天津师范高等专科学校组织干部到锦州参观辽沈战役纪念馆，我看到展牌上有一张"安平县农民保家独立团全体战士合影"的照片，立即想起自己上小学时唱的那首歌："安平农民大翻身，成立保家独立团……"这不是我们老家的事吗？怎么这里有他们的照片？我疑惑地问讲解员："东北地区也有安平县吗？"讲解员说她也不清楚。我不甘心，又找了展览部主任、馆长，都说不大清楚。那时还没有手机，我只好留下通信地址，请他们拍一张照片寄给我，好继续调查。

不久，我收到了照片，立即寄给在县里当运输公司经理的堂弟朱树其，让他请县里的老同志辨认，结果当下就有人认出了前排从左至右的三个人：王兆民、赵政民、田农。第四人没人认得，后来我访问这张照片的摄影者袁苓时，才知这是接兵的三纵八旅二十四团副团长原星。

这令我喜出望外。趁着当时的许多当事人还健在，我下决心将家乡的这一光荣历史调查清楚，还原历史的真面目，以免以讹传讹，留下一本糊涂账。

在组织编写《安平县农民保家独立团》这本书的过程中，我们得到相关单位领导和老同志们的大力支持和帮助。天津师范高等专科学校科研处立为科研项目之一，校领导从多方面给予帮助，独立团成立时的县委书记、曾任广东省委书记、吉林省长等职的张根生同志给予多方指导。老县长田真、副县长杨国源、担架队负责人崔树欣等提供了许多珍贵的资料和线索。安平县委、县政协都给我们提供了多方面的支持和帮助，马朝阳同志还亲自参加了调研工作。这些老领导、老同志的热情支持和帮助，使我们深受感动和鼓舞，更增加了我们克服困难的勇气和力量。

在调研中，我们还从中国人民解放军画报社发现了独立团、小学教师参军和远征担架队的数十张照片，这些都是研究中国革命史、人民解放军军史、土地革命史的宝贵资料，也是对青少年进行革命传统教育的好教材，更是家乡人民踊跃参军、奋勇支前的珍贵史料。

接下来我们做了明确分工：在县里工作的堂弟朱树其侧重查阅有关档案资料；当中学教师的胞弟朱树永侧重调研小学教师参军的史料；我和杨静负责在北京、天津、太原、石家庄等地博物馆、档案馆查找史料，访问老同志。同时，邀请善于摄影的朱耀侃陪同拍照。

历时两年零七个月的奔波辛苦，取证调研，到1992年12月，终于将这本小书呈献于父老乡亲面前了。

这本书送给了接受过采访的独立团老战士、参军的小学教师、远征担架团成员、县里老同志及各级领导。还有六十三集团军及其一八八师（独立团编入的三纵八旅以后划归该师），以及军事博物馆、辽沈战役纪念馆等单位。

在20世纪40年代，能留下一张人物照片实属不易，公开出版的县级革命史料书更少，所以这本书受到老战士、老队员及乡亲们的热烈欢迎。

王兆民来信说："我收到书后，至少每天看一遍，家里人也经常翻阅。我想如果有更多的人看到这本书，那会有多大的教育作用呀！"他还说，"我老伴让我对出这本书付出辛勤劳动的同志们致谢。"

有的烈士家属，过去只知道亲人牺牲了，现在从书上看到他们的遗像后，百感交集。

独立团团长田农因身体欠佳，未能接受采访，但要求看看照片，听听歌颂独立团的歌曲，我们都满足了老团长的愿望。

当时，有一些乡亲提出疑问："既然是咱安平的独立团，怎么照片上的房子不是咱这儿的模样呢？"这个问题，老摄影家袁苓给出了解答："这是独立团加入主力部队时，我在易县西邵村拍的。"

安平县农民保家独立团是我军二线兵团建设的典型，影响深远。2001年保定电视台在拍摄大型革命文献照片集锦《瞬间》（共六集）时，来天津采访我，我介绍了农民保家独立团的事迹。该片颇受重视，后来又在河北省电视台和中央电视台综合频道黄金时段播放。

扎根教育事业　牢记党恩师恩
——父亲王仁庆牺牲后的故事
□ 王秀沾

王秀沾

是党给了我生命，是老师给了我活下去的勇气。

1948年3月，埋葬了我父亲王仁庆后，母亲送我去东黄城高小读书。时任校长赵墨池老师接收了我，他看我整日少言寡语，闷闷不乐，身上总是穿一条白裤子，就把我叫到办公室，详细询问了我的家庭情况。当我讲到我父亲牺牲得特别惨烈时，我哭了，赵老师也哭了。从此，赵老师格外关注我，我真切感受到了学校大家庭的温暖。

我的班主任是香管村徐杏坤老师，在课间他拉胡琴，教我学唱歌，上课时教我读书，每一门课都安排老师给我补课，后来我逐渐就跟上班里其他同学了。

1948年5月21日，我十五岁，赵墨池老师介绍我加入了中国共产党。时至今日我仍然清晰地记得当时高兴得睡不着觉。入党的第二天，是个星期日，我去找三姑（三姑是1938年入党的老党员），她给了我三本《支部小报》。我们学校没有这个小报，我就拿来给赵墨池老师。从此，每届的党员会，我们都把它作为学习内容。

入党以后，老师让我当学生会主席、中苏友好学会主席、青年团支部书记。学校的各种活动锻炼了我，使我产生了长大以后也当一名人民教师的愿望，也和我的老师一样，去培养教育学生。

1949年4月23日上午，正是课间活动时间，邮递员来到了学校送报纸，我看到了报纸上有"解放南京"四个大字，我激动地喊了起来："同学们，南京解放了！蒋介石逃跑了！"同学们也受到了我的感染，我们一起围着学校操场欢快地蹦啊跳啊，非常开心。这一幕我永远不会忘记。

东北也解放了！我们排着长蛇队扭大秧歌。赵老师领队，我领唱歌颂东北解放军的歌曲。解放战争一个接一个的胜利，真是大快人心。

1950年，抗美援朝战争开始了。老师让我以学生会的名义，组织同学们做了一百多个慰问袋。袋子是白洋布做的，尺寸为六寸长四寸宽（红镶边）。袋子的正面绣着"保家卫国，抗美援朝"。我校大部分同学都是让家长帮着做的，每个慰问袋里都装着一封慰问信。我们学校两个女同学程淑英和张开京参加了抗美援朝战争。

1951年，我考入了安平师范学校。三年半的时间，我一直努力学习，学习成绩从下游上升到中上游。在学校里，我是党支部宣传委员。抗旱、抗虫灾时，我们编快板和小节目下乡宣传，受到群众的好评。

热爱祖国，热爱教育事业，这是我的终身信仰。

1954年7月，我毕业后，先后在耿屯小学、南大良小学、河槽村小学、高小任教。工作以后，我没有给学生误过一节课，也没有误过一次教师会。

1958年12月，我母亲去深县唐奉做青光眼手术，我只请了一天假，这天晚上下了一夜大雪，第二天，路上积了半尺厚的雪，我从早上4点出发，步行了三十里路，走到了安平县城，正好赶上了开全县教师大会。我的棉鞋全都湿透了，棉裤也湿了半截，在礼堂里开会，我冻得浑身发冷。我就这样坚持了一天，晚上回到南大良宿舍里，屋子没有生火，炕也凉。我两腿蜷缩累倒床上，不知不觉就睡着了。到了第二天，我的腿都伸不直了，只能这样屈着腿去给学生上课。就这样坚持了五个月，吃了不少药。后来，天气渐渐暖和才慢慢地好了起来。

1959年，我调任河槽村高小工作。

1960年4月的一个星期日，母亲去看病没在家，我放下才出生五十多天的孩子，锁上门就开会去了。散会后天也黑了，我回家开门一看孩子不见了，原来是护校的学生刘兰朵和她的几个同学，听到了孩子的哭声想办法把孩子抱回了她家照看。

之后的几年时间，我母亲经常得病，领导为了照顾我，调我回老家新民村任教。

1960年至1972年十二年的时间，我带出了四个毕业班升入高小，我的升学率从开始的百分之九十二升至后来的百分之百。升学率占全学区第一。

1972年4月，我调任城关中学任组长、校长。除日常工作以外，我还要任一门的政治课。这样更加便于掌握每个班、每个学生的情况。我们每周召开一次全体师生参加的周会，我掌握的材料，和班主任老师汇报的材料综合在一起讲给老师和学生们听。这样的会开得有声有色。收到较好的效果。

1977年到1978年，我校初中升重点高中，成绩连续两年全县第一，我教的政治课也是全县第一。

1973年05月10日，我被选举为县妇联常委。时任县宣传部部长陈玉色同志有意留我在妇联工作，被我拒绝了。后来又有多次到机关工作的机会，我都拒绝了。

在我任职城关中学校长期间，我校被中共衡水地委行署、县文教局评为"先进集体"。县委、妇联、人大给了我很高的荣誉。这些都是人民给的，我知足了。我永远忘不了赵墨池老师对我的关爱，所以我选定了忠诚党的教育事业这条路。

我取得的一点儿成绩，有我母亲的很大贡献，她不辞劳苦，给我带大了四个孩子。四个孩子刚上了班，我母亲就患癌症去世了。这是我最痛苦的，也正是我工作的动力。

烈士程子英
——记忆中只抱过我一次的父亲
□ 程丙辉

我的父亲程子英祖上以卖卷子为生，因家境较好，祖父一直供父亲读书，父亲是当地是为数不多的知识分子，也是最早接触先进思想的年轻人。1938年10月面对日军的暴行父亲毅然弃笔从戎，历任博野县敌二科科长、县大队副政委兼博野第五区区长。对于父亲的参军，爷爷是极其不舍的，父亲是他和奶奶唯一的孩子，但是他老人家也深知国难当头，匹夫有责，有国才有家的道理。

父亲是在1943年10日在博野县与日军作战中牺牲的，本来已经突围的他发现还有战友没有出来，随即带领警卫员苏志学返回营救战友。父亲成功将敌人引开，战友脱险了，但父亲被宪兵队长刘福祥用马枪打伤腿，被警卫员背着撤退时，遇一老乡赶着送粪的牛车经过，父亲让苏志学把他放到车上，把枪递给苏志学然后命令他掩护群众撤离，他自己只留了一把"撸子"，眼看敌人渐渐逼近，父亲叫老乡把他放到村中一石碾子旁，他用手中的撸子射击敌人，子弹打光后壮烈牺牲。凶狠的日本鬼子将父亲的头颅砍下，悬挂于保定城楼上。那年父亲二十一岁，我三岁，我对父亲唯一的记忆是父亲回家时抱着我叫他摸了摸他的小手枪。后来县大队派人将父亲的棺木送回家中，并再三嘱咐家人说父亲死得很惨，不要让老人看遗体了。到晚上堂伯、堂叔偷偷打开棺木查看，只见父亲全身红肿用白布缠着，无头。其惨状一直没敢和爷爷奶奶说。父亲牺牲后全家人处于悲愤当中，堂伯程孟英和堂姑程平先后参军，走上抗日前线。堂伯程孟英先在冀中独立旅，后进十八团，在保卫延安战斗中，为阻击敌人，连续七天七夜作战，累坏了眼睛。堂姑程平随大军南下直到广州解放，曾任广州二轻局局长兼针织厂党委书记。家中年轻人都去前线保家卫国，年迈的爷爷为保护革命干部和八路军伤员在自家挖地下室，最长的一位伤员一待就是几年，新中国成立后曾被保护的高无际在任河北省文化厅长时曾到家中看望爷爷过一次。

新中国成立后，党和政府一直资助我到大学毕业。为了报效祖国，我响应号召，大学毕业后主动要求到广东红工矿务局参加挖煤大战，其间曾出席广东省职代会，因在煤矿中腿受伤，不适合继续在井下作业，1973年调回中石化衡水石油公司，参加了衡水油库的建设。

开国大典，我在天安门城楼上手摇发电机
□ 许英奇

我是革命老区安平县马店镇北满正村人，1947年至1949年，我先后参加了解放石家庄战役、太原战役，所在部队荣立集体三等功，我荣获了攻打太原纪念章、解放石家庄纪念章和华北解放纪念章。在1949年10月1日那天，我和战友们在天安门城楼上用手摇发电机发电，保障了开国大典现场的供电。

我的父亲许鸿飞、母亲侯云华虽然没有多少文化，但他们有浓烈的爱国情怀，有中国人的骨气。他们让四个儿子许英杰、许英奇、许英年、许英凡都参加了革命。我们许家是一个革命大家庭，

抗战时期就是远近闻名的堡垒户，全家都战斗在抗日第一线。我大哥许英杰在抗战中为保护战友身负重伤，成为三等甲级残疾；我大弟弟许英年是个宁死不屈的小英雄，在十三岁时为保护伤员，被敌人扔到井里，后被乡亲们打捞出来。他的事迹被《冀中导报》报道，很快传遍十里八乡。

我参加过很多战斗，获得过很多荣誉，最令我骄傲和难忘的，是我直接参与了开国大典的保障工作。

北京刚解放时，治安比较乱，华北军区指示要搞一个通信联系圈，在各个城门都要安装一部电话机（永定门、东直门、西直门、安定门、德胜门），我们的总机设在正阳门，各处发生什么情况，由通信联络处工作人员向华北军区司令部汇报。这项工作得到北京市电话局的配合。华北军区通信联络处住址就设在北京新街口，航空署街门牌一号，通信联络处的通信科长叫杨金生。有一天我接到电话，叫我到联络处来一趟。过去后，杨科长对我说，我们接到华北军区一个重要任务，准备交给你去完成。我问，是什么任务？杨科长说，党中央在10月1日在天安门广场召开万人大会，让我们搞一个直流发电机，在天安门供领导试用，其他大会用电由石景山发电厂供应。

"这个任务十分重要，你明天带几个人过来，熟悉和学习手摇发电机怎么用，我相信这个重要任务你能完成好！"杨科长郑重地说。

接受这个重要任务后，我回到单位，同队长商量后，挑选了六个人，其中五个是河北兵，一个是山东兵，我至今依然记得其中两个人的名字：刘长昶和彭发明。第二天我带上这六个人去了联络处。经过三天的学习，我们熟练掌握了手摇发电机的操作过程。

1949年9月30日，通信联络处给我们七人办了特别通行证。10月1号早上天没亮，我们坐汽车带着发电机和简易帐篷从西华门进入天安门午门，把发电机和帐篷抬上去，由值班人员指定在天安门城楼东北角，支起帐篷，摆好发电机，准备好电线接口……此时天安门广场已经有大批群众和部队集合。一个值班人员过来，低声特别交代："不能走动观望，随时听从指挥。"

在天安门城楼上，当我听到毛泽东主席宣布"中华人民共和国、中央人民政府今天成立了"时，激动的心情无法言表。阅兵仪式开始后，手摇发电也开始了。飞机越过天安门上空接受检阅，我就听到指挥官喊话："高点！再高点！拉开距离！"在此期间，我们轮换用手摇着发电机，每人都累得满头大汗。直到观礼结束，我们才奉命撤离。

后来华北军区司令部派人到我们单位转达上级领导的口头表扬：任务完成得很好！

母亲是我一生的指路明灯

□ 闫金虎

闫金虎

我母亲闫大团是安平县东黄城镇南侯疃村人，1930年6月出生于一个贫困农家，2009年1月病故。

在上学时，母亲就在学校里积极组织学生宣传抗日，在村里办农民夜校，到各村游行，呼唤民众团结起来，积极抗日。因她表现积极，1944年2月在学校时就加入了中国共产党，入党介绍人是她的老师、前张庄村张思杰。

母亲是村里的儿童团团长，负责组织村里的孩子站岗放哨，高小毕业后就加入了村里的妇救会。曾召集村里的妇女到台城村的鞋厂给抗日战士做军鞋，筹集军粮，积极动员村里的青壮年参军或到前线抬担架，多次被评为妇救会模范。母亲在村里当了几十年的妇联主任，深受乡亲们信任。

我们兄弟姐妹七个。父亲赵铁锁是个木匠，靠木工活儿挣些钱，维持一家的生活。他很善良，做小活儿或者对家庭困难的乡亲都是免费服务。

有一次，父亲用大车给大队立电杆，因绳没有拴好，电杆砸坏了大车。大队干部说，买个新车赔你吧。他说，村里资金也很困难，我自己修修就行。

父亲在生产队当饲养员时，因土井没水了，牲口没水喝，他就下到井里去往下挖井，解决了牲口饮水的困难。

1950年4月我出生了，因姥姥家没有儿子，父母就让我随了母亲的姓氏——闫。故我叫闫金虎。

母亲在世的时候经常教育我们几个要听党的话，堂堂正正做人。我们村有什么大事小情母亲都会热情帮忙，所以她人缘很好。1969年12月，母亲送我去参军。临走时，她对我说："在部队好好干，争取入党。"

在部队五年期间，我积极努力，追求上进，1971年7月，光荣加入中国共产党。有一次，为抢救国家财产，我扑向火海，手都烧伤了，部队为我记了三等功。母亲到部队看我时，主动给我的战友们洗衣服、补衣报、做被子。

1973年3月，我复员回家后，对母亲说，我在部队入了党，还立了功，当时母亲哭了。我问她："你哭什么？"她回答："我心里高兴！"那时母亲在村里任职妇联主任。我先后担任过团支部书记，民兵连长，村主任和党支部书记。母亲经常教育我，在村里当干部要为乡亲们办好事、办实事，不沾集体的光，为乡亲们致富奔小康尽心尽力。

1974年10月1日，我们村良繁场的大红马掉到了土井里，我赶忙下到井里，上边干部组织社员搭架子，把马救了上来。马得救了，我从井里出来后却昏倒了。

苏醒后回到家，我对母亲说了这件事，她既心疼又高兴，说："你是党员干部，又是退役军人，为集体的事就应该这样。"

1984年10月，母亲又把五弟赵虎洞送到了部队，支援国防建设。老五在部队表现积极，也光荣加入了中国共产党，母亲得知后非常高兴和欣慰。

我在村里做干部四十多年，时刻不忘党的宗旨和母亲的嘱托，为乡亲们办好事，办实事，全心全意为人民服务，得到村民的一致好评。1980年6月我到省会石家庄参加了河北省退役军人代表会，被评为河北省优秀退役军人。我还被授予市、县优秀党支部书记和市、县优秀共产党员。

因为我们村种果树、西瓜的多，下雨后道路泥泞，拉不出去，卖不了。我看在眼里，急在心上。要想富，先修路。1977年，我把家里仅有的一万多元拿出来，并且经过多方集资，总投资十六万元，修成了通往台城的柏油路。我们村的共产党员，农民企业家闫向阳还给乡亲们打了吃水井，解决了乡亲们吃水的问题，他还为村里盖了新大队部。

1998年，因为年龄大了，我从村党支部书记退下来。到县城干起了换窗纱、修门窗、修水暖等活计。从那时起到现在已经二十多年，我时刻谨记母亲的教导，为全县的光荣院、敬老院、孤儿院、老党员和军烈属、残疾人、孤寡老人、特困户等换窗纱、修门窗、换玻璃等都是义务服务。逢节过年，我就带着儿子闫泽明和孙子闫柏霖买东西看望他们，给他们送去节日祝福。

为了扩大免费服务范围，我带头成立了安平县第一个爱心家政服务队和党支部，我任党支部书记兼队长，完成了从单项免费服务到多项免费服务的转变，得到了各界的一致好评。

2016年11月5日，大雪，后庄敬老院的院长打电话说院里的玻璃坏了，需要更换。家人说，"现在下着大雪，你这么大年纪了，等雪停了再去。"我说："不行！老人们还在挨冻，我心里不踏实。"我当即冒着大雪，开着三轮车到敬老院，把坏掉的几块玻璃更换了。

2018年6月13日，我去给东会涡村原党支部书记、舍己救人而牺牲的赵万章家换窗纱、修门窗，回来的路上突然下起了冰雹，雹子有鸡蛋那么大，我头部和身上多处受伤。

从骑自行车、摩托车，到现在的三轮车，我每天的行程有五十多公里。二十多年了，总行程三十五万公里。我走遍了安平各个乡村，换窗纱八百多万平方米，做纱扇十二万多个，修门窗五万多次，免费磨菜刀剪子五万多把，服务单位和个人十万多人次，累计捐款八十多万元。多次被评为省、市、县优秀退役军人和模范共产党员。

2017年我被河北省授予"河北好人"光荣称号。中央、省、市电视台和报刊进行多次宣传报道。

2019年12月我被授予全国"退伍不褪色，勇当排头兵"榜样战友称号。

我把自己几十年的故事写了一本书，叫《金虎日记》。在县委宣传部的指导下，创办了"河北好人闫金虎展室"。弘扬雷锋精神，教育下一代。

我一生做到了三条：一是，我是党员，永远跟党走，一辈子为党争光，不给党丢人，永远传递正能量；二是，我当过兵，不给解放军丢脸，军魂永续，勇当排头兵；三是，学雷锋，做好事，奉献爱心，助人为乐，做"当代活雷锋"。我的座右铭是：我是一支蜡烛，燃烧自己，照亮别人。这是我一生的追求和做人的标准。

母亲去世十多年了，我时刻不忘她生前对我的嘱托和要求。

她永远是我前进的动力，指路的明灯。

双枪游击队长
——我的父亲赵清晨
□ 赵敬兰

"霹雳一声春雷响，平原上谁不晓工农的儿子赵永刚？战斗的足迹踏遍了太行山上。抗日的声威震撼着铁路两旁，你找他苍茫大地无踪影，他打你神兵天降难提防，鱼在水鸟在林自由来往，哪里有人民哪里就有赵勇刚！"

每当听到电影《平原作战》中这段赵勇刚的唱段，母亲就感叹道："你爹当年就跟赵永刚一样，长得也这么精神，大高个儿，挎着双枪，作战勇猛，小鬼子对他又怕又恨！"

母亲的话我信，实际上，当年拍电影时，确实有人来过我们村寻找素材，询问我父亲赵清晨和牺牲的王东沧队长打鬼子的故事。

我父亲赵清晨是安平县付各庄人，母亲王秀起是博野县北二和村人。抗日战争时期，父亲曾任安平县八路军游击队大队长。母亲任八路军游击队联络员。我是他们的小女儿，是河北经贸大学的退休教师。

打鬼子的父亲

我父亲很早就参加革命，是地下党员，是"刀尖上行走"的人。我村有个烈士碑，碑上有张供有、赵东奎的名字。张供有是父亲的入党介绍人，赵东奎是父亲的二哥，即我的二伯。父亲的大哥抗日战争时期也参加了八路军，牺牲在战场上。我爷爷有三个儿子，老大老二都牺牲了，我父亲是最小的一个。县大队长王东沧牺牲后，我父亲开始接替他担任县大队长，其间，正是日本鬼子大"扫荡"最残酷的阶段，我父亲和战友们白天都睡在田野中间的坟圈子里，藏在坟头的棺材洞里，一个八路军一个洞。自己进去后，用镰刀把蒺藜秧拉近洞口。父亲的洞口，只有警卫员知道。

晚上八路军游击队员们集合，时不时地夜袭安平城里的日本鬼子。先上城楼，杀死城楼上的站岗的，换成八路军队员，五十米一个。然后去枪弹库房，取回枪支弹药，武装我们的队伍，拿不完的，就引爆，摧毁敌人的装备力量。父亲智勇双全，武艺超群，胆气过人。日本鬼子为复仇，贴公告悬赏八百大洋捉拿他。因叛徒出卖，敌人没抓住父亲，把爷爷抓住了，百般折磨，把爷爷打死后扔出岗楼。

父亲得知后，眼含泪水对我母亲说，半夜里你替我去尽孝。夜里，母亲找人用旧席子把爷爷的尸体裹起来，抬到村南挖坑埋了。我父亲架着机关枪在滹沱河南岸等着，如果敌人追过来就射击。我母亲悲痛非常，但为了完成组织上交给的任务，只能忍痛利用掩埋老人的机会，引诱鬼子走出岗楼，进而消灭。敌人也很狡猾，半夜里他们龟缩在岗楼上没敢下来。当家子的几个老人和我母亲把爷爷埋好后，听到岗楼上有枪响声，我母亲扔下打的白幡撒腿就往河边跑，那里有游击队员接应她。鬼子骑马追到河边，埋伏在此的我父亲和游击队员们一起向鬼子扫射，打得鬼子丢盔弃甲，仓皇而逃。

送情报的母亲

我母亲是八路军联络员，也是红色堡垒户。我父亲任县八路军游击队大队长时，需要把一区的文件送到二区，这个工作就交给了我母亲。半夜里母亲会把信件放到几公里以外的南牛具村坟地里的一棵大树树根的洞里，她把信件放到里面后，用砖头压好，再用土埋好，还用杂草盖了一下。母亲说每次在半夜去坟地时，都非常害怕，但为了支持父亲的工作，完成组织上交给的艰巨任务，她克服恐惧，一次次挺过来了。接信的是二区的地下共产党员，我的姨姥姥的丈夫。母亲以这种方式送了很多年情报。因为常年为革命奔波，她无法精心照料自己的孩子。说起来挺悲惨的，我有四个哥哥，都是四五岁时因发热夭折了。那时没有药，医生也很少，我家里又穷，孩子病了只能是听天由命。

母亲思想很进步，在妇联工作过，抗战时期粮食紧张，她组织妇女带头去地里给八路军拔野菜、做粗柳饼，往高粱地里给八路军送饭，平时还为八路军做军衣军鞋。

县大队政委张根生的母亲曾在我家住了四年，因为张根生家离安平县城近，日本鬼子经常在附近"扫荡"，为了安全，张根生的母亲就到我家长期居住。我母亲是个非常善良，特别能干，能吃苦的妇女，她宁肯自己吃不饱，也要让老人吃好、吃饱。一直到安平解放后，张根生母亲才回自己家。

20世纪70年代末，张根生为了感谢我母亲，专程从北京来我家探望。我母亲非常感动，这真是生死之交啊！

艰难岁月

我大哥出生在刘町村一堡垒户家的地洞里，由于叛徒出卖，三天后日本鬼子就包围了这个村子，叫嚣着活捉赵清晨一家。所幸父亲通过内线情报，提前得知了日军行动，连夜把刚出生的大哥裹在怀里，拉上我母亲渡过了滹沱河。上了北岸后，他们的湿衣服下边都冻成了冰棍，走路时浑身吱吱作响，人更是冻得瑟瑟发抖。他们不敢走大路，而是在田野里深一脚浅一脚地一直往北走。走了大约十公里，来到秦王庄我姑姑家。我父亲想办法跳过墙头去，在窗台下小声叫："姐姐，我是你弟，快开门！"我姑说："弟呀，你快走吧，白天伪村长说过，不能收留你们，否则我们全家都活不成了。"

父亲继续说："你弟妹刚生了孩子，鬼子包围村子了，我们是蹚河跑出来的，你拿两件棉衣从窗户里扔出来，我们换了就走，不连累你们。"

姑姑没开门，扔出来几件干棉服，父亲和母亲换上后，连夜上南二合我姑姥姥家了。我母亲生下来九个月就没了娘，她是跟着我姑姥姥长大的，感情深，所以姑姥姥让她住在了她家的地洞里。我父亲安排好我母亲后，马上返回队伍，组织对付日本鬼子的作战计划。接下来的战斗中，他们缴获大量枪支弹药。父亲的枪法好，会使双枪，令敌人闻风丧胆。

我是父母最小的孩子，从小接受他们的思想教育，骨血中流淌着红色基因。多年来，我任高校辅导员工作，管理的每一届学生四个班，既教书、又育人，深受学生们的欢迎，荣获2008全国高校辅导员年度人物，2009年全国高校优秀辅导员，2009年全国优秀教育工作者称号。由于工作业绩突出，学校又返聘我十年。今年我彻底退休了，把精力放在传播和弘扬红色文化上，我在网上唱红歌，也教别人唱，还应邀到各学校讲红色故事。父母虽然已经离世，但他们的精神会代代相传。

传承精神　立志为民

□ 魏志民

魏志民

　　抗战期间，我家是堡垒户，经常掩护八路军和地下党。我小时候就听我父亲讲过，当时有个年轻的女干部被送来时，身上多处受伤，伤口很深，有的地方已经化脓长蛆。父母看到年纪轻轻的女孩子为抗日遭这份罪，非常心疼，也顾不得脓血的气味难闻，蹲在炕前一点儿一点儿地给她清洗伤口，一条一条地挑出蛆虫，又想办法弄来中草药。为了给伤员加强营养，促进伤口好转，他们把家中仅有的粮食都给伤员做了粥饭。后来女干部痊愈离开后，我父母才从其他同志那儿得知她叫安建平，是陕西人，是米脂县最早的妇女活动积极分子。全国抗日战争爆发后，她扮作流亡学生，从北平经天津、济南辗转到延安。1939年1月到冀中，任中共冀中区委组织部干部科科长、组织部副部长。后任中共晋察冀北方分局组织部干部股长等职，她坚持敌后游击战争，为冀中地区的干部队伍建设做大量的工作，参加冀中反"扫荡"斗争时身负重伤。

　　父母敢于冒着被鬼子杀头的危险，掩护和救治共产党的干部，这份胆识、这份真情，铭刻在我成长的记忆中。从小父母就教给我一个道理，那就是跟党走，做好人。

父辈的红色基因在我们这辈人的身上得到传承和发展。作为农业战线的全国人大代表，我深知把农民的所思所想反映给国家，把三农问题解决好是自己的责任和使命，为此我经常骑着自行车到农户调查，和农民朋友谈心，问他们的收成和家庭生活情况。十八年来，我共提出建设议案八十多个，尤其在农村发展、种植养殖、环保法治、食品安全、京津冀一体化发展、畜禽废弃物资源化利用方面的建议，引起农业部、发改委、财政部、国家工商总局、国务院食品安全委员会等部委的重视，成为国家出台相关政策的重要参考。

1994年，我创建的猪场与北京二商集团合作，组建了衡水京安集团有限公司，后经资产重组，成立了河北裕丰京安养殖有限公司。二十多年来，我先后三次主持从国外引进了具有世界一流水平的比利时斯格配套系核心群和杜长大系列核心种猪群，填补了国内空白，推动了我国养猪育种的科技进步。公司成为"国家活猪储备基地""农业产业化国家重点龙头企业""国家生猪核心育种场"。商品猪除了供应每年全国人大、政协两会和北京各大型会议外，还供应京津冀鲁市场，2008年圆满完成了北京奥运会的特供任务。

我们不仅建设世界一流种猪良繁体系，带动农民养猪致富，而且创新农牧废弃物综合利用模式，引领了安平县乃至全国的环保新能源事业发展。此外，还勇挑脱贫攻坚重担，在衡水市八个贫困县八十六个村实施斯格猪扶贫，提供种猪两万六千头，惠及贫困九千一百四十八户。

我本人热心公益事业，为汶川地震、疫情防控、教育发展等多次捐款捐物，自2011年开始，公司每年为安平中学捐资助教十万元，贫困生考入清华、北大者另外资助十万元。公司扶贫及社会公益捐款累计达一千多万元。

前辈精神引领我走上拥军路

□ 李兰珍

1937年，我的伯父李满仓参加了八路军，后来在沧州的一次战役中壮烈牺牲。大姑李金蕊、大姑父刘东起（安平县彭营村人）均为地下党员，为我党做了大量的工作，在日寇的五一大"扫荡"中也壮烈牺牲。我的父

李兰珍

亲李根仓、母亲王花台积极参加支前工作，推车送粮到前线，为部队做军鞋、军服等。在杨各庄村的一次战役中父亲冒着枪林弹雨到前线抬担架、抢救伤员。二姑李桂芳、二姑父田子坡（深泽县大兴村人）也很早就参加了革命工作。二姑父还参加了抗美援朝战争，立过战功。后来他一直在部队工作，直至离休。

大舅家的两个表哥王小生、王铁炮（深泽县大兴村人）都参加了革命队伍，后来都在战斗中牺牲，大舅是双烈属家庭。

先烈们的一言一行、一举一动，耳濡目染、潜移默化地影响着后世子孙。正是受家族红色基因的影响，我勤劳肯干，勇于创新，把一个经营面积只有四百平方米、固定资产仅有五万元的小粮站发展成经营面积十万平方米、固定资产一亿一千万元的省级粮食储备库，累计实现利税五千多万元；也正是在先烈精神的感召下，我三十年如一日慰问军属送温暖，把官兵当亲人，把拥军当己任。

1985年，我被调到只有几间房的河北省安平县粮食局二粮站当主任，面对工作条件简陋、没有库房和经营场地、女职工较多的现实，我根据自己多年的工作经验并结合二粮站实际，推出了"供货一步到位，进货薄利多销，外欠款抓紧催要，贷款不延期，汇票结

算不过夜"等一整套经营管理措施，粮食少进勤销，快进快销，使资金周转天数缩短为五天，仅此项每年就节约利息达两万多元。为拓宽经营渠道，扩充增值范围，我打破过去"坐店待客"的被动局面，确立了"纵向延伸、横向辐射"的主动出击经营策略，组织职工下乡搞收购。

心诚引得顾客来，合同像雪片一样飞到我手中。1989年玉米的收购价不断上涨，要还按原价卖就得赔钱，当时有人劝我放弃或更改与华药签订的合同，我却坚持恪守信用，带领职工昼夜奋战，如期按合同交付了三百万斤玉米，解了华药生产的燃眉之急。

1985年夏天的一个夜晚，电闪雷鸣，暴雨倾盆，狂风把屋顶上的瓦都刮飞了，我住的屋子也漏了雨，这时我首先想到的是处在全县最低洼处的粮站。这天碰巧丈夫出差没在家，我把五岁的女儿独自放在家中，抄起手电筒就往外跑。当赶到粮站时，库房和轧面条房都进了水，我急忙和职工们一瓢一瓢地往外淘……经过一整夜的奋战、抢险，确保粮食安然无恙后，我才拖着疲惫的身子回了家。

我们单位特别重视对全体干部职工进行革命传统教育，每年都请光荣院的老党员、老军人为职工讲红色故事，并以此作为精神动力，激励职工们搞好社会优质服务，不断提高服务质量和服务水平。在我的倡导下，粮站多年如一日，每逢春节、端午节、八一建军节、中秋节，职工们自觉捐款，对光荣院、军人干休所、武装部、武警中队、消防队进行慰问，赠送节日纪念品。定时给烈军属、孤寡老人送粮食，对家庭困难的实行优惠供应。每年大年三十下午2点集合，全体干部职工带上肉馅和精粉到光荣院和老人们一起包饺子、放鞭炮，整理院落，共度新春佳节。对无儿无女的老人，不只是送粮油上门，买煤、买菜、请医、拿药等一切家务活儿全包干了。大家三十年如一日，始终把官兵当亲人、把拥军当己任。我带领公司员工为烈军属、伤残军人、军人干休所、光荣院义务送粮上门共计八十多万公斤，并先后给武警中队战士们购置了三轮车、自行车、电磁炉等生活用品，累计用于拥军优属的资金达百万元。

我先后获得全国三八红旗手、全国劳动模范、全国双拥共建先进个人、全国巾帼建功标兵、河北省优秀党员、河北省十大爱国拥军优秀人物等荣誉称号。

奶奶弓寿德智保八路军干部王林

□ 张　珍

我是安平县杨各庄村人，是弓寿德的孙女。自我记事起奶奶就是家里说一不二的老主事，深得全家人敬重，这与她不平凡的经历有关。奶奶曾多次给我讲过在抗战时期掩护八路军干部王林的故事。

1937年七七事变后，中华大地燃起熊熊战火。当时担任村长的父亲张文法突然带回家一个陌生人，此人就是

张珍

八路军干部王林。王林个子不高，方脸，长得白净又精神。母亲杨淑慧见来了客人就忙着倒水、做饭招待客人，温柔、善良的母亲从来不多事，也不问父亲带回的是谁，到这来做什么，她只是客气地笑笑打了招呼，就不再说什么。不一会儿，晚饭做好，母亲端上饭菜招呼客人吃饭，王林是个很直爽的人，坐下吃完饭，也没有要走的意思。这时父亲开始向王林介绍我家的每一个成员。接下来，这个八路军干部就在我家住了下来。他是个很开朗幽默的人，每次回来总是谈笑风生，逗奶奶开心，哄姐姐们玩儿，那时我的大姐也才七八岁，他就教我大姐唱歌。有一次部队来了好多人，晚上在村里表演节目，趁着这个机会他还让我大姐张纯上台当了一回小演员，唱的就是王林教给的那首《松花江上》，当唱到高潮时的那句"爹

娘啊，什么时候，才能欢聚一堂？"下面哭成一片。从此王林和我们一家人的关系更近了。

过了段时间，台城姥姥家的表姐弓彤轩突然来我家串门，按照常理来说，她过来串亲戚看她老姑、我奶奶弓寿德很正常，但在表姐的举动中，我奶奶心里明白，表姐和王林是同路人，可当时表姐还是个十几岁的小姑娘，奶奶替她担心起来，说："三儿，你这么小的姑娘，怎么胆子这么大，现在世道这么乱就别过来了啊，我不放心。"表姐只是笑了笑说："老姑，没事儿。"过些日子表姐又来到我家，当时她是负责给王林送信的。后来，表姐与王林和我的父亲谈完事情，连夜走了，奶奶心里虽然担心着自家人的安全，但也明事理，就将我父亲叫到身边说："文法，人家（王林）离家这么远，到了咱这儿咱可得想尽一切办法把人家保护好啊！"父亲听奶奶这样一说，就放开思想谈了自己的想法——一定要做好后盾，坚决保护好党员和八路军！得到奶奶的认可后，父亲招呼全家人开会，给大家都分了工，要先挖地洞，母亲陪着奶奶在家，奶奶负责帮助王林编写材料；母亲还要负责来者的衣、食和安全，为了让王林出入方便，母亲专门给他做了粗布衣裳和布鞋，让他看起来像一个当地农民。

对于挖洞，大家先制定好方案，确定时间、地点和实施人员。经商议研究，洞的地点就选在了前头院的厕所——在厕所内挖一个长方形的坑，用砖垫好，中间垒一个口子，上面盖一个能活动的木板，再往木板上撒上好多灰以作掩盖。接下来全家总动员，晚上开挖，一边挖一边往外背土。洞终于挖好后，王林提出了一个要求，就是如果有特殊情况，洞口必须由我母亲杨淑慧负责盖，不能让过多的人知道，因为母亲细心能干又不多说话，所以王林很放心，大家也一致通过。

一天，听说日本鬼子要进村，母亲急忙把王林叫出来，让他向洞口跑去，将王林隐藏在洞里，她把木板盖好，上面撒上些脏东西和灰，确定看不出破绽后，才迅速离去，在院里装得像没事儿人似的。不一会儿，日本鬼子真进院儿了，大家的心都提到嗓子眼儿了，生怕鬼子四处搜。结果这次鬼子只是在院里转了转就出去了。母亲出来看看外边真的没动静了，才把洞口打开把王林叫出来。为了更安全，全家人又有了挖第二个洞的打算。这次选定的地点是在后院瓦房后的棚子里。这个棚子里有农具、柴火等乱七八糟东西的很多，洞口选在了柴火垛下边，这回这个洞比上次那个要大，是专供八路军同志来碰头开会时用的。挖好第二个洞以后，为了遇有紧急情况能快速隐藏，所有来人都在后院的瓦房那儿吃饭、开会，为他们准备饮食和放哨的任务全由我母亲打理。

有一天，外边又来人开会了，母亲把刚学会爬的小儿子放在前院东房下的荫凉里，就去后院为大家忙活、放哨，由于当时院子又大又深，而且前、后院都有门，谁也不知道一旦发生危险，鬼子会先进到哪个院儿，母亲就一直没离开后院，一直到给大家做好午饭，把饭菜端上桌，才想起了前院的孩子，当她跑去看的时候，孩子一动不动趴着，脸贴着地，母亲赶紧抱起小儿，发现孩子已经没了呼吸！母亲哆嗦着把孩子放回屋里，流着泪跟奶奶说："娘，出事儿了！孩子……孩子死了……"

奶奶闻听噩耗，眼泪也下来了，她接过孩子看了看，含悲忍痛地说："别啼哭了，快给孩子拾掇好，把他'送走'吧！今天家里有人，什么也别说，快去吧！"泪流满面的母亲回到前院，把孩子包好，悄悄"送走"了。回到家，她把痛苦埋在心里，继续为八路军工作。

当时，王林是火线剧社的社长，经常写文章，有时也会和奶奶商量，征求她的意见。在杨各庄村南曾发生过一场战斗，八路军被鬼子包围，死了上百人，场面非常惨烈，战斗到最后，一个叫崔国昌的机枪手被鬼子层层包围，他边退边向鬼子扫射，一直退到滹沱河里，抱着机枪投河，壮烈牺牲。王林听说后，不顾危险去附近调查走访，将英雄事迹记录下来，并写成文章，激励和感动了很多人。

来我家的八路军干部除了谈工作，有时也印材料，那时候，奶奶弓寿德、父亲张文法、大伯张文祥等负责在北屋印材料，我母亲就在院子里的大门洞那儿来回转，给他们站岗放哨，大家经常一整宿都不睡觉。后来，我曾问奶奶，上咱家来过多少八路军啊？奶奶说："来的人可不少，起码不下五六十人吧，我印象最深的就是吕正操、黄敬，一点儿官架子没有，跟咱老百姓特亲！"

父亲宋对恩和远征担架团的故事

□ 宋恒山

我的父亲宋对恩在抗日战争时期就当过民兵，为八路军运军粮、送情报，解放战争时期他参加了著名的安平县远征担架团。

1948年3月2日，还没有出正月，父亲就报名参加了担架团，时任县长刘庆祥做了动员讲话。

据父亲生前回忆，他们在长途行军中，要进行"三大纪律八项注意"教育，还要进行抬担架实战训练。起初大家对如何抬担架不以为然，认为抬起来就走呗，这有什么好学的！其实抬担架并不简单，门道挺多的。比如上坡时，前边的要弯腰，后边的要挺身；下坡时，前边的要挺身，后边的要弯腰。更重要的是伤员受伤的部位不同，所以抬时要十分小心谨慎，根据情况采取不同的措施才能防止伤员二次受伤。

经过长途跋涉，他们在察哈尔南部追上了解放军部队。部队首长把他们以连为单位分配到各团。他们在行军中除带担架外，还有个人行李、三天的粮食，以及抬攻城用的大梯子。父亲回忆说，解放军同志常常帮他们背东西，吃饭时也让担架团的民工先吃，宿营时也是将炕让给民工，他们打地铺。

为保证安全，团卫生队担架排在第一线抢救伤员，送到团前沿包扎所，经过初步处理后再由民工运到后方医院。在蔚县花哨营战斗中，父亲宋对恩和北苏村的苏金双冒着炮火上第一线抢救伤员，抬着伤员过桑干河大桥时，正遇上三架敌机轮番轰炸，他们将担架放在隐蔽处，自己趴在伤员身上……在一天多的战斗中，担架团的同志们先后六次冲过大桥抢救伤员，没顾上吃一口饭、喝一口水。在抬伤员去医院途中，重伤员吃不下干粮，他们就花自己的钱给伤员买鸡蛋和挂面吃。

安平县远征担架团途经河北、察哈尔、热河三省，历时十个月，出色完成了抢运伤员、押送俘虏、运送弹药和给养任务。包括父亲在内的两百零四人立了战功，还有十四人献出了宝贵的生命，但九百多人没有一个掉队、逃亡的，被誉为英雄的担架团，多次受到党组织和部队的表彰，成为冀中军区支前工作的典范。担架团完成任务离开部队时，部队赠给"支前模范，人民功臣"锦旗一面，还以"安平县担架团的丰功伟绩"为题发专刊进行表彰。

十个月后，父亲回到家乡时，正值寒冬腊月，又经过长途跋涉，人已经都冻伤了，但他无怨无悔，而且心中充满了自豪，因为圆满完成了党交给的任务。

从小受父亲的影响，我也是个执着而坚定的人，认准的事，纵有千难万难，也决不退缩。

1996年，正值国企改革的关键时刻，我当时担任安平县博陵丝网厂厂长，毅然辞职，开始自主创业。

我首先在原安平中学的一个门面上做起了丝网贸易。由于信誉好、产品对路，很快就赚到了第一桶金。后来又不断增加设备，丰富丝网种类，逐渐成为以出口为主的大公司。

我始终认为，做企业不仅仅是发展生产、创造利益，更要回馈社会，造福人民。这既是一种企业责任，也是企业文化的一个重要组成部分。公司成立之初，安置了博陵丝网厂、拔丝厂下岗职工三十多人，并为他们上缴养老保险，直至退休。

为了解决乡村交通不便的难题，我联合同仁共同出资修建了平坦宽阔的公路。每年春节，我都会拨出专项资金，购买礼品上门慰问村里七十岁以上的老人。

诚信做人、认真做事，是赢得信誉，使品牌越做越大的重要原因，而这得益于父母从小对我的教育。

2020年，父亲宋对恩去世，按照老人的遗嘱，将他攒下的二十五万元捐给了村集体，为乡亲们打了一眼五百米深的水井。

每到春天，北方大部分地区就会迎来扬沙天气，严重的甚至会形成沙尘暴，给人们的工作、生活和健康造成严重困扰。

一个偶然的机会，我得知有一种治沙的先进技术，便开始研究和考察。虽然治沙投入大，获利周期长，甚至可能赔本，但是利国利民，我就觉得有意义。我开始投资在内蒙古磴口县治理黄沙，初涉此地，各种困难接踵而至。遇到特别难的关坎儿时，我总是想起父亲，想起父亲当年抬着担架、冒着炮火抢救伤员的身影，就觉得浑身充满了力量，平添了战胜困难的勇气。

今天，我站在"国家农业综合开发——磴口县高标准农田建设"的石碑前，看到脚下的一大片黄沙已经被美丽的向日葵覆盖，那种成就感、自豪感，让我觉得，自己对得起父亲的叮嘱。

正是从父辈那儿传承的红色基因，让我无论顺境逆境，都襟怀坦荡，时刻不忘自己的社会责任，并且不断开拓，敢为人先，带领乡亲们一步步走上致富之路。

父事三记
□ 王彦博

父亲王印棠是在1939年深秋加入中国共产党的。1942年，抗日战争最严酷时期，日本鬼子烧杀掠抢，时任村党支部宣传委员的父亲，一天也没有停止工作。他常在夜晚带着二十多名村里的学童潜至"坟沟"，借着月色和围灯授课。

一天晚上，得知一个叫张斗的学生"缺位"时，父亲立马想到前几天张斗的父亲曾流露出让儿子辍学的想法。他向张斗的一个邻居同学打听，那孩子说："刚才好像看到张斗他爹拉着他奔城里去了。"

"不好！可不能让孩子走上歪路！"想到这里，父亲安排班里的学生们温习功课，自己三步并作两步地返回村里，叩开了张家的门。张斗母亲无奈地说："城里日本人的岗楼上缺一个做饭的，我也不愿意把孩子送那儿，可家

王彦博

里已经两天揭不开锅了，怎么着也得叫儿子寻个活命吧！"父亲着急地说："老嫂子，你们错了，你们这是在把孩子往火坑里推！你们知道这意味着什么吗？这样做可能要毁了张斗的一辈子呀！眼下是艰苦点儿，可小日本儿终究会完蛋，真到了那天，孩子的历史有这个污点，你让他以后怎么办？！"

得知张斗真的跟着父亲去县城后，父亲立马蹬上自行车，飞也似的冲出去，不仅截住并追回了张斗父子，还连夜为他们筹集来了半袋高粱。

父亲嘱咐张家人："先吃着，以后我接着想办法，绝不会饿着孩子！"

几十年过去了，这个"夜追村侄"的故事仍在被乡亲们传颂，被追回的张斗，后来非常努力，新中国成立后，他在天津工作，位居厅局级，成了我们王茹林村迄今在外工作级别最高的党政官员。

20世纪50年代，村里的一家媳妇，年近天命，不孝顺，对婆母从不给好脸色看，还勒令婆母每顿吃饭不能用碗，只能用一个"旧盔"做餐具，十分刁蛮跋扈，村里乡亲们都看在眼里，有人想管又怕惹火上身。后来父亲想了个主意：以演戏的方式教育这个不孝的媳妇。通过一个多月的"爬格子"，父亲创作并组织排演了五场的

河北梆子剧本《盆破家和》。

为传达"种瓜得瓜，种豆得豆，播种不孝，收获不孝"的社会公理，父亲以村里这家的现实生活为原型，写到"刁妇"五年后也为儿子娶了媳妇，但新人进门后，用早已备好的"破盆子"给刁妇婆婆做饭碗。刁妇自然是火冒三丈。儿媳说："我奶奶用这个多年了，眼下我进门您也成婆婆了，我做小辈儿的得跟您学呀，您不用这破盆子谁用？"一席话说得刁妇婆婆羞愧难当，遂摔掉破盆子，并发誓从自身做起，带头孝敬婆母，为儿媳做榜样。

开演那天，父亲特意把戏台搭在那刁妇家门口，村里提早做了宣传，村里村外一千多名观众过来观看。锣响戏开，刁妇一开始并未感到戏的内容针对的是自己，随着剧情的发展，她坐不住了，看着村里村外观众们投来的鄙夷目光，她低下了头。到结尾时，她看到剧中"刁妇"改变了态度，在儿媳的引导下实现了"盆破家和"，知道这是在教育自己。从那天起，不仅她自己痛改前非，而且给儿孙定了一条家规：不孝顺老人的女子就是金枝玉叶，也休想进他们家门！

村里有一位功臣叫刘治平，20世纪30年代末考入黄埔军校二十八期。1942年毕业时，主动请缨到了陕西潼关驻地，任见习营长，带领战士们胜利实施了抗击日本鬼子的潼关保卫战。解放战争时，在中国共产党的政策感召下，刘治平投诚人民解放军，被定为起义"投诚人员"。新中国成立后，为照顾家母，他从部队自动脱职回村务农。

由于刘治平曾参加过国民党，回村不久便受到了不公平对待，父亲对此很不理解。况且，刘治平能写大至丈余、小到绳头的一手好字，操琴导戏也是行家，放着这样的"人才"不用岂不可惜？

从1960年开始，父亲利用自己任职村党支部副书记之便，千方百计地让刘治平人尽其才，才尽其用：大街小巷的标语由刘治平书写，村里新建的六块板报由刘治平布置，业余宣传队的乐队由刘治平负责培训……连逢节假日，村里村外的"吹歌会"、放孔明灯、甩"笼花"等民间社火，也悉由刘治平筹划组织。当然，所有的活动"内容"，父亲都会一一把关。如此一来，刘治平从困境中"逃"了出来，成为村里不可多得的人才。

进入20世纪80年代后，刘治平得到平反，他先后办起了"家庭文化站""家庭板报"，出版了"胡林之声"小报，还被聘为县政协委员，多次参加省市有关部门的"先进文化户"座谈会。他还利用自己有多名黄埔同学族居海外，联系面广的"人缘"优势，通过书信或电话沟通，介绍祖国的大好形势，动员他们为促进祖国早日统一积极努力。

1985年11月5日，父亲去世，享年七十八岁。依村里辈分，作为我父亲长辈的刘治平赶到灵前，一声声"恩师"哭得泣不成声，并强烈要求把他写有"恩师千古"的挽幛盖在父亲遗体上，随身入棺。

而今，远居津门的张家子嗣，长驻村里的"刁妇"家人与刘治平的长幼们，都还叨念我父亲的善良作为，并以之教育和鼓励晚辈。

兵心永驻

□ 逯建军

2020年7月的一天，我站在三亚一家品牌汽车的4S店门口焦急地张望着，这时一辆载着新车的大货车开过来，看到上面有一款蓝色车，我长出一口气：因为工作需要，我买了一辆新款商务车，已经等了好几个月了，今天预订的新车终于到了。

我急忙来到服务台，准备办理提车的相关手续，可是没想到，迎头泼来一盆冷水："提不了，再等等吧。"

我一下子就急了："提车日期已经延迟三次了，这次你们说能到，我才过来取的，怎么又推迟了？我明天还有急事呢！"

"那没办法，这款车特别紧俏，除非你加价。"销售员有点傲慢地说。

"我已经加过三万了！"我强压着不满说。

"那就再加三万。"销售员随口说道。

这句话把我彻底惹怒了："你们言而无信，坐地起价，还讲不讲理？！"我声音陡然提高。

销售大厅内的空气骤然紧张起来。

这一切被4S店的总经理都看在眼里，他低声问一位工作人员："这买车的是谁？"

工作人员赶紧查看购车人信息，说："身份证上写的是逯建军。"

因为当天下午没有解决问题，第二天一大早我再次来到4S店。没想到，总经理见到我，一把把我拉到办公室，毕恭毕敬地端上一杯茶后，问："您是安平人？是退役军人？"

我一头雾水地点点头。总经理上前一把抓住我的双手："我也是退役军人，从网上看到您的事迹，真了不起，您做了这么多好事，值得我们每个人尊重，向您致敬！车，您今天就提走，钱，一分都不加！"

事情反转得太突然，我一时没反应过来。在开车回去的路上，我忽然有种莫名的感动，曾经用心做过的事情，以为微不足道，无声无息，却没想到在天涯海角也能泛起涟漪。

我是河北省安平县逯庄村人，出生于1972年8月1日，所以父母给我取名"建军"。在安平这片诞生了全国第一个农村党支部的红色热土上，至今还流传着很多感人至深的红色故事。我的奶奶当年就曾在村妇救会工作，给八路军做过军鞋，我爷爷是县大队队员，与小鬼子真刀真枪地干过，这些红色基因从小就渗透到我的血液中，根深蒂固地影响着我的成长。

1990年3月我参军入伍，在北京军区某集团军服役，1993年退伍。三年军旅生涯培养了我坚韧不拔的意志，也练就了我诚实守信、果敢正直、不怕吃苦的军人作风。

回到家乡后，我自主创业，利用安平县是丝网之乡的优势，开始从事丝网的生产销售业务。在一次偶然的机会，我了解到某边疆军区采购军用刺铁丝项目将进行招标，出于对部队的信任和自己的军人情怀，我踏上了遥远的征程。在投标过程中，我本着"诚信为本、质量第一"的理念，以略高于竞争对手的合理报价竞得工程的一部分。由于工期紧并完全垫资，在生产过程中，我不但把所有资金全部投入到这项业务中，还借了不少钱。经过不懈努力，终于保质保量地完成生产任务，按时将产品运到军区指定地点。由于工期太急，任务太重，共同中标的厂家无法完成生产任务，放弃了该项业务，该军区又将剩余的工程任务追加给了我们公司。我的诚信和务实作风赢得了大家的信任，为以后的合作打下坚实的基础。此后，我曾多次克服任务急、工期紧、天气恶劣、原材料涨价等困难，宁肯自己不赚钱也要按时按质完成祖国边防的建设任务，被某边防基础设施办公室评为"连续十年供应军用刺铁丝，重合同、守信用、质量过关单位"；被青藏铁路西格二线指挥部评为"遵纪守法、信誉良好企业"。

2003年，安平县建设工业园区，我以此为契机，扩大生产规模。2010年，安平县规划建设高新技术开发区，鼓励企业做大做强，我又建成了占地五十亩的新厂区……

回首往事，我经历过很多风雨坎坷，但始终不变的是这颗赤诚的兵心。对于我来说，退役军人不仅是一个标签、一份荣耀，更是须臾不敢忘的责任和使命。

所以当新冠病毒袭来之际，当人们对这个凶险的病毒毫无了解，充满恐惧之时，我率先站出来，组织了"退伍军人应急突击队"，自费购买了口罩、防护服、消毒液等，带领突击队成员将县城的主要街道、小区进行消杀，为抗击疫情多次捐款捐物。

所以在全县行洪区搬迁工作中，我自告奋勇，为政府分忧，不仅入户做群众的工作，还将自己原本正在出租的旧厂房共六十间房子全部腾出，免费提供给泄洪区的搬迁户居住，被安平县委、县政府授予"行洪区村庄搬迁帮扶工作先进个人"荣誉称号。

所以我积极支持家乡教育事业，持续关爱弱势群体。安平中学孙犁图书馆落成后，听说图书还不够多，我当即耗资十余万元捐书几千册；我还与几名爱心人士共同组建了安平县博陵儒商爱心协会，举办各种爱心活动近百次，慰问全县的农村贫困家庭三百余户。

人生海海，商场无情，但我总能在艰难的困境中峰回路转。是渗透在血液中的红色基因赋予我正直果敢的精神力量，是在部队磨炼的勇于担当的军人作风让我在关键时刻不畏艰险，冲锋在前，是故乡这片美丽多情的红色热土让我兵心永驻，永远热血沸腾。

我的姥爷"闫大胆"
□ 彭计超

我1965年8月出生在安平县唐贝村一个农民家庭，我的姥爷闫俊卿是烈士，他从小就爱憎分明，抗战初期就参加了抗日武装，在抗大受训后，领导了当地的抗日地下组织斗争，曾任县公安局敌攻股股长，后代理局长。1943年的一个月黑风高的夜晚，姥爷孤身一人去执行任务，却再也没有回来。组织上派人给姥姥送来消息，说姥爷被敌人暗杀了。

我没见过姥爷，只听过他的故事，知道他英勇善战，不畏强敌，有"闫大胆"的外号，姥姥家那块"光荣烈属"的牌子，以及老家的英雄纪念碑上姥爷的名字就是历史的见证。姥爷的精神一直激励着我，中学毕业后，我报名参军，成为中国人民武装警察部队邯郸支队的一名战士。军营的生活磨炼了我的意志，增长了我的知识和才干，也更坚定了我建功立业、报效国家的决心。三年后，我退役了。虽然有满腔热血，但创业却并不容易，我去宝鸡开过丝网店，经营过农药，开过饭店，办过纸箱厂。2003年初，我把心沉下来，仔细分析、总结，这样下去不行，上有老下有小，还得找个适合自己的事情做啊。我决定去北京林业大学找我伯父彭春生，看看能不能从他那里得到些建议。见面详谈后，他就对我说："记住，有根的多栽，张嘴物少揽，种树吧。"随后他列数了种树苗的好处：首先是绿化，对国家、社会、环境都有好处，这就叫得道多助，失道寡助，做有意义的事，老天爷都会帮你的。于是我开始了绿化苗木的种植与经营，后来又开始做树文化，做"福"字树、"寿"字树，后来又做"福如东海，寿比南山"，受到客户的欢迎。2020年国庆中秋双节期间，西柏坡国御温塘度假小镇摆上了我亲自研发的一排排"福"树，我很自豪。

发扬光荣传统　做出新贡献

　　□　齐　瑶

　　安平县是革命老区，我所在的任庄村更是英雄辈出，是县早期党员李锡九的故乡，党组织发展得早，群众思想觉悟高。抗战期间几乎家家都有人参军或参加抗日工作。我听公爹讲过婆家老姑的英勇故事。我婆家老姑叫张蕊，1918年出生，1925年在本村女子小学上学，受李锡九影响，思想进步，积极参加抗日战争。1936年参加本村李子寿领导的县武委会。1937年入党，1938年参加冀中军区火线剧社并担任指导员，1939年英勇牺牲。她出去参加革命后曾三过家门而不入，有一次她的母亲和弟弟听说她们部队要从郎仁村经过，一大清早就赶到十余里路远的郎仁村等着看她。正值部队经过郎仁时，张蕊为口令员，她母亲和弟弟看见张蕊领着同志们飞速赶路，大声呼喊她，她只向亲人点了点头，一句话也没说。这是她和亲人最后一次见面。

　　今天的任庄村已经发生翻天覆地的变化，百姓生活富足，产业兴旺，村容村貌也有了很大改善。作为新当选的村党支部书记，我一定继续发扬红色老区的光荣革命传统，以老一辈革命家的英雄事迹激励自己，把红色基因传承下去，为任庄村的发展贡献自己的一分力量。

心中那把"火"

□ 张建军

张建军

2002年我担任衡水电视台台长期间，由我撰稿的大型文学传记片《孙犁》后期制作已近尾声，在安平采访期间，涉及安平县早期中共党员李锡九和弓仲韬几个人物，追踪到1923年建立的安平县台城特别支部，尤其是创始人弓仲韬的故事令我久久不能释怀。

一个新闻工作者敏锐的政治嗅觉和对家乡的革命情怀，让我意识到，弓仲韬和台城特别支部应该是一个不可多得的具有深远意义的新闻素材。挖掘、整理、研究并宣传出去，对我党历史特别是地方党组织建设发展壮大不失一件大事幸事。我的想法得到了当时衡水市广电局局长李恒君和衡水市委副书记郭华的肯定支持，于是由我带队，我台谢云、吴霞、张雷等人组成了大型政论纪录片《火种》创作班子和摄制组。从选题、策划到采访、拍摄、后期制作不到一年的时间里，摄制组辗转安平、保定、北京等地，重点查阅了国家档案馆、北京市党史办、河北省党史办、保定市档案馆、安平等有关部门，查阅了大量资料，采访了原河北省委书记林铁夫人、中央组织部干部弓彤轩早期老党员张志洪以及党史专家、学者和台城村知情的老党员、老干部不下百余人，同时参阅了湖南韶山支部、广东海陆丰一带早期农村党组织建设历史。通过时间比照确定了1923年8月成立的台城特别支部和1924年8月成立的安平县委，为我国第一个农村党支部和河北省第一个中共县委，后简称为"两个第一"。

这部纪录片采用大量的人物专访、同期采访和翔实的历史实物，再现了20世纪20年代那个黑云压顶、苦难深重的旧中国，以李大钊为代表的中共北方领导人创建党组织，点燃革命火种，带领劳苦大众进行艰苦卓绝的斗争，星星之火，可以燎原。作为革命火种，台城特支为发展壮大冀中农村革命斗争，建立新中国做出了一定贡献。当时，这部纪录片在衡水电视台和河北电视台播出之后，引起很大反响。时任衡水市宣传部部长的张增良、组织部部长曹征平同志非常关注，并推荐给河北省组织部和中央组织部，此纪录片被中组部作为全国党员教育电视片向全国推广，后来此片荣获河北省"五个一工程奖"。

在这个基础上，我台编发了关于"两个第一"的新闻，并报送中央电视台。这个时间段应为2003年春天，正是非典时期，中央电视台大门口戒备森严。时任中央电视台新闻中心地方部陆伟昌主任看我在非常时期，不顾危险几次跑中央电视台，深受感动。他认真观看了纪录片《火种》，给予了充分肯定。但在中央电视台新闻联播节目播发全国农村第一个农村党支部的新闻不是一个简单的事情。于是，由中央电视台新闻中心和衡水电视台一起报送中组部进行核实和审定，时任中组部的张全景部长非常重视，并亲自组织了调研活动。大量的历史事件证明1923年8月成立的安平县台城特别支部为全国第一个农村党支部，弓仲韬为第一任支部书记。这条新闻在中央电视台新闻联播节目中首次播出后，安平县"两个第一"成为历史事实和历史符号载入史册。也就是在这个时段，由衡水电视台党支部与中央电视台新闻中心地方部党支部建立了友好党支部关系，从而加强了两台政治、业务交流联系，从此衡水电视台"攀"上了高亲，也为后来衡水台在中央台播发稿件奠定了一定基础。紧接着中央电视台新闻中心曾两次组织编辑、记者到衡水老白干酒厂等企业和安平县台城村实地采访和参观，接受革命传统教育，同时看望了台城村的老党员，赠送了慰问金和电视机，支持村支部党员教育活动。这段新闻故事留下了一段忘不掉、抹不去的历史佳话。

衡水市委、安平县委高度重视并相继做出反应，在安平县台城村建立了纪念馆并首次举办展览，展览解说词基本上以纪录片《火种》解说词为蓝本。时任衡水市委副书记李晓明、组织部部长曹征平给予了人、财、物的支持。衡水市委组织部刘家科，林颜苏副部长具体操办，当时安平县委组织部肖兰皋和常务副部长李建抓参与其中，衡水电视台组织培训讲解员首次与参观者见面，这个时间段安平县委书记为赵庆云同志。在组织、扩大、加强台城村"两个第一"展览馆的后来几年，衡水市委、安平县委做了大量工作，丰富了不少馆藏和展品。记得在一次座谈会上，时任安平县委书记的张建中把我请了过去，在研究展览馆建设，布陈工作时，就如何突出"两个第一"的历史地位和权威性进行了专题讨论，我当时提出了在展览馆广场重要位置摆放李大钊与弓仲韬握手或亲密接触的雕塑，这样既再现了安平县台城特支是中共北方党组织发展和建设的历史事件，也突出了弓仲韬受李大钊直接派遣的关系，突出了台城特支和弓仲韬的历史地位，这个建议得到了张建中书记和与会者的一致赞同。

2011年，由国家广电总局、省委宣传部立项、组织拍摄的反映"两个第一"题材的电影提上日程，我与时任衡水市委宣传部解晓勇和安平县委书记李哲民都做了大量的工作。

时下，在安平县委书记范庆法和宣传部长郑建栋支持下，由国家广电总局、中央网络电视台共同发起并组织庆祝建党一百周年活动中，由我撰稿、编导，河北省委宣传部、省文联、市委宣传部、河北天湖影视传媒共同录制的六集网络纪录片《李大钊与弓仲韬》正在前期准备工作中。

历史匆匆，岁月如歌。记得我们当年采访的一些老人，第二年再去重访时就已经不在了，实在令人惋惜和感叹。无论是职业生涯还是百年党史，都是如风如云，匆匆而过。但我们毫无愧色，无愧于时代，无愧于岁月。好在我作为这段历史的记录者和讴歌者，做了一些该做的事情，留下了一些非常难得的影像资料，尤其是那段如火如荼的历史，我和我的团队为党的百年生日和今天的美好生活留下了不可多得的记忆，这些是多少金钱也买不回来的。这正是因为心中有那把火的指引和鼓励。

难忘哈尔滨觅"宝"

□ 郭宝生

2007年10月，正当台城全国第一个农村党支部纪念馆扩建和《台城星火》党员电教片筹拍的关键节点，带着安平县委安排交办的重要使命，我作为安平县委党史研究室主任，和时任县委组织部常务副部长李建抓、《衡水日报》资深记者刘子海一行三人，赴黑龙江省哈尔滨市搜集与弓仲韬和全国第一个农村党支部有关的档案资料和文物。

郭宝生

应该说，这是我多年前参与始创全国第一个农村党支部纪念馆、确立布展框架、提炼"两个第一"精神以来，第一次也是唯一一次走出安平，进行专题调查研究和文物搜集活动，所以至今印象深刻，难以忘怀。

之所以选择哈尔滨，是因为弓仲韬晚年一直与二儿女弓乃如生活在一起，弓乃如在全国第一个农村党支部建立初期，曾任台城团支部书记，最后在黑龙江省委统战部干部处处长职位退休。她虽然于1991年就已经去世，但她的儿子仍然生活在哈尔滨，肯定存有母亲弓乃如和外祖父弓仲韬的东西。

我们乘火车到了哈尔滨。按计划先到了弓仲韬外孙家，又去了黑龙江省委统战部，收获大得有些出乎意料。文章、照片、物品……一篇篇，一张张，一件件，"宝贝"多达几十件！比较珍贵的有：弓仲韬的字典、画像、生活照、衣物，弓乃如的档案等。我想到这些劳动成果即将充实到台城纪念馆里，让纪念馆馆藏更加丰富，教育功能更加强大，就感到我们做了一件特别有意义的大事，心中充满按捺不住的喜悦。

结果却没有想象的那么一帆风顺。第一个问题就始料未及。我们与弓仲韬外孙说明来意，听说是姥姥家乡的人，他表示热情欢迎，结合拿出来的档案、实物，讲了母亲当年的故事，以及母亲听外祖父讲的1923年8月建立台城特支的前前后后，风风雨雨。老人讲得动情，我们听得认真，互动十分融洽。但当我们表达了想把这些文物资料带回安平的意愿后，老人的态度瞬间变了，特别是那幅已经装裱好的弓仲韬大尺寸画像，老人明确表示不让取走。看得出来，老人在意的不是画像本身有多大经济价值，而是其中寄托的对外祖父弓仲韬深深的缅怀思念之情。不能"强取"，只好"攻心"。又是一番"放在纪念馆比放在家里价值大"的入情入理的沟通，老人终于答应了我们的请求，嘱咐我们一定要保管好，千万不能破损或丢失。这真是一份沉甸甸的责任，我们哪敢大意。我们小心仔细地包裹，并诚邀老人回台城看看。

为把"宝贝"平安送回去，也闹了点儿"笑话"。因为数量与尺寸的原因，想随身带走是不行了，就打算托运回去，但必须包装好，不能出一点儿闪失和纰漏。我们三人去街上找包装用品时，老天爷却不给力，风云突变，下起雨来。我们来不及找伞，也没地方躲避，于是一人举着一块包装硬皮纸，在大街上跑了起来，狼狈之相引得路人惊讶侧目。为节省开支，李建抓副部长发挥人脉广的优势，找了一个在哈尔滨做丝网生意的老乡，通过跑长途运输的安平大货车，免费将"宝贝"装运回了安平县党史研究室。说到节省开支，还有趣事。我的舅舅在东北工作，李建抓副部长的外甥在那里做生意。我们一天当外甥，吃舅家的饭；一天当舅，吃外甥准备的饭。子海记者博识敏思，发现了这个既当外甥又当舅的"巧妙之事"，笑称是"一段佳话"。经过分类梳理，这些来之不易、不可再生的"宝贝"文物全部陈列在了全国第一个农村党支部纪念馆。随着纪念馆影响力的不断扩大，这些文物发挥了重要的教育功能。

一段小插曲，几多党史情。岁月无痕逝，常忆哈市行。

为第一个农村党支部纪念馆搜集文物

□ 王彦芹

2006年7月，我任安平县东黄城乡副乡长，兼任旧纪念馆（2002年建成）馆长。旧纪念馆规模小，展品少，条件艰苦。只有四间普通民房；展品也很寒酸，有一张八仙桌、两把椅子，还有点儿图片和文字材料；也没有专业的管理团队，当时的讲解员还是由学校老师兼职；展览室特别潮，一开门就能闻到一股浓重的霉味……因老馆的规模和展品量有限，展览形式单一，限制了纪念馆教育功能的进一步发挥。

为了充分挖掘和利用"两个第一"的宝贵红色资源，增强其教育功能，2009年到2010年，安平县对纪念馆进行了扩建和提升改造，最终才有了现在的规模。2010年9月份，我被正式任命为纪念馆馆长，当年10月份新馆开馆。

纪念馆每件文物背后都是一段历史，一段故事。我收到的第一批文物是我当上馆长后的第一个春节，我回老家去给大伯拜年，我大伯、二伯是参加解放战争、抗美援朝战争的老军人，我大伯虽然不在了，但大娘还在，我就跟大娘说："我大伯当年参加革命还有没有东西留下？"大娘很爽快地说："有啊，就剩这点儿了，这些年丢了不少，以前军功章就一大堆。"说着她顺手从柜橱里拿出来一个网兜，里面有一枚军功章，还有一个老人当年用过的皮带，还有一些票证。我心里很兴奋，试探着问："这些东西能捐给纪念馆不？这对纪念馆很重要。"没想到大娘很爽快地说："你拿走吧！"这是我收集到的第一批文物。这件事对我触动很深，抢救文物工作迫在眉睫，必须马上展开，因为这些老旧物件有些人并不知道它们的重要价值，在任它们自然消耗损毁。正月开春一上班，我就在电视台打了征收文物资料的广告。2011年5月的一天，纪念馆迎来了两位特殊的客人，南王庄镇后辛庄村一位叫张士杰的老人，在村干部的陪同下来纪念馆参观。临走时，老人告诉我，他想将一把抗战时期的日军指挥刀捐给纪念馆。这件文物填补了纪念馆无抗战时期文物的空白，也让我与这位老人结缘，开启了一段创造纪念馆搜集文物史料辉煌成就的历程。

从村干部那里我了解到捐刀背后的故事：张士杰是孤寡老人，2010年冬天，因病卧床三个月，期间一直靠邻居伺候，因为不想拖累人，他便有了轻生的念头。张士杰收藏着一把视如珍宝的日军指挥刀，死前他想做件有意义的事，就是把刀捐献给国家。

拿到捐赠证书后，张士杰老人很高兴。我对他说："大爷，您捐的刀很珍贵，也非常有意义，我们一定把它保护好，以后您哪天有空了，可以随时来看看。要是有什么难处，我能帮的一定帮。"

考虑到老人是孤寡老人，生活困难，我向老人做了这样的承诺。而此后，每到春节、中秋节等重大节日，我也都买一些食物前去探望。

这样过了一年多，张士杰又来到纪念馆，这次他是有事相求：想住敬老院。我当即就为老人联系了安平县第二敬老院，还帮他解决了住院费问题。2011年秋天，我给他买了一身新衣服，把老人接进敬老院，此后我便是从心里把张士杰当成自家老人，经常往敬老院跑，捏了饺子、蒸了包子或炖了肉都不忘送过去，还时不时买零食、买衣服，中秋节和元旦等重要节日陪老人过……张士杰深受感动，也早已抛弃了轻生的念头，他对我也特别信任，带我去了好多地方，拜访他的朋友，积极搜寻和提供文物线索。在老人的帮助下，纪念馆又获得了大量有价值的文物，如解放战争时期带有印花税的土地证，带号谱的军号一套（国家三级文物），非常珍贵的《冀中导报》，弓仲韬用过的书信箱，《洪流报》等。2017年春天，老人安然离世。

为了丰富展馆藏品数量，我"淘宝"的脚步几乎没停歇过，跑石家庄、上北京、奔天津、闯东北，十几年里，我屡次拜访吕正操、李银桥、弓仲韬等革命前辈的后人，获取了大批有价值的史料和文物。

电教片《台城星火》拍摄花絮

□ 李冠熙

2008年，为了向党的生日献礼，同时也为了参加中央组织部组织的两年一度的红星奖党员电教片的评比评选活动，省委组织部党员电化教育中心决定拍摄一批向党的生日献礼的电教专题片。在全省一百七十多个县市推荐的众多选题当中，我们发现了安平县台城第一个农村党支部台城特支的素材，觉得这是一个非常好的选题，我们会同衡

李冠熙

水市委组织部安平县委组织部计划一起把它拍成一部有分量的重大题材专题片。在该片的立项阶段就遇到了非常大的困难，因为在专家论证过程当中，有的专家和领导就提出来，台城特支作为中国共产党历史上的第一个农村党支部这个说法中央有没有定论？说句实话，当时中央是没有定论的。有的领导提出，如果中央没有定论，你们为什么就敢说这是中国共产党历史上的第一个农村党支部呢？如果没有定论，我们不同意立项，也不同意拍摄。

怎么办？面对这个绕不过去的问题，我们策划小组进行了多

次的会商，大家决定还是尊重历史，因为有翔实的资料，我们也可以进行更深入的探索，更细致的研究和拍摄，可以转变拍摄方向，按照党史历史探索片的路子来拍摄。目的就是告诉后人，告诉我们今天的年轻人不忘历史，正视历史，牢记初心，不忘使命。说句实话，当时我作为党员电教处的处长，也是拍摄领导小组的主要负责人，对这种定位的专题片能不能拍好，怎么拍好心里是没底的，把握性也不大。好在我们有一个团结协作，业务素质出众的团队。当时与我搭班子的王永固同志，来组织部工作之前曾是河北大学的教师，是专门讲授电视片拍摄制作的，业务能力非常强，而且过去也拍摄了多部党员教育专题片。许多作品在全国行业评比中都获过奖。团队中的李琳媛同志曾在沧州电视台工作，也是这方面的专业人才。

　　这部历史专题片的拍摄制作，历经了近一年的时间，应该讲是非常漫长和曲折的，因为我们要查找相关的历史资料。王永固同志和安平县委组织部的李建抓同志一起几次上北京、哈尔滨、西安实地考察调研，寻找当事人。在大方向确定下来之后，王永固同志加班加点废寝忘食地用了半个月的时间，写出了脚本的第一稿。经过大家共同讨论修改确定，就按照这个拍摄方向，有了这一个拍摄的大纲，我们就可以下一步组织去采访当事人，查阅相关资料，拍摄故事发生的原址、旧址。这个过程也是非常漫长和复杂曲折的。为了拍好这部专题片，我们奔赴北京，在中央组织部党员电教中心的大力帮助和支持下，拜访了原中央组织部部长张全景，他当时担任全国党建研究会的会长。张全景对我们这部党史探索专题片给予了极大的关注和支持。他耐心细致地听取了我们摄制小组的拍摄思路及设想，并观看了前期拍摄素材和影像资料，对我们的工作给予了充分肯定，对大家的工作态度非常认可。他听完我们工作汇报说，你们做了非常有成效的探索，从现有的资料和情况来看，台城特别支部是我们党历史上的第一个农村党支部，这是确定无疑的。应摄制组之邀张全景欣然提笔为该片题写了片名。此时的张全景作为中央组织部的老部长，全国党建研究会的会长，他对摄制组工作的认可，特别是对台城特支历史地位的肯定，给了我们非常大的信心和勇气。

大家回来后，进行了热烈讨论。在接下来的日子里，摄制组的同志们不辞辛苦，奔走辗转于天南地北，行程数千里，采访当事人数百人，查阅各种资料数千份，拍摄了大量的影像素材。王永固、李琳媛同志加班加点进行后期制作。为了提高专题片的质量水平我们专门聘请了中央电视台的任志宏同志担任解说。

2009年，这部党史探索的专题片在全国红星奖党员电教专题片评选当中获得特别奖。

我与《台城星火》的点滴往事

□ 柏　川

今年是党的百年诞辰，作为一个有着近五十年党龄的我，能尽绵薄之力为充实复原革命先驱的光辉业绩做一些拾遗补阙的工作，深感荣幸与自豪。尽管十几年时光匆匆而去，然而我的脑际仍保留着许多难以忘却的点滴往事，总觉得责无旁贷，有义务也有必要把这些美好记忆披露出来，相信此举对缅怀先驱激励来者弘扬红色文化，会大有裨益。

2004年7月间，全国各地的"红色旅游热"持续升温引爆，在韶山、井冈山、延安、上海、广州等革命圣地人头攒动的同时，一处处崭新的爱国主义教育基地犹如雨后春笋破土而出，一向以陶冶性情休闲度假为目的的山水旅游，一时间又被赋予爱国主义教育的内涵底蕴，光荣传统搭台，红色文化唱戏，令山川生辉、地域添彩，旅游经济也芝麻开花节节高，社会各界皆大欢喜。

春江水暖鸭先知。作为中共衡水市委机关报的《衡水日报》也相机而动，总编辑杨淑强调兵遣将，紧急动员要在短期内推出一批高水平的重点稿件，才能不负众望。当他将这一意见转达我时，我竟然不假思索地脱口而出："我给你搞一个中篇连载，怎么样？"总编同志有点儿惊愕，原想安排我写一两篇重点稿件，压根儿没想搞什么中篇，于是疑惑地发问："你先别吹，你真能够搞出中篇来？"我胸有成竹从容作答："请领导放心，保证圆满完成任务！"我有点儿不知天高地厚地夸海口打保票，并非一时兴起，而是有着充足的底气，只因为十几天前采写《衡水日报》头版头条《冀中平原上的星星之火》的文章时，曾经到台城村和纪念馆深入采访挖掘，当时我一眼就瞅准了这里是一个有待开发的"金矿"，当即就对同行的安平县委宣传部马建超说，伙计给我留着，到时候我给你搞一个中篇在报上连载！马建超点头称许。曾记得一位哲人说：机遇偏爱有准备的人们，而时间就是伟大的作者。真让哲人说中啦！果不其然，我当初触景生情的灵光一闪，没过多久就被派上了用武之地！

接受任务的我，匆匆驱车赶往安平县，一头扎进了"矿洞中"开始了紧张而繁忙的发掘寻觅。安平县委宣传部领导热情慷慨大力支持，在马建超等人的斡旋帮助下，抱来了《安平县志》《安平县党史资料汇编》以及各种能搜集到的资料图片素材，大面积地广采博取，为我所用。查阅资料，寻找线索，追踪蛛丝马迹，寻访县党史办老同志，采访台城村耄耋之年的老党员，参观安平县烈士陵园，五六天时间里日程安排得满满当当，累却快乐着。采访归来，我一门心思投入了撰写中篇纪实文学的繁重工作。闭门斗室，自绝于人，冥思苦想，开始动用大脑沟回中多年积累的才情智慧，精心构思每一个标题，搜肠刮肚撰写每一个篇章，力求体现自己的最高水准，拨开岁月的迷雾，拂去历史的风尘，使衡水这一方地域上共产党人先驱者的历史业绩发扬光大，广为人知。

先是确定标题即书名，根据之前的长篇通讯大标题，我顺手牵羊就拟定了"台城星火"，此名字接地气，生动贴切，一是清晰地点明了历史事件的发生地——台城，二是概括地提炼出先驱者的历史地位和光辉业绩——"星星之火，可以燎原"。十几年来，

"台城星火"一词逐步升华为中共第一个农村支部闻名遐迩的响亮名片。之后，就是为《台城星火》这一急就篇的连续刊载，撰写源源不断的后续文章了。业界人士都知道，赶气候又体现新闻时效性的急就篇，再加上一个连载，这就命中注定了我要手脑并用跟头骨碌地忙活一阵子啦！彼时编辑部的电脑尚未普及，虽然家中已备而我的操作只有"三脚猫"功夫，所以只能一概手写来完成任务了。况且写书就是个苦差事，免不了承受寂寞、枯燥、劳神、费劲的煎熬，皱眉锁目，抓耳挠腮，有时连抽三根烟愣是憋不出一个字，折腾得大脑神经的每一个细胞都高度紧张，几番脑汁搅拨过后，或许能碰撞出灵感的火花，从中筛选出贴切恰当的字和句，这只是为建成巍巍高楼大厦搬了一块砖，其他浩繁巨大的工程还等着你去堆砌呢！辛苦劳累终于换来了佳作成篇，五日后我交出了三篇稿件，每篇在一千五百字左右。杨总编见稿一阵欣喜，随即将稿子呈交衡水市委宣传部长徐学清审阅，部长看罢大喜过望，连声说："想不到你报社还有这样的人才，《衡水日报》真是藏龙卧虎啊！"部长的褒奖经杨总编转达后，我受之有愧却之不恭，只因为我生于1952年，正是龙年啊！

随即，以《台城星火》为大标题的中篇纪实文学开始在《衡水日报》连载，时间在2004年7月21日，标题由《衡水日报》副总编董立国书写，编辑部现发现卖，我这里随写随发。《衡水日报》已经多年未刊登连载作品，复原和描绘八十多年前革命先驱业绩的《台城星火》一经面世，倏然间引发了轰动效应，人们争相传阅，许多人是第一次知晓弓仲韬的名字，第一次了解到安平这一片热土上竟然蕴藏着占时代风气之先的"星星之火"！

"特别支部"成就我的"特别梦想"

□ 李建抓

有一部电影，每年都会在中央电视台的电影频道重播好几次。

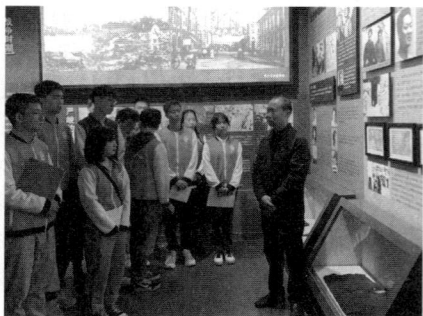

在全国第一个农村党支部纪念馆，李建抓（右一）为电子科技大学立人班的学生讲解

这就是以中共第一个农村支部——台城特别支部为题材的《台城1923》。

这部电影拍摄于2011年，非常荣幸的是，我全程参与了这部电影的策划和拍摄，不仅担当该片的红色文化顾问，还客串了其中的一个小角色。今年是建党100周年，也是这部电影播出的第十个年头，回顾该片的台前幕后以及中共第一个农村支部的认证过程，心中充满荣耀和感慨。

多年奔波查找"铁的证据"

2008年5月，我刚从县委组织部常务副部长一职退居二线，恰逢中央组织部要举办党员教育电视片观摩评比活动，在县委的领导和支持下，我开始牵头拍摄电教片《台城星火》。我多方搜集资料、找人写脚本，还找了中共中央组织部原部长张全景题写片名，并在片中播放了他的一段录音。制作完成后，我们兴致勃勃地到省里申报评比，可是初审却没通过，省里认为台城特支是全国第一个农村支部还需要核实验证。

2001年以来，关于台城特支的组建时间，我和安平县委组织部干部及党史研究人员一直在调查、分析，用传真、信函、电话、走访等形式，向农民运动开展较早、党组织活动较早的北京、上海、天津、广东、湖南等十二个省市进行深入调查。经分析比较，认定台城特支是第一个农村党支部，只是当时还没有得到权威部门的承认。

为了不让《台城星火》电教片夭折，我们再次开始广泛搜集史料，寻找有说服力的证据。

2008年5月，我们调研组一行人带着介绍信来到北京，到中央组织部、中共中央党史研究室、国家档案馆等有关部门询查资料。还采访了二十八名在京的安平籍老干部，更深入地了解台城特支的创建时间和背景。

找到时任中共中央党史研究室第一部主任黄修荣时，他给了我一本《中国共产党组织史资料（第一卷）》，他说，关于早期农村党支部建设的情况，这本书中记载的应该是权威的。这使我们兴奋不已，700多页的书我们仔细翻阅了一遍，对比排列出1927年以前全国成立较早的中共农村支部十三个。第一个就是台城特支，1923年8月组建。

这无疑是最有力的证据。终于，电教片《台城星火——记中国共产党全国第一个农村党支部》顺利通过省里审核上报，参加了2008年10月的全国党员电教片观摩评比。最终，《台城星火》获全国第十届党员教育电视片评比活动特别奖，我本人也获得了全国电教片优秀策划奖。

三闯关东寻找早期党员踪迹

台城特支，为什么1923年诞生在安平县台城村？其中经历了怎样的曲折和艰辛？对中国革命做出了哪些贡献？

为得到更翔实的资料，在县委领导的指示下，我们调研组于2009年7月至12月，进行了一次大范围的挖掘。重点放在第一个农村党支部书记弓仲韬、弓凤洲的真实情况和支部建成后开展的工作，通过找与他们相关的档案及后人等了解情况，走访了很多从安平走出去的老党员。我们先后奔赴北京、天津、广东、广西、云南、四川、安徽等二十多个省（区、市），十三个省部级单位，一百八十九个部门，走访了两百九十七名老干部和知情人士，查阅有关人员资料或档案三千一百四十七份，搜集到有关史料一千七百九十三件，整理文字资料二十三万余字。三次到哈尔滨弓乃如的家，全面深入了解弓仲韬的经历和晚年情况，三次到哈尔滨档案馆查阅弓仲韬小女儿弓乃如的档案……

2009年冬天，我们在东北三省奔波了一个多月，直到腊月二十六才回到家中。因为东北的天太冷，我的脸颊被冻伤，直到第二年春天才好。

助拍电影让更多人了解台城

为了让更多的人了解台城特支和弓仲韬等老一辈革命家的巨大贡献，拍摄一部反映台城特支的电影，成为我多年的梦想。为此我到中国传媒大学学习了一个月的电影制作知识，获得了结业证书。

2009年，我把拍摄电影的想法和省电视台黄朝耕主任进行了沟通，他非常支持，很快帮我联系上了编剧海桀老师，请他执笔创作电影剧本。我还多次进京到中共中央党史研究室请教咨询。前前后后经历了近一年的时间，终于安平县和北京三鸿门文化传播有限公司决定联合拍摄此片。2010年12月，该片由国家广电总局审批正式立项，安平县负责提供拍摄场地、部分道具和群众演员。

2011年大年初二，我利用休假机会，发动亲朋好友，号召大家搜集过去的生产生活用品，登记造册，作为拍摄道具，我把自家的老房子和老家具也都贡献了出来。

我还主动承担了找拍摄场地的任务。为寻找穷人大逃荒的场地，我从安平县一直走到正定县实地观察，挑选出流经滹沱河、潴龙河附近的五十六个老村。为了找合适的地主大院，我先后去了十一个县，看了十七家七十年前的地主老房，最终确定了顺平县的王家大院作为拍摄弓家大院的基地。

2011年3月，电影《台城1923》杀青。播出后反响强烈，并荣获河北省精神文明建设"五个一工程"奖。

尾声　弓仲韬回来了

不知道这样讲故事是否唐突、合理。

创作这部汇聚了跨越百年的人物和故事的书稿，就如同组织一台大型演出，攒底的一定是名角和重头戏。

虽然在历史上，弓仲韬并不是如雷贯耳的角色，但是在这部书中，他是主角。

当年，正是他在李大钊的指导下，回乡创建了中共第一个农村支部，让党领导的农村革命的星火燎原到冀中及广大华北地区。

因为早期农村党员留存的档案资料很少，我们只能根据当地的文史资料以及其女儿弓乃如和其他老干部的档案，还有村里健在的老人记忆里寻找弓仲韬当年的足迹。

我们也采访过在新排评剧《台城星火》中弓仲韬的扮演者杨文娜。关于如何把握这个年代久远，史料中也少有记载的人物，如何捕捉其精神内核，杨文娜坦言："这个问题看似复杂，其实也简单。设身处地地想，在当年，一个衣食无忧的富家子弟，能为了革命理想，为了劳苦大众的利益，甘愿舍弃家财，甚至家破人亡，历经磨难也不改初心，这还不足以证明他坚定的信仰和伟大的人格吗？试问，今天有多少人能做到像他这样呢？这还不足以令我们敬佩和感动吗？"

言之有理。

好吧，那我们继续讲故事——

1937年七七事变后，弓仲韬因与上级党组织失去联系，非常苦恼，他拉上妻子女儿离开家乡，踏上奔赴延安的征程。

至于弓仲韬父女俩为什么选择去延安，应该跟当时的大背景有关，抗战初期，"到延安去"成为最时髦与自豪的时代口号。丁玲1936年10月到达中共中央所在地延安，1937年发表了长诗《七月的延安》，诗中写道："大伙儿来吧，自己的事，我们自己管。找不到赌场。百事乐业，耕者有田。八小时工作，有各种保险""街衢清洁，植满槐桑；没有乞丐，也没有卖笑的女郎""四方八面来了学生几千，活泼，聪明""七月的延安太好了，青春的心燃烧着"。

数万爱国青年跋山涉水、冲破各种阻力奔赴延安，原因是多种多样的。有学者从抗战初期的形势、中国共产党方针政策及边区建设的成效、左翼文化影响、个人因素等角度做了分析；也有学者从抗日的理想信念力量、党的知识分子政策的吸引、边区生活供给制度的保障、媒体宣传等视角予以探讨。当然最令广大爱国青年憧憬的，还是中国共产党明确提出了"新中国"的宏伟构想。

革命圣地延安吸引了众多知识分子和爱国志士，当时安平县奔赴延安的青年学生、知识分子就有十七人。

可是走到西安，弓仲韬一家随身携带的行李被偷，妻子病情又突然恶化，无奈之下，弓仲韬只能留在西安照顾妻子，让女儿弓乃如一个人先行去延安。

那天，病重的李俊阁躺在床上，脸色煞白。

胡子拉碴、头发凌乱的弓仲韬坐在床边，强装笑颜地看着妻子，一只手摸着她的额头。

弓仲韬："感觉怎么样？好点儿吗？"

李俊阁点下头，嘴角露出一丝微笑，声音虚弱地说："好多了，当家的，你扶我起来，我想到外面走走。"

弓仲韬暗暗松了一口气，弯腰扶起妻子，说："是不怎么烧了。走！我们出去转转！"

弓仲韬为妻子披上外套。

李俊阁用手拢了拢头发，说："你给我打盆水吧，我洗洗脸，你也收拾收拾，这蓬头垢面的，出去还不得让人当叫花子呀。"

"叫花子"这三个字让弓仲韬心里有点儿隐隐作痛，不觉间竟湿了眼眶。

他急忙转过身去，从水缸中舀了点儿凉水，又从暖瓶中倒了点儿热水，装作无意地抹了下眼角，端着脸盆来到妻子面前。

李俊阁洗完脸，坐在镜子前。

弓仲韬站在后面，看着镜中妻子憔悴的脸，触景生情，浮想联翩。

镜子中这个一脸疲倦的中年病妇，与当年那个花容月貌的娇妻相比，已经判若两人。

弓仲韬搀扶着虚弱的李俊阁走出门。夕阳如画，晚霞映照着老城墙，斑驳的光影里，夫妻二人坐在街头的椅子上。

两人开始回忆往事。说到刚成婚时的情景，李俊阁扑哧一声笑了。她声音缓慢地说："我知道，你是新派青年，看不上这父母之命，媒妁之言的老式婚姻。"

弓仲韬说："是啊，那年我才十七岁，媒人只说是门当户对，后来我才知道，你们李家的家业比我们弓家大不止一倍呢。记得那些年我为了开办学校，给饥民舍粥放粮，给长工们加薪，把弓家最好的那二十亩水田给卖了，差点儿把爹气死。可是你啥也不说，不仅不埋怨我，还事事帮我兜着，经常偷偷跟娘家拆借。你知道，有多少人羡慕我呀，说我命好，娶了一个漂亮贤惠又能干的媳妇——可是今天，你却跟着我落到这般田地，小阁，我对不起你呀！"

李俊阁把头靠在丈夫肩头，欣慰地笑了："你胸怀天下，而我，却只有你和孩子。只要你在我身边，再苦的日子我也不觉得苦。倒是我拖累了你，要不是我的病耽搁了行程，没准儿你和乃如都已经到延安了。唉！"

弓仲韬闻之感动，紧紧拥抱着李俊阁。

暮色夕阳中，这对患难夫妻的剪影显得格外苍凉落寞，却又如画如诗，令路人侧目感动。

1939年冬，妻子李俊阁病逝，一贫如洗的弓仲韬含悲忍痛，用草席裹尸将妻草草埋葬。为了赚饭钱和路费，他根据报上刊登的招工启事，来到汉中的一家工厂当了伙夫。

弓仲韬过去没有学过厨艺，所以只能给大厨打个下手，干点儿杂活。因为有文化，会讲故事，很多工人愿意接近他。他在讲故事的同时，也会穿插着讲革命道理，讲剥削和压迫，抨击不合理的社会制度，这引起资本家的警觉。

导火索是一盆汤。有一天，弓仲韬在后厨无意中发现一个监工偷偷往大菜盆里倒一些汤汁样的东西，那个面盆是给工人们做午饭的专用盆。等监工走后，他凑近看，竟是已经发霉变质的剩菜汤。而那天工人的午饭正是用这剩菜汤加点儿烂菜帮做的，几十个工友为此食物中毒，上吐下泻。

弓仲韬代表工人找老板理论，老板不仅不为职工看病，反而见怪不怪地说："菜汤怎么了？哪儿那么多穷讲究，又吃不死人！难不成你们想天天吃山珍海味？！"

这不阴不阳的态度惹怒了工人们，弓仲韬站出来说："吃了变质的食物会中毒，甚至会出人命的！你们这是不把工人当人看！"工人们都齐声附和，并以罢工相威胁。老板看局势不妙，不得不下令将监工开除，并承诺下不为例。

这事发生几天后，弓仲韬眼睛有点儿不舒服，就到工厂附近一个诊所看眼。那接诊大夫问了问症状，说他是劳累过度，肝火过盛引发的眼疾，就用自己配制的中草药涂抹在弓仲韬眼睛周围，并施以针灸治疗，结果眼睛非但没好，反而双目失明了。

有人说这个"中医"是监工的亲戚，为报复故意害他，也有人说是老板在药材中做了手脚，混进了有毒的"瞎眼花"。

得罪了黑心老板，眼睛又看不见的弓仲韬无法继续工作，生活更加艰难。他自知没有能力奔赴延安，即使想方设法去了，以自己现在的身体状况，不仅不能为党工作，还得给党添麻烦，不如回老家安平，毕竟那里人熟地熟。

一天下午，他正挂着拐杖在街上走着，一辆汽车突然在身边慢下来，车窗内有人扔给他一个肉夹馍。

饥肠辘辘的弓仲韬接过馍，连声说"谢谢"！

汽车停下来，一个西装革履的中年人从车上下来，看到弓仲韬，他大吃一惊道："你不会是……请问你贵姓？"

弓仲韬答："鄙人姓弓，请问先生您是？"

那人激动地说："你是弓家大少爷吧？我是牛二啊！"

弓仲韬闻听，脸色突变，他凛然道："牛二？你还活着？这么说，那些传言是真的？"

牛二说："什么传言？唉！一言难尽啊！你怎么在这儿？眼睛是怎么弄的？"

弓仲韬冷笑道："你这是发财了？国难当头，你的日子倒很滋润啊。"

牛二道："就是做点儿小买卖，跟大少爷的家业比起来，不值一提。那个，咱们别在这路边说了，你住哪儿？我送你，或者你到我那看看，哦，不是，到我那咱哥儿俩好好聊会儿。"

弓仲韬怒斥道："你滚吧，我不认识你！"说完，扔掉肉夹馍，挂着拐杖继续朝前走去。

牛二一脸尴尬地站在路边，随即冷笑道："我是脱党了，跟日本人做点儿买卖，但并没有出卖你，你落魄成这样也看不起我，凭什么，就凭你是大少爷吗？！"

牛二愤然上车，隔着车窗，看到路边瞎着眼睛踉踉跄跄挂棍前行的弓仲韬，心中五味杂陈，忍不住长叹一声："大少爷，你这又是何苦呢？！"

据一些老党员说，牛二在白色恐怖时期就脱党了，抗战时期加入皇协军，还有人说，因作恶多端，已被我地下党秘密处决了。

弓仲韬历经半年时间，才从西安返回老家台城村。他走进弓家大院，感受着院内杂草丛生，空无一人的荒凉，脑海中浮现出当年家中的繁华盛景：父母慈爱地坐在太师椅上，女儿弓浦和乃如剪着窗花，儿子宝儿拿着风车撒欢地跑来跑去……

凭着记忆，弓仲韬摸索着走进厨房，房内一片萧条凌乱，破碎的瓷碗散落一地，令他不由得又想起当年厨房内热气腾腾、煎炒烹炸一派忙碌的景象，耳边仿佛又响起母亲叮嘱厨师"大少爷回来了，多加几个菜"的声音。

重回故里，已是物是人非，家破人亡。弓仲韬心中百感交集。

经人带领着，他又来到台城村村委会。

此时，台城村的五个党员正在开支部会议。

弓仲韬推门进来，大家意外又惊喜。

新任村支部书记弓啄站起来说："老书记回来了，我们又多了一分力量！现在正是八路军征兵的关键时刻，老书记文化水平高，又特别会做思想工作，咱们请他讲讲课，大家欢迎！"

弓仲韬摸索着坐下，克制着自己激动的心情，缓缓地说："仲韬没有完成领导交给的任务，愧对组织。在外奔波数载，虽历经艰险，一日不敢忘怀故里乡亲，今成残废之人，已难堪大用，就简单说两句心中所想。"

在座党员都凝神静气，认真地听着。

弓仲韬继续说道："我想说的是，第一，弓家大院由组织分给需要的人吧，不用考虑我，我一个孤老头子，有个小厢房就能凑合。但我有个请求，就是留一间当党员活动室，留两间当教室，现在孩子们在祠堂上课，那里阴气太重，又年久失修，怕有危险。第二，我虽然只有一女，远在延安，但我的表亲兄弟、侄子外甥还有好几个，我动员他们全部报名参军。我建议所有的党员干部也都首先动员自己的亲属参军，这种行动上的表率远远大于口头上的宣讲。第三，虽然目前上级还没有对我的身份进行认定，但我希望能以普通党员的身份参与党小组的活动，为革命工作尽绵薄之力。我就说这么多吧。"

屋内响起热烈的掌声。

弓仲韬与安平县委接上关系后，受到县委和冀中区党委的关心和照顾。1951年，女儿弓乃如从工作地哈尔滨回到故乡台城村，见到双目失明的父亲，泪如雨下。自西安一别，父女俩已经分别了整整十三年！弓仲韬亦激动万分，喜极而泣。几年后，他被女儿接到哈尔滨安度晚年。据弓乃如档案记载，按照党的政策，弓仲韬后来恢复了工资，享受老红军待遇，但他却常常伤感，有时甚至痛哭流涕，他说："我不能为党工作了，我没有完成党交给的任务。"

1964年3月，中共第一个农村支部书记弓仲韬病逝于哈尔滨。

在临终前的最后一刻，他心里牵挂的依然是党的事业，还叮嘱女儿将他多年积攒下的一千元钱，全部交了党费。

2002年，弓仲韬的骨灰从哈尔滨运回，安葬在他魂牵梦绕、见证了他一生苦难和光荣的故土上。

弓仲韬是坚定的共产主义者，无论是在风起云涌的大革命时期，还是在血雨腥风的土地革命时期，及至后来的抗日战争、解放战争时期，他始终立场坚定，即使在去延安找党组织的途中，不幸流落异乡，双目失明后，他依然没有任何动摇。为建立和发展壮大党组织，弓仲韬披肝沥胆、耗尽心血，甚至倾家荡产、家破人亡，即使双眼失明，仍矢志不渝、赤心向党，为实现共产主义理想献出了一切。正如中组部原部长张全景在《冀中星火》中所说："亦余心之所善兮，虽九死其犹未悔。这正是弓仲韬一生的真实写照。"

后　记

在《特别支部》即将完稿的5月下旬，2021年第10期《求是》杂志发表了中共中央总书记、国家主席、中央军委主席习近平的重要文章《用好红色资源，传承好红色基因，把红色江山世世代代传下去》。文章强调，革命博物馆、纪念馆、党史馆、烈士陵园等是党和国家红色基因库。要把红色资源作为坚定理想信念、加强党性修养的生动教材，讲好党的故事、革命的故事、根据地的故事、英雄和烈士的故事，加强革命传统教育、爱国主义教育、青少年思想道德教育，把红色基因传承好，确保红色江山永不变色。

令我们感到欣慰的是，在这部书中，就包括了"党的故事、革命的故事、根据地的故事、英雄和烈士的故事"。虽然我们才疏学浅，能力有限，但讲好红色故事，传承红色基因的心是坚定而火热的。

好在这不是学术著作，而是中小学生都能看懂的爱国主义教育读本。我们就是想通过一个个真实生动的故事，告诉大家新中国是无数革命先烈用鲜血和生命铸就的，红色政权来之不易，新中国来之不易，中国特色社会主义来之不易。

我们要向革命先烈表示崇高的敬意，我们永远怀念他们、牢记他们，传承好他们的红色基因。事业发展永无止境，共产党人的初心永远不能改变。唯有不忘初心，方可告慰历史、告慰先辈，方可赢得民心、赢得时代，方可善作善成、一往无前。

在撰写此书过程中，我们得到各级领导的殷切关怀，以及党史专家、革命前辈后人及老区群众的热情支持和帮助。中共中央党史研究室原室务委员、第一研究部主任黄修荣为本书作序，中共河北省委宣传部部务会成员、共产党员杂志社社长王振儒帮助策划指导，中共河北省委党史研究室副主任宋学民认真审读书稿，对基本史料的真实准确等方面严格把关。安平中共第一个农村支部研究会会长吴淳提供有关资料，安平县委、县政府给予大力支持，全国第一个农村党支部纪念馆馆长马腾飞、冀中抗战收藏馆馆长王建忠提供相关历史图片，安平县红色文化研究会副秘书长高林协助整理资料……在此，一并表示深深的感谢。

限于我们学识粗浅，成书仓促，不足之处敬请专家、学者、师友以及广大读者批评指正。

2021年5月